MARIE LOUISE FISCHER

IRRWEGE DER LIEBE

Roman

WILHELM HEYNE VERLAG
MÜNCHEN

HEYNE ALLGEMEINE REIHE
Nr. 01/5264

*Die Originalfassung dieses Romans erschien
unter dem Titel »Die Chefsekretärin«*

17. Auflage

Genehmigte, ungekürzte Taschenbuchausgabe
Copyright © 1975 by Wilhelm Heyne Verlag GmbH & Co. KG, München
Printed in Germany 1993
Umschlagillustration: Photo-Media, New York
Umschlaggestaltung: Atelier Ingrid Schütz, München
Gesamtherstellung: Elsnerdruck, Berlin

ISBN: 3-453-00628-3

1

Der Gerichtsvorsitzende blätterte in den Akten, die vor ihm auf dem Verhandlungstisch lagen, und sagte, ohne aufzublicken: »Zeugin Stefanie Sintrop, bitte!« – Seine Stimme hatte heiser geklungen; er nahm einen Schluck Wasser aus einem weißen Plastikbecher.

Der Justizwachtmeister erhob sich, zog den grünlichen Uniformrock glatt und ging zur Seitentür. Im Zuhörerraum entstand eine leichte Unruhe.

Dr. Urban Zöllner, der nahe dem Gang in der zehnten Reihe saß, blickte gebannt auf die Tür, die der Justizwachtmeister eben geöffnet hatte und durch die jetzt die Zeugin Stefanie Sintrop in den Gerichtssaal schritt.

Sehr schlank, sehr aufrecht und sehr selbstbewußt trat sie auf den Tisch des Vorsitzenden zu. Sie hatte den Kopf mit dem dunkelglänzenden Haar stolz erhoben. Nur an der Art, wie sie die Lippen ihres vollen, kühngeschwungenen Mundes zusammenpreßte, war ihre innere Anspannung zu spüren. Eine Sekunde lang glitt ihr Blick über den bis auf den letzten Platz besetzten Zuhörerraum.

Dr. Urban Zöllner lächelte ihr ermutigend zu, aber sein Bemühen blieb ohne Wirkung. Stefanie Sintrop hatte ihn unter der vielköpfigen Menge nicht erkannt.

Ein leises Stöhnen ging durch das Publikum – ein Tribut der Bewunderung für die attraktive Zeugin, die in ihrem braunen Wildlederkostüm mit den im Ton darauf abgestimmten halbhohen Trotteurs tatsächlich eine ausgezeichnete Figur machte.

Doch das Gesicht des Richters blieb ganz ungerührt, als er sie ansah. »Sie heißen?« fragte er.

»Stefanie Sintrop.«

»Alter?«

»Achtundzwanzig Jahre!«

»Beruf?«

»Sekretärin.«

»Familienstand?«

»Ledig.«

5

Stefanies Antworten waren sehr klar, sehr hell, sehr entschieden gekommen.

Der Vorsitzende richtete sich auf und lehnte sich zurück. Seine Erleichterung, es mit einer sachlichen Zeugin zu tun zu haben, war unverkennbar. »Sie sind mit dem Angeklagten nicht verwandt oder verschwägert?«

»Nein.«

»Aber Sie kennen ihn? Bitte, schauen Sie ihn sich an, bevor Sie antworten.«

Stefanie Sintrop warf nur einen flüchtigen Blick, bei dem sie den Kopf kaum drehte, zur Anklagebank, sagte dann in ihrer klaren und bestimmten Art: »Ja. Ich kenne ihn.« Sie fügte hinzu: »Er war seinerzeit Referent im Wiederaufbauministerium.«

Der Angeklagte, ein schlanker, starkknochiger Mann, blieb völlig ungerührt. Er saß mit ausdruckslosem Gesicht da, die Augen hinter der randlosen Brille niedergeschlagen. Nur hin und wieder spielte jenes Zucken um seine schmalen Lippen, das ihm vom Staatsanwalt als ›höhnisches Grinsen‹ ausgelegt wurde.

Der Vorsitzende runzelte leicht die Stirn. »Was soll das heißen? Seinerzeit?«

»Im Oktober 1951. Damals habe ich zuletzt mit ihm gesprochen.«

»Sie scheinen ein hervorragendes Gedächtnis zu haben.«

Der Vorsitzende war leicht irritiert.

»Als ich die Vorladung zu diesem Prozeß erhielt, habe ich selbstverständlich in unserem Briefwechsel mit Herrn Pachner nachgelesen und auch die Aktennotizen aus jener Zeit noch einmal überprüft.«

»Na, sehr schön.« Der Vorsitzende faltete die Hände. »Sie haben sich also gleich gedacht, weshalb Sie als Zeugin geladen worden sind?«

Stefanie Sintrop zögerte nur eine Sekunde. »Ich habe den Prozeß Pachner in der Presse verfolgt«, sagte sie dann, »aber ich muß gleich klarstellen . . .«

»Der Vorsitzende hob die glatte, sehr gepflegte Hand. »Halt! Einen Moment noch! Ich wäre Ihnen dankbar, wenn Sie uns zuerst ein wenig zur Person sagen würden!«

»Zur Person?« Das Staunen in Stefanie Sintrops Stimme war deutlich.

»Ja. Zu Ihrer Person, damit wir uns nicht mißverstehen. Bitte, erzählen Sie uns ein wenig von Ihrem Leben, Ihrem beruflichen Werdegang und so weiter. Ich lese hier, daß Sie Chefsekretärin in den Berber-Werken sind. Es scheint mir eine ziemlich ungewöhnliche Position für eine so junge Frau wie Sie. Ich bin sicher, das Gericht würde es interessieren, wie es dazu gekommen ist.«

Stefanie Sintrop warf den Kopf zurück, daß das dunkle Haar ihr in einer seidigen Welle bis in den Nacken fiel. Dr. Urban Zöllner konnte, wie alle im Zuhörerraum, nur ihren geraden Rücken sehen, aber er kannte sie gut genug, um zu wissen, daß sie jetzt die Flügel ihrer schmalen Nase blähte und dadurch ihrem Gesicht einen ungeheuren hochmütigen und abweisenden Ausdruck gab.

»Soll ich von Anfang an erzählen?« fragte sie.

»Ich bitte darum!«

Sie holte Luft, bevor sie mit der Präzision einer geschulten Berichterstatterin begann. »Ich wurde im Jahre 1932 in Ennepetal in Westfalen geboren...« Man spürte, daß die kleine Pause, die sie jetzt machte, nur dazu diente, um dem Vorsitzenden Gelegenheit zu geben, ihr ins Wort zu fallen.

Als er schwieg, erzählte sie glatt und fast unbeteiligt weiter. »Mein Vater war Lokomotivführer. Er rückte im Krieg zu einer Eisenbahnerkompanie ein und fiel in den letzten Tagen des Krieges bei Smolensk. Da ich so rasch wie möglich auf eigenen Füßen stehen wollte, schied ich in der siebten Klasse aus der Hauptschule aus und trat auf die Handelsschule über, die ich zwei Jahre lang besuchte. Dann trat ich bei der Holzschraubenfabrik Altenloh, Brinck & Co. in Milspe als kaufmännischer Lehrling ein, von wo aus ich mich nach bestandener Prüfung im Jahre 1950 bei den Berber-Werken in Düsseldorf-Heerd bewarb. In dieser Firma, die bei meinem Eintritt von Kriegsschäden fast zerstört war, gelang es mir, mich zur Chefsekretärin hinaufzuarbeiten.«

»Sie waren also, wenn ich Sie recht verstanden habe«, sagte der Vorsitzende, »seinerzeit, als die Berber-Werke die Verhandlungen mit dem Wiederaufbauministerium führten, neunzehn Jahre alt und ein knappes Jahr in der Firma?«

»Das wird stimmen.«

»Können Sie uns dann nicht einmal erläutern, wie damals Ihre Stellung in den Berber-Werken war?«

»Die Firma hatte, wie ich schon sagte, durch Kriegseinwirkung sehr gelitten. Arnold Berber war erst kurz nach der Währungsreform aus russischer Kriegsgefangenschaft entlassen worden. Während seiner Abwesenheit hatte der Prokurist Hugenberg die Fabrik geleitet. Wir hatten damals, wenn ich mich recht erinnere, nur etwa zwölf Arbeiter. Ich war die einzige Bürokraft.«

»Sie arbeiteten also für beide Herren?«

»Ja.«

»Sie waren in alle Pläne Ihres Chefs und des Herrn Prokuristen . . . jedenfalls soweit Sie das beurteilen können . . . eingeweiht?«

»Ja.«

»Sie waren auch orientiert über die Bilanzen?«

»Es war meine Aufgabe, die Tagesauszüge der Banken zu überprüfen und einzuordnen.«

»Wer führte damals die Verhandlungen mit dem Wiederaufbauministerium?«

»Herr Hugenberg!«

»Aber doch im vollen Einvernehmen mit . . .« Der Richter warf einen Blick in die Akten. ». . . Arnold Berber?«

Stefanie Sintrop zögerte eine Sekunde mit der Antwort, dann sagte sie: »Ja.« Sie fügte hastig hinzu: »Ich war bei allen Besprechungen zwischen Herrn Hugenberg und Herrn Pachner anwesend. Ich habe auch den gesamten Schriftwechsel geführt. Verschiedentlich habe ich auch allein mit den Herren vom Ministerium gesprochen. Die Verhandlungen gestalteten sich sehr langwierig.«

»Stimmt. Aber die Berber-Werke erhielten den Kredit. Möchten Sie uns vielleicht erklären, wie es zu dieser Entscheidung kam?«

Stefanie Sintrop zuckte die Schultern. »Wir hatten einen Antrag gestellt. Ich erinnere mich noch, daß eine Unzahl Formulare ausgefüllt werden mußten. Das Gesuch ging den üblichen Instanzenweg, und eines Tages war es dann soweit. Schließlich sind die Berber-Werke ja nicht die einzigen, die in jener Zeit einen Landeskredit bekommen haben.«

Der Vorsitzende räusperte sich. »Fräulein Sintrop! Ich habe Anlaß, Sie aufmerksam zu machen . . . Sie stehen nicht als Angeklagte, sondern als Zeugin vor Gericht! Ist Ihnen das klar?«

»Jawohl, Herr Vorsitzender.«

»Wollen Sie sich daraufhin Ihre Aussage nicht noch einmal überlegen? Es kann nur in Ihrem Interesse liegen . . . und im Interesse Ihrer Firma, wenn Sie die reine Wahrheit sagen.«

»Das habe ich getan.«

»Tut mir leid, aber es fällt mir schwer, Ihnen zu glauben. Jedenfalls bezweifle ich, ob Sie die ganze Wahrheit gesagt haben. Denken Sie einmal gut nach! Sie sagten doch, daß Sie an allen Verhandlungen der Herren Ihrer Firma und dem Angeklagten teilgenommen haben. Hat Herr Hugenberg oder Herr Berber nie den Vorschlag gemacht, sich dem Angeklagten gegenüber in irgendeiner Form erkenntlich zu zeigen?«

»Nein. Ganz bestimmt nicht.«

»Sind auch vom Angeklagten niemals Andeutungen gemacht worden, daß ihm an einer finanziellen Zuwendung gelegen wäre?«

»Ich glaube nicht.«

»Sie können sich also nicht mehr genau erinnern?«

»Es ist möglich«, sagte Stefanie Sintrop zögernd, »daß Herr Pachner vielleicht Anspielungen dieser Art gemacht haben könnte, obwohl ich mich wirklich nicht mehr daran erinnere. Aber erhalten hat er ganz bestimmt nichts. Das müßte ich wissen.«

»Sind Sie dessen ganz sicher? Könnte Herr Berber nicht ohne Ihr Wissen Herrn Pachner eine Summe haben zukommen lassen?«

»Ausgeschlossen. Ich sagte Ihnen ja schon, daß ich ständig die Tagesauszüge der Banken überprüft habe. Ich war auch über die Höhe des Wiederaufbaukredits und seine Verwendung orientiert.«

Der Vorsitzende seufzte hörbar. »Es steht aber fest, daß der Angeklagte schon damals Ausgaben gemacht hat, die er nicht von seinem Gehalt allein finanzieren konnte. Wie erklären Sie sich das?«

»Gar nicht«, sagte Stefanie Sintrop kalt. »Ich sehe mich nicht verpflichtet, Auskünfte über das Finanzgebaren eines Herrn zu geben, von dessen Privatleben ich nicht das geringste gewußt habe.«

»Sie sind also tatsächlich bereit, zu beeiden, daß der Angeklagte von Ihrer Firma niemals irgendwelche Geldzuwendungen erhalten hat? Weder bevor noch nachdem den Berber-Werken der Wiederaufbaukredit zugestanden und ausbezahlt worden ist?«

»Das ist die Wahrheit.«

Der Staatsanwalt meldete sich zu Wort. »Ich beantrage die Vorladung des Prokuristen Hugenberg!« sagte er.

Der Vorsitzende blätterte in den Akten.

Bevor er noch etwas zu den Worten des Staatsanwaltes äußern konnte, erklärte Stefanie Sintrop: »Herr Prokurist Hugenberg ist im November vorigen Jahres gestorben.«

»Stimmt, Herr Kollege«, sagte der Richter.

»Nun, das erklärt natürlich einiges«, sagte der Staatsanwalt schneidend. »Die Methode, alle Verantwortung auf einen Toten abzuwälzen, ist nicht eben neu.«

»Wie können Sie das behaupten?!« rief Stefanie Sintrop aufgebracht. »Niemals habe ich einen derartigen Versuch unternommen.«

»Oh, entschuldigen Sie, dann muß ich mich verhört haben. Sie haben also nicht behauptet, daß die Verhandlungen mit dem Angeklagten von Prokurist Hugenberg geführt worden sind?«

»Das habe ich nicht behauptet, sondern es entspricht der Wahrheit!«

»Höchst merkwürdig! Wirklich interessant! Ihr Chef war also niemals bei den Verhandlungen anwesend?«

»Doch. Natürlich. Ein- oder zweimal.«

»Also doch!«

»Aber wo liegt denn da der Unterschied?« rief Stefanie Sintrop. »Ich habe gesagt, daß Herr Pachner kein Geld von den Berber-Werken bekommen hat, und das stimmt auch. Ich weiß es ganz genau, denn ich war ja auch bei den Besprechungen, die Herr Berber mit Herrn Pachner geführt hat, anwesend!«

»Sind Sie ganz sicher ... bitte, hören Sie gut zu, was ich Ihnen jetzt sage, und überlegen Sie Ihre Antwort gründlich ..., sind Sie ganz sicher, daß Ihr Chef oder dessen verstorbener Prokurist Hugenberg sich nicht auch irgendwann einmal alleine mit Herrn Pachner verabredet haben könnte ... ohne Sie einzuschalten? Daß Briefe gewechselt, Telefongespräche geführt, Abmachungen getroffen worden sind, über die Sie nicht unterrichtet sind?«

»Das ist völlig ausgeschlossen.«

»Ich glaube, das genügt!« sagte der Richter.

»Nur noch eine einzige Frage!« Der Staatsanwalt stieß mit seinem erhobenen Zeigefinger auf Stefanie Sintrop zu: »In welcher Beziehung stehen Sie zu dem Chef der Berber-Werke?«

Die Stimme der Zeugin klang ganz unerschüttert: »In jener normalen, durch die Verhältnisse gegebenen Beziehung, die zwischen Chef und Sekretärin zu herrschen pflegt.«

»Wollen Sie etwa leugnen, daß Ihre Beziehungen zu Arnold Berber sehr viel intimerer Natur sind? Überlegen Sie sich Ihre Antwort gut! Ich werde meine Behauptung beweisen!«

»Das können Sie nicht«, sagte Stefanie Sintrop verächtlich. »Mit einem Theatercoup lasse ich mich nicht erschrecken, Herr Staatsanwalt. Sie scheinen mich völlig falsch einzuschätzen!«

»Meineid wird mit Zuchthaus bestraft, Zeugin! Hoffentlich sind Sie sich darüber im klaren.«

»Durchaus«, sagte Stefanie Sintrop mit fester Stimme.

»Nun, dann ist Ihnen eben nicht zu helfen!« Der Staatsanwalt setzte sich.

»Herr Rechtsanwalt, Fragen an die Zeugin? Nicht?« Der Vorsitzende wandte sich Stefanie zu. »Nun, dann schreiten wir zur Vereidigung. Treten Sie vor! Ja, näher zu mir! Sie schwören bei Gott dem Allmächtigen und Allwissenden, daß Sie die reine Wahrheit gesagt haben. Heben Sie die rechte Hand auf und sprechen Sie mir nach: Ich schwöre es, so wahr mir Gott helfe!«

»Ich schwöre es!«

Noch bevor Stefanie Sintrop den Gerichtssaal verlassen hatte, war sie vergessen.

Alle Aufmerksamkeit richtete sich auf den nächsten Zeugen, weit prominenter als die Chefsekretärin, den Generaldirektor einer namhaften Kühlmaschinen-Fabrik, dessen Zeugenaussagen möglicherweise nur eine Vorstufe zu einem weiteren Prozeß waren, bei dem er selbst als Angeklagter vor Gericht stehen würde. Die Reporter stürzten sich mit hochgerissenen Blitzlichtapparaten nach vorne, um das gequälte Lächeln des Industriekapitäns für ihre Leser festzuhalten.

Dr. Zöllner konnte den Gerichtssaal nicht so schnell verlassen, wie er gehofft hatte. Es dauerte ein paar Sekunden, ehe er sich einen Weg gebahnt hatte.

Draußen im Gang begegneten ihm zwei Herren im Talar, die er grüßen mußte. Stefanie Sintrop war nicht zu sehen. Womöglich hatte sie das Gebäude schon verlassen.

Dr. Urban Zöllner eilte bis zu dem riesigen quadratischen Lichthof, wo der Gang in eine der Galerien mündete, lief weiter bis zur Treppe. Aber ehe er sie noch erreichte, sah er sie.

Sie saß, die Augen geschlossen, den Kopf in den Nacken gelegt, auf einer der steinernen Bänke. Ihr Gesicht war sehr blaß, die dunklen Schatten unter ihren Augen ließen ihre Backenknochen hart hervortreten. Ihre Hände waren im Schoß um die kleine Handtasche aus Straußenleder verkrampft.

»Stefanie!« rief Dr. Urban Zöllner erschrocken. »Stefanie! Um Himmels willen, was ist los?«

Sie öffnete die dunklen, schräggeschnittenen Augen, sagte mit einem schwachen Lächeln: »Die Luft ... die Luft war fürchterlich.«

»Stimmt. Wir haben eben keine Entlüftungs- und Klimaanlagen und den ganzen Komfort, den du von deiner Arbeitsstätte her gewohnt bist!« Er fühlte selber, daß leichte Bitterkeit in seiner Stimme geklungen hatte, sagte rasch: »Ist es wirklich nichts weiter?« Er suchte nach einem Ausdruck, der sie nicht verletzte. »Du siehst mitgenommen aus!«

»Es war scheußlich!« sagte sie ehrlich.

»Daß der Staatsanwalt diese indiskreten Fragen an dich gestellt hat?! Ich bitte dich, das tut er doch immer. Sobald er nur den leisesten Anhaltspunkt hat. Es war natürlich Bluff, wie du sofort bemerkt hast.« Er lachte. »Du hast es ihm ganz schön gegeben. Der Arme. Ich hoffe, daß du ihm nicht heute nacht im Traum erscheinst ... eine Zeugin, die er nicht einschüchtern konnte!«

Langsam löste sich die Spannung in Stefanies Gesicht. »Wenn man dich sprechen hört«, sagte sie warm, »dann ... ich kann dir das schwer erklären, aber dann sieht die Welt plötzlich ganz anders aus. Sauberer, fröhlicher ... einfach wie ein Platz, auf dem sich's leben läßt.«

»Du könntest das noch viel öfters haben.«

»Ja, ich weiß.« Sie stand auf, legte ihre Hand mit den langgefeilten, muschelfarben lackierten Nägeln leicht auf seinen Arm. »Es ist alles meine Schuld. Bringst du mich nach unten?«

»Wir könnten rasch noch eine Tasse Tee zusammen trinken.«

»Ausgeschlossen. Das kann ich Berber nicht antun. Er würde rasend.«

»Auf zehn Minuten mehr oder weniger kommt es jetzt doch nicht mehr an.«

»Das sagst du?« Sie begann, auf seinen Arm gestützt, mit anmutiger Sicherheit die Treppe hinabzuschreiten. »Für uns ist jede Sekunde kostbar.«

»Für wen? Für ihn oder für dich?«

»Urban«, sagte sie, »bitte!«

Schweigend durchquerten sie die weite Halle, traten ins helle

Tageslicht. Dann standen sie sich auf den Stufen, die zwischen hohen klassizistischen Säulen zum Eingang des Düsseldorfer Amts- und Landgerichtes führen, einen Augenblick unschlüssig gegenüber.

»Auf Wiedersehen, Urban!« sagte sie.

»Ich werde dich gerne hinausfahren«, sagte er mit einer kleinen Grimasse, »auch auf die Gefahr hin, von dir für einen Faulpelz gehalten zu werden. Aber tatsächlich habe ich einen Termin, der . . .«

Sie unterbrach ihn lächelnd. »Sehr lieb von dir, aber ganz unnötig. Ich werde mir ein Taxi nehmen.«

»Ich wundere mich, daß du selber noch kein Auto hast. Leisten könntest du es dir doch.«

»Du weißt genau, daß ich niemals Zeit gehabt habe, fahren zu lernen. Aber wenn du es für richtig hältst, werde ich . . .«

»Um Himmels willen . . . nein! Damit ich noch weniger von dir habe! Sehen wir uns heute abend?«

»Wenn du willst.«

»Gut. Ich werde auf dich warten. In deiner Wohnung.«

Er sah ihr nach, wie sie schlank und federnd die Straße überquerte, zündete sich eine Zigarette an. Er dachte daran, wie viele Jahre er Stefanie Sintrop jetzt schon kannte, wie lange er schon mit ihr befreundet war, ohne daß er ihr in all der Zeit jemals wirklich nahegekommen war. Manchmal war es ihm, als wenn sie statt eines Herzens einen stählernen Kern in der Brust trüge, den seine Liebe weder öffnen noch zum Schmelzen bringen konnte. Auch wenn sie in seinen Armen lag, hatte er nie das Gefühl, sie ganz zu besitzen, aber vielleicht war es gerade das, was ihn an sie fesselte. Er wußte, daß er andere Frauen haben konnte als Stefanie, schönere, jüngere, reiche – doch war nur sie es, an die er dachte. Er liebte sie. Er spürte deutlich, daß es so nicht weitergehen konnte. Wenn er ihre Liebe schon nicht erringen konnte, durfte er nicht auch noch riskieren, ihre Achtung zu verlieren, und, was schlimmer war, die Achtung vor sich selber. So wie bisher durfte es nicht weitergehen, er mußte eine Wendung der Dinge herbeiführen – so oder so.

Wilhelm Hausmann, Chef der Hausmann-Werke, Krefeld, beugte seinen schweren Oberkörper über den Schreibtisch, drückte die rote Taste der Lautsprecheranlage nieder und tönte mit wutbebender Stimme nachhaltig ins Mikrophon. »Herr Stöger sofort zu mir!«

Er zog die volle Oberlippe zwischen die Zähne, während er noch einmal das amtliche Schreiben überflog, das vor ihm in der aufgeschlagenen Postmappe lag. Dann stand er auf, trat, die Hände auf dem Rücken, an das übergroße Fenster und starrte hinab auf das Betriebsgelände. Sein mächtiger Schädel hatte sich gefährlich gerötet.

Unten an der Laderampe waren hintereinander eine Reihe betriebseigener Lastwagen aufgefahren. Ihre grellbunten Farben leuchteten im Vorfrühlingslicht. Alle trugen sie an beiden Seiten in riesengroßen Lettern den neuen Werbeslogan der Firma: ›Ferien im Hausmann-Zelt‹. Darüber lachte eine strahlende Sonne, und ein goldgelbes Zelt mit rotem Wimpel schien tatsächlich alle erträumte Ferienherrlichkeit zu versprechen.

Einer der Wagen war fertig gepackt, er setzte sich in Bewegung, kurvte nach links und verließ durch das große Tor das Gelände. Der nächste Wagen rückte hinter ihm auf.

Es war ein Anblick, der Wilhelm Hausmanns Herz sonst zu erfreuen pflegte, aber heute sah er ihn nicht einmal. Er hatte die kleinen, sehr hellen Augen zusammengekniffen, nagte verbissen an seiner Oberlippe, während die Gedanken hinter seiner mächtigen Stirn tobten.

Als die innere der beiden schweren Doppeltüren geöffnet wurde, sagte er, ohne sich umzudrehen: »Lesen Sie, Stöger! Auf dem Schreibtisch!«

Der Prokurist Jupp Stöger, ein zierlicher alter Mann mit scharf durchfurchten Zügen und mit dunklen, jugendlichen Augen, ging mit kleinen Schritten um den blankpolierten Schreibtisch herum, nahm das Schreiben aus der Mappe, studierte es, ohne eine Miene zu bewegen.

Wilhelm Hausmann fragte ungeduldig: »Na? Was sagen Sie zu dieser Schweinerei?«

Jupp Stöger rieb sich das spitze Kinn. »Ich hatte etwas Ähnliches befürchtet.«

»So? Hatten Sie?« Wilhelm Hausmann fuhr herum. »Warum haben Sie dann nicht rechtzeitig das Maul aufgemacht?«

»Ich wollte Sie nicht mit Vermutungen belästigen.«

»Sie alter Fuchs! Ich möchte mal etwas erleben, was Sie nicht vorausgesehen haben wollen! In Wirklichkeit haben Sie nichts gewußt! Einen Dreck! Sie waren genauso sicher wie ich, daß Koblenz uns den Auftrag geben würde. Mein Gott, Stöger, stehen Sie doch nicht so da und spielen den Überlegenen! Erklären Sie mir gefälligst, wie das passieren konnte! Unsere Kalkulationen waren doch haarscharf. Es ist unmöglich, daß jemand uns unterboten haben könnte.«

»Sicher nicht«, sagte Stöger bedachtsam, »aber vielleicht hatte jemand bessere Beziehungen.«

»Zum Verteidigungsministerium?«

»Eben.«

»Aber Sie haben mir doch ausdrücklich gesagt, daß mit kleinen Geschenken da nichts zu wollen wäre!«

»Ich habe Ihnen gesagt, was ich wußte.«

Wilhelm Hausmann begann mit großen Schritten im Raum auf und ab zu gehen. »Ich muß ehrlich sagen, ich verstehe Sie nicht, Stöger, noch ehrlicher, Sie sind mir widerlich! Könnten Sie sich nicht anstandshalber ein wenig ... ein ganz klein wenig aufregen? Schließlich wissen Sie so gut wie ich, daß uns ein Millionenobjekt durch die Lappen gegangen ist.« Er schlug sich mit der Hand vor die Stirn. »Herrgott, gar nicht auszudenken, was da alles dringesteckt hätte! Wir hätten den Auftrag bekommen müssen ... müssen, Stöger, das habe ich Ihnen oft genug gesagt!« Unvermittelt blieb er dicht vor seinem Prokuristen stehen, starrte ihn durchdringend an. »Würden Sie mir wenigstens jetzt sagen, wer uns dazwischengefunkt hat?«

Jupp Stögers Stimme blieb ganz ruhig. »Arnold Berber«, sagte er, »wer schon sonst?«

Wilhelm Hausmann schnappte nach Luft, aber der Wutausbruch, der in der Luft gelegen hatte, blieb aus. Wortlos trat er zu seinem Schreibtisch, ließ sich in dem massiven, mit rotem Leder bezogenen Sessel nieder, stützte den Kopf in beide Hände, saß ganz still da. Als er nach einer Weile wieder sprach, klang seine Stimme kalt und ohne jede Emotion. »Arnold Berber also«, sagte er, »sieh an. Der hat sich in den letzten Jahren ganz schön herausgemacht, wie?«

»Die Entwicklung der Berber-Werke ...«, begann der Prokurist.

Wilhelm Hausmann unterbrach ihn. »Setzen Sie sich, Stöger. Keine Vorträge, wenn ich bitten darf!« Er bückte sich, holte eine Zigarrenkiste aus seiner Schreibtischschublade, wählte genüßlich eine der sehr dunklen, kostbaren Importe, schnüffelte daran, bevor er behutsam die Spitze abschnitt und die Zigarre mit einem langen Streichholz aufflammen ließ. Er paffte ein paar dicke Wolken vor sich hin, begutachtete zufrieden die rote Glut an der Spitze, sagte dann: »Ich fürchte, es war unser Fehler, Stöger. Wir hätten Berber stärker im Auge behalten müssen. Schließlich ist das Düsseldorfer Werk die einzige wirkliche Konkurrenz hier im Raum. Wenn er jetzt noch dieses Riesengeschäft unter Dach und Fach bringt, ist er nicht mehr einzuholen.«

»Man müßte versuchen, ihm den Auftrag abzujagen.«

»Das hätte Ihnen früher einfallen sollen, Stöger!«

»Ich habe mein möglichstes getan.«

»Was Sie getan haben, interessiert mich nicht. Besonders, weil es von keinerlei Nutzen war. Jetzt möchte ich klipp und klar von Ihnen hören, was wir jetzt noch tun können, was wir tun müssen, um den Karren wieder aus dem Dreck zu ziehen!«

»Also . . . einen Vorschlag hätte ich schon«, begann Stöger behutsam tastend. Er fuhr sich mit der Hand durch das schlohweiße Haar, das ihm einen täuschenden Anschein von Würde gab.

»Lassen Sie hören!«

»Der Pachner-Prozeß!«

Wilhelm Hausmann runzelte die Stirn. »Was soll diese Geheimnistuerei? Keine Andeutungen, wenn ich bitten darf! Sagen Sie offen, was Sie im Schilde führen!«

»Der Pachner-Prozeß hat, wie Sie wissen, einigen Wirbel verursacht. Man könnte ihn sozusagen als den größten Korruptionsprozeß der Nachkriegszeit bezeichnen.«

»Wozu erzählen Sie mir das? Meinen Sie, ich lese keine Zeitung?«

»Wenn ich voraussetzen darf, daß Sie orientiert sind . . .«

»Stöger! Hören Sie endlich auf, wie die Katze um den heißen Brei zu reden. Was hat Berber mit dem Pachner-Prozeß zu tun?«

»Noch nichts«, sagte der Prokurist vielsagend.

Wilhelm Hausmann sah ihn kopfschüttelnd an. »Sie sind für mich das lebendige Beispiel, Stöger, wie jemand blitzgescheit und dabei doch strohdumm sein kann. Oder liegt es daran, daß Sie auf Ihre alten Tage anfangen, kindisch zu werden?«

»Auf alle Fälle würden wir damit erreichen«, fuhr Jupp Stöger so ruhig fort, als wenn er Wilhelm Hausmanns Beleidigung gar nicht gehört hätte, »daß das Verteidigungsministerium seinen

Auftrag an Berber zurückzieht. Natürlich müßte man die Sache so arrangieren, daß wir selber ganz aus dem Spiel bleiben, niemand dürfte erfahren ...«

»Das geht nicht, Stöger. Nein, das geht absolut nicht. Davon halte ich gar nichts. Ich bin mit meinen Mitteln nie penibel gewesen, aber das ... Wenn man anfängt, Dreck aufzuwühlen, wird man zu leicht selber dabei schmutzig, Stöger. Sie wissen, was ich meine.«

»Aber es wäre meines Erachtens die einzige Möglichkeit ...«

»Ihres Erachtens, Stöger. Gut, daß Sie das dabei sagen. Sie haben eben keine Fantasie. Passen Sie mal auf! Selbst wenn das Verteidigungsministerium seinen Auftrag an die Berber-Werke zurückzöge, wer sagt Ihnen denn, daß wir ihn bekommen würden? Ich sage Ihnen, wir bekämen ihn nicht. So viel Sympathien würde Berber bei den Herren schon noch besitzen, das durchzudrücken. Wahrscheinlich ginge das Geschäft an Klepper nach Rosenheim. Das wäre um nichts besser.« Wilhelm Hausmann lehnte sich in seinem Sessel zurück, nahm einen Zug aus seiner Zigarre, sagte fast behaglich: »Sie sind ein Stümper, Stöger, so leid es mir tut, muß ich Ihnen das ganz offen sagen.«

»Dann«, sagte Stöger und erhob sich, »werden Sie mir wohl erlauben, in den Ruhestand zu treten. Sie wissen, meine Frau ...«

»Nein, das erlaube ich Ihnen ganz und gar nicht. In Ihrem eigenen Interesse, Stöger, geben Sie es doch zu, wenn Sie nicht mehr in die Firma kommen dürften, wären Sie längst ein toter Mann.«

»Da Sie keinen Wert auf meine Dienste legen ...«

»Herrgott, Stöger, nun seien Sie doch nicht so empfindlich! Man wird doch wohl noch offen reden dürfen! Sie wissen genausogut wie ich, wenn ich Sie nicht mehr brauchen würde, hätte ich Sie längst gefeuert! So, nun setzen Sie sich gefälligst wieder und hören sich an, was ich zu sagen habe.« Wilhelm Hausmann legte seine Zigarre in den Aschenbecher, faltete die kräftigen, kurzfingrigen Hände vor sich auf dem Schreibtisch. »Als Sie da mit Ihren makabren Vorschlägen herauskamen, Stöger, habe ich mir die Sache gründlich überlegt. Das einzige Mittel, die Berber-Werke als Konkurrenz auszuschalten ... und ...« Er hob seine Stimme: »... den Auftrag zu bekommen, besteht in einer Fusion.«

»Auf die Arnold Berber sich niemals einlassen wird!« sagte der Prokurist trocken.

»Das möchte ich aber doch dahingestellt sein lassen, lieber Stöger! Man müßte ihn nur dazu bringen, die Dinge realistisch zu sehen. Er ist ein kranker Mann. Sein kleiner Sohn ist . . . na, wie alt ist er wohl?«

»Acht Jahre?«

»Lassen wir ihn zehn sein. Er ist frühestens in fünfzehn Jahren . . . allerfrühestens, Stöger . . . soweit, die Firma zu übernehmen. Und bis dahin . . . die gute Ines Berber versteht jedenfalls nichts vom Geschäft. Na also. Ich finde, daß gerade in Berbers Interesse eine Fusion das gegebene wäre. Zusammen könnten wir in größerem Umfange und damit billiger einkaufen. Wir könnten rationeller produzieren . . . Vorteile über Vorteile. Er selber trüge nicht mehr allein die Verantwortung, er könnte sich gesundheitlich schonen . . . und wenn es dann wirklich nicht mehr geht, mit gutem Gewissen in Pension gehen. Sein Werk bliebe in guten Händen. Na, wie gefällt Ihnen das?«

»Ich bin nicht Arnold Berber.«

»Dann versetzen Sie sich gefälligst in seine Lage!«

»Nun, wenn ich Arnold Berber wäre . . .« Der Prokurist legte nachdenklich die Fingerspitzen gegeneinander, »ich fürchte, Herr Hausmann, ich würde auf Ihren Vorschlag nicht eingehen . . . gerade deshalb, weil er von Ihnen käme. Arnold Berber wird nicht glauben, daß Sie es gut mit ihm meinen.«

»Unsinn! Das denken Sie! Aber Sie vergessen, daß Arnold und ich alte Freunde sind, uralte Freunde. Wir haben über ein Jahr zusammen in derselben Firma volontiert. In Manchester. Das war . . . warten Sie mal . . . na, jedenfalls vor dem Krieg. Damals waren wir noch beide junge Schnösel. Menschenskind, Stöger, was waren das für Zeiten! Wir haben manches Ding zusammen gedreht, das können Sie mir glauben. Blackston & Fire hieß die Firma, ich erinnere mich noch ganz genau.« Er nahm den Telefonhörer ab, hielt ihn einen Augenblick zögernd in der Hand.

»Wollen Sie Berber anrufen?« fragte der Prokurist ungläubig.

»Natürlich nicht. Ich überlege nur gerade. Heute haben wir den einundzwanzigsten März. Da habe ich doch so eine Einladung bekommen . . .« Er legte den Hörer wieder auf, begann unter einem Stapel Papieren zu wühlen. »Ja, da haben wir's. ›Traditionelles Frühlingsfest‹ im Golfklub. Da kommt Berber bestimmt hin. Schließlich ist er im Vorstand.« Er drückte auf die rote Taste, sagte: »Bitte, verbinden Sie mich mit meiner Tochter.«

»Das Fräulein Angela«, sagte der Prokurist, »sie läßt sich in letzter Zeit wenig hier sehen. Na, kein Wunder, junge Mädchen haben eben andere Interessen. Geht sie noch auf die Textilingenieur-Schule?«

Wilhelm Hausmann konnte ihm auf diese Frage keine Antwort mehr geben, denn eben jetzt kam das Gespräch. »Hallo, Angela«, sagte er mit betonter Herzlichkeit. »Tut mir leid, wenn ich dich störe! Also, ich bitte dich, dafür müssen diese Leute doch Verständnis haben. – Selbstverständlich mache ich es kurz. Aber wie soll ich dich sonst überhaupt noch sprechen, wenn ich nicht mal mehr mit dir telefonieren darf? Du läßt dich ja kaum noch zu den Mahlzeiten sehen. – Nein, mein liebes Kind, ich habe bestimmt keine Schuld daran. Ich . . .« Er wechselte den Ton. »Hör mal, es hat doch wirklich keinen Zweck, wenn wir uns zanken. Also, paß mal auf, Liebling, ich habe einen Vorschlag. Hast du heute abend etwas vor? – So? Nein, das geht nicht. Nein, das paßt mir nicht. Das mußt du verschieben. Ich möchte heute abend mit dir zusammen in den Golfklub gehen. Zum Frühlingsfest. Ich rechne mit dir, Angela. Hast du mich verstanden?« Er legte den Hörer auf.

Als er Stögers leicht amüsierten Blick sah, sagte er rasch: »Die ist ganz vernarrt in ihre Lernerei, nimmt es verdammt wichtig. Na, einerseits freut es mich ja, aber andererseits . . . die Kinder werden eben flügge, Stöger. Aber wem sag ich das! Wenn meine Frau noch lebte . . . los, Stöger, jetzt möchte ich mal eine Aufstellung unserer Umsätze vom vorigen Monat sehen!«

2

Der große Zeiger der elektrischen Wanduhr im Chefsekretariat der Berber-Werke rückte voran. Es war jetzt schon zwölf Uhr dreißig vorbei.

»Sie kommt nicht mehr«, sagte Rolly Schwed vergnügt.

»Das wäre zu schön, um wahr zu sein.« Helen Wilde betrachtete prüfend ihre Fingernägel, stellte fest, daß an einigen Stellen der rote Lack abgebröckelt war. »Meinst du, ich kann es wagen?« fragte sie die jüngere Kollegin.

»Unbedingt. Du wirst sehen, die Sintrop ist krank, sonst wäre sie längst hier.«

Helen Wilde zog ihre Schreibtischschublade auf, nahm ein Fläschchen Nagellack heraus, entschraubte es und begann behutsam die beschädigten Stellen auszubessern. Der durchdringende Geruch des Nagellacks verbreitete sich in dem modern eingerichteten gepflegten Raum.

»Aber wenn sie wirklich krank wäre«, gab Helen Wilde zu bedenken, »dann würde sie doch wenigstens angerufen haben.«

»Nicht unbedingt.« Rolly Schwed schob ihren Stuhl von dem Schreibmaschinentischchen zurück, schlug ihre hübschen Beine übereinander. »Nehmen wir an, es ist mitten in der Nacht passiert, Blinddarmentzündung oder so etwas, und sie hat sofort ins Krankenhaus gemußt. Dann hätte sie doch gar nicht telefonieren können, selbst wenn sie es gewollt hätte.«

»Wenn die Sintrop narkotisiert wird, da möchte ich mal dabei sein«, sagte Helen Wilde. »Mit dem Holzhammer, das geschähe ihr gerade recht.«

»Noch im Schlaf würde die seinen Namen flüstern: ›Arnold, mein Arnold!‹« Rolly lachte. »Wie kann man nur so verrückt sein!«

»Na, du hast's gerade nötig!« Helen Wilde wedelte mit ihren Händen durch die Luft. »Läßt dich von deinem Peter zum Narren halten, obwohl jeder weiß, daß der Junge von Kopf bis Fuß bloß aus Angabe besteht.«

»Das ist nicht wahr!« rief Rolly empört und setzte beide Beine zu Boden. »Wie kannst du so etwas sagen!«

»Weil es stimmt. Ich hab's mir nicht ausgedacht. Frag jeden im Betrieb.«

»Ach, hör schon auf damit! Aus dir spricht doch nur der blasse Neid.«

»Daß ich nicht lache!« Helen Wilde klopfte sich behutsam, um ihren feuchten Lack nicht zu verletzen, eine Zigarette aus einem Päckchen, steckte sie zwischen die Lippen und zündete sie an. »Werde du erst mal trocken hinter den Ohren, bevor du überhaupt . . .«

Sie kam nicht dazu, den Satz zu Ende zu sprechen, denn in diesem Moment wurde die Tür von außen geöffnet.

Ehe die beiden Sekretärinnen die Situation noch ganz erfaßt hatten, trat Stefanie Sintrop ins Zimmer.

»Entschuldigen Sie, meine Damen«, sagte sie sarkastisch, »wenn ich Sie störe! Es war nicht meine Absicht. Wahrscheinlich hatten Sie eine kleine Verschnaufpause wohl verdient. Sind die Listen fertig, Rolly?«

»Ja, natürlich. Ich muß nur noch . . .« Hastig zog Rolly Schwed einen neuen Bogen in ihre Schreibmaschine.

»Anrufe?« Stefanie Sintrop öffnete ein Fenster.

»Nein. Das heißt nur . . . Herr Herzogenrath von der Werbeleitung«, gab Helen Wilde Auskunft. »Er ruft später wieder an.«

»Was hat er gewollt?« – »Das hat er nicht gesagt.«

Stefanie Sintrop blähte die Nasenflügel. »Es ist hoffnungslos mit Ihnen, Fräulein Wilde.« Sie streifte ihre Handschuhe ab, steckte sie mitsamt ihrer Handtasche in ein Fach ihres Schreibtisches, erklärte: »Ich gehe jetzt zum Chef. Wenn Anrufe kommen . . .«

»Entschuldigen Sie bitte, Fräulein Sintrop«, sagte Helen Wilde, »ich vergesse ganz, Ihnen zu sagen . . . Herr Berber hat eine Besprechung. Er möchte nicht gestört werden. Von niemandem.«

»Rechtsanwalt Doktor Heinrich ist bei ihm«, fügte Rolly Schwed erklärend hinzu.

Stefanie Sintrop ließ sich ihre Enttäuschung mit keinem Wimpernzucken anmerken. Sie holte sich einen Geschäftsvorgang aus dem großen Aktenschrank, begann ihn zu studieren, wobei sie sich auf ihrem Block stenografische Notizen machte.

Eines der beiden Telefone auf ihrem Schreibtisch klingelte. Sie nahm den Hörer ab, meldete sich. »Chefsekretariat der Berber-Werke. Sintrop.«

»Guten Tag, Fräulein Sintrop. Bitte, verbinden Sie mich sofort mit meinem Mann!«

Es war die wohlklingende, jetzt ein wenig aufgeregte Stimme von Ines Berber.

»Das tut mir sehr leid, gnädige Frau«, sagte Stefanie Sintrop ruhig.

»Was soll das heißen? Ist er etwa nicht in seinem Büro?«

»Doch, gnädige Frau. Aber er hat ausdrücklich Anordnung gegeben, nicht gestört zu werden. Er hat eine wichtige geschäftliche Besprechung.«

»Das interessiert mich nicht. Bitte, verbinden Sie mich! Wenn mein Mann nicht mit mir sprechen will, dann soll er mir das selbst sagen!«

»Es tut mir leid, gnädige Frau«, sagte Stefanie, »aber dazu bin ich nicht befugt.«

»Wenn mein Mann wüßte, daß ich ihn sprechen will . . .«

»Ich werde es ihm selbstverständlich mitteilen, sobald er wieder frei ist, gnädige Frau. Kann ich irgend etwas ausrichten?«

»Nein, danke.«

Stefanie Sintrop hörte, wie die Frau ihres Chefs den Hörer auflegte.

Susanne Berber runzelte die kindlich runde Stirn.

»Typisch«, sagte sie böse, »das hätte ich dir voraussagen können, Mammi!«

»Diese Sintrop, dieser Drachen!« Jochen stellte sich auf die Zehen und wirbelte ein imaginäres Lasso über den Kopf.

»Wenn ich die mal in die Fänge kriegte, der würd' ich's schon zeigen! Knebeln und fesseln würde ich sie, bis sie um Gnade winselt.«

»Jochen, bitte! Hör auf mit diesem Unsinn! Du weißt, wie wenig ich das liebe.« Frau Ines Berber erhob sich aus dem kleinen Sessel neben dem Telefon im Damenzimmer, strich sich mit beiden Händen über das enganliegende weiße Jerseykleid, das ihre mädchenhafte Figur reizvoll betonte.

»Aber er hat ja recht, Mammi«, sagte Susanne mit Nachdruck. »Diese Sintrop ist wirklich eine Pest! Du solltest endlich was dagegen tun!«

»Bitte, verschont mich mit diesem Gerede. Fräulein Sintrop tut nur ihre Pflicht. Wenn Vater Anweisung gegeben hat . . .«

»Ach was! Blödsinn!« sagte Jochen. »Das gilt doch nicht für uns. Schließlich sind wir doch seine Familie! Jede Wette, sie sagt ihm nicht mal, daß wir ihn sprechen wollen.«

»Hat sie wenigstens gesagt, ob er zum Mittagessen nach Hause kommt?« fragte Susanne.

»Nein.«

Frau Ines Berber warf einen Blick auf die kostbare antike Uhr auf der Rosenholzkommode. »Aber ich glaube kaum, daß wir damit rechnen können.«

»Verdammt!« sagte Jochen. »Und was nun?«

»Jochen! Bitte einen anderen Ton!« Frau Ines Berber gab sich Mühe, streng zu sein, aber der Blick, mit dem sie ihren aufgeregten kleinen Sohn umfaßte, war voller Zärtlichkeit.

»Wenn's doch wahr ist«, maulte Jochen. »Alle anderen, die mitdürfen, haben schon längst die Erlaubnis. Bloß wir . . .«

»Morgen früh ist der letzte Termin«, erklärte Susanne. »Wenn wir bis dahin nicht Bescheid wissen, ist es Essig.«

»Dann werden wir eben heute abend mit Vater darüber reden«, versuchte Frau Berber ihre Kinder zu beruhigen.

»Das sagst du nun schon jeden Tag, Mammi!« behauptete Susanne. »Aber klappen tut's nie! Entweder kommt Vater zu spät nach Hause . . . oder er ist zu müde . . . er bringt Gäste mit oder was weiß ich sonst. Am liebsten würde ich selber zu ihm in die Fabrik fahren!«

»Au ja, fein!« stimmte Jochen ihr begeistert zu. »Das ist die Masche! Machen wir's gleich! Jetzt wissen wir ja, daß Vater da ist!«

»Das kommt überhaupt nicht in Frage, Kinder!« Ines faßte die beiden beschwörend bei den Schultern. »Vater hat genug Arbeit und Ärger. Ich verbiete euch, ihn auch noch mit euren Sorgen zu belasten. Ganz davon abgesehen, daß . . .«

Susanne unterbrach ihre Mutter, machte sich mit einem Ruck aus ihrem Griff frei. ». . . Fräulein Sintrop uns gar nicht vorlassen würde!«

Sie sah von einer Sekunde zur anderen nicht mehr wie ein kleines Mädchen aus, sondern wie eine gereizte, eifersüchtige Frau. »Wie ich dieses Biest hasse!«

»Sanne! Ich bitte dich!« Frau Ines hatte die Veränderung ihrer Tochter mit Schrecken bemerkt. »Das habe ich gar nicht sagen wollen! Ich habe euch nur warnen wollen. Ihr wißt beide, wie sehr Vater solche Überfälle haßt. Bestimmt würdet ihr bis zu ihm vordringen, aber erreichen würdet ihr sicher nichts.«

»Das wollen wir doch mal sehen! Buffalo Bill, der Held der Prärie . . .«, prahlte Jochen.

»Hör nicht auf ihn, Mammi«, unterbrach Susanne ihren kleinen Bruder, schmiegte sich, wieder ganz verspieltes, kleines Mädchen, an ihre Mutter. »Hilf uns lieber, Mammi. Für dich ist's ja eine Kleinigkeit. Du brauchst bloß ja zu sagen, und alles ist geritzt!«

»Ich habe euch schon ein paarmal erklärt . . . eine vierzehntägige Fahrt nach Holland, das ist keine Sache, die ich allein entscheiden kann.«

»Doch. Du kannst es, wenn du nur willst!« sagte Susanne mit Nachdruck. »Bitte, sag ja, Mammi. Bitte, bitte, bitte! Vater bringen wir's dann schon hinterher bei.«

»Wichtigkeit!« Jochen schnaubte durch die Nase. »Jede Wette. Der merkt nicht einmal, daß wir nicht da sind!«

»Du bist sehr ungerecht, Jochen!« Frau Berbers klare, blaue Augen wurden dunkel vor Erregung. »Ungerecht und unvernünftig. Euer Vater liebt euch, und das wißt ihr ganz genau. Für wen, glaubt ihr denn, arbeitet er sich so ab? Etwa zu seinem Vergnügen? Nein. Nur um euch eine gesicherte Zukunft bieten zu können. Daß du vorlaut bist, Jochen, habe ich dir immer wieder nachgesehen, aber Undankbarkeit kann ich nicht ertragen.«

»Entschuldige schon, Mammi«, murmelte Jochen kleinlaut, »es ist mir bloß so herausgerutscht.«

»Das ist für mich keine Entschuldigung. Du bist alt genug, dir deine Worte zu überlegen.«

Jochen schlang seine Arme um den Hals der Mutter, drückte ihr einen zärtlichen Kuß auf die Wange. »Ach, Mammi, sei doch nicht so streng mit uns. Ist doch klar, daß wir jetzt verbittert sind. Du weißt doch genau, daß ich's nicht im Ernst gemeint habe!«

»Du könntest uns wirklich die Erlaubnis geben, Mammi! Wirklich und wahrhaftig!« drängte Susanne noch einmal. »Es ist doch nichts dabei! Oder hast du etwa Angst vor Vater?«

Frau Ines sah ihrer Tochter gerade in die Augen. »Nein«, sagte sie, »aber ich habe Angst um euch. Vierzehn Tage mit einer Horde von Jungen und Mädchen unterwegs, das gefällt mir gar nicht. Wenn ihr die Erlaubnis von Vater bekommt, bitte, dann habe ich nichts dagegen einzuwenden. Aber ich selber kann mich nun einmal für diesen Plan nicht begeistern. Dafür habe ich euch viel zu lieb.«

Es war ein Uhr vorbei, als die Tür des Chefbüros von innen geöffnet wurde.

Stefanie Sintrop erhob sich sofort, während Rolly Schwed, ohne aufzublicken, weiter auf die Tasten ihrer Schreibmaschine einhämmerte, bemüht, aufzuholen, was sie am Vormittag versäumt hatte.

Helen Wilde war zum Mittagessen in die Werkskantine gegangen.

Rechtsanwalt Dr. Heinrich, ein älterer Herr mit einem kalten, klugen Juristengesicht, trat in das Vorzimmer hinaus, grüßte mit einem Kopfnicken und einem kleinen, zerstreuten Lächeln. Stefanie Sintrop half ihm in Mantel und Hut.

»Danke, mein Kind«, sagte er abwesend. »Was ich noch sagen wollte . . .« Er sah Stefanie durchdringend an, aber sie kannte ihn lange genug, um zu wissen, daß er tatsächlich in Gedanken ganz woanders war.

Rechtsanwalt Heinrich sprach seinen Satz nicht zu Ende, sagte statt dessen: »Ist auch nicht so wichtig! Leben Sie wohl, meine Damen!«

Rolly ließ ein unterdrücktes Kichern hören, aber Stefanie bemerkte es nicht einmal. Sie hatte vorgehabt, sobald der Besucher gegangen war, ins Chefbüro zu gehen, aber jetzt überfielen sie Bedenken. Sie überlegte, ob es nicht besser war, zu warten, bis sie gerufen wurde.

Noch war sie zu keinem Entschluß gekommen, als die Tür abermals geöffnet wurde und Arnold Berber seinen Kopf ins Zimmer steckte. »Ist Fräulein Sintrop immer noch nicht . . .«, begann er, dann sah er sie, unterbrach sich, sagte mehr ärgerlich als erfreut: »Da sind Sie ja endlich! Bitte, kommen Sie! Mit Stenogramm!«

Stefanie Sintrop ging zu ihrem Schreibtisch zurück, nahm einen Stenogrammblock und zwei scharfgespitzte Bleistifte. Als sie die Schwelle zum Chefbüro überschritt, spürte sie Rolly Schweds neugierigen Blick in ihrem Rücken. Sie wußte, daß das junge Mädchen viel darum gegeben hätte, zu erfahren, was sich zwischen ihr und dem Chef hinter verschlossenen Türen abspielte.

Sie betrat das Chefbüro, einen schöngeschnittenen, harmonisch eingerichteten Raum, der seine besondere Note durch einige abstrakte, außerordentlich farbkühne Gemälde erhielt. Arnold saß schon wieder hinter seinem Schreibtisch. Über seiner Nasenwurzel hatte sich eine scharfe Falte in seine Stirn gegraben, nervös trommelte er mit den schlanken, sensiblen Fingern auf die Schreibtischplatte aus weißem Ahornholz, die wie immer fast pedantisch aufgeräumt war.

»Entschuldigen Sie bitte, Herr Berber«, sagte die Chefsekretärin, »aber Sie wissen, ich mußte heute früh . . .«

Er brauste auf. »Halten Sie mich für einen Idioten, daß ich das vergessen könnte!? Keine Vorreden, wenn ich bitten darf! Berichten Sie! Was hat man Sie gefragt?«

»Genau das, womit wir gerechnet haben.«

»Also doch. Ich hatte immer noch gehofft . . . aber das ließ sich ja voraussehen. Ich weiß, daß es nicht Ihre Schuld ist, Stefanie.

Entschuldigen Sie, daß ich Sie vorhin angefahren habe. Es ist nur ... ich bin entsetzlich nervös.«

Stefanie Sintrop trat näher. »Erst habe ich versucht, die Verantwortung auf Herrn Hugenberg abzuschieben, aber ich merkte gleich, daß es unglaubwürdig klang. Es war nicht durchzuführen.«

»Sie haben also ... alles zugeben müssen?«

»Natürlich nicht. Warum sollte ich denn? Ich habe geleugnet.«

»Sie haben ...« Er starrte sie an. »Das kann doch nicht Ihr Ernst sein?«

»Ich bin überzeugt, daß ich mich absolut richtig verhalten habe«, sagte sie ruhig. »Warum sollte ich etwas zugeben, was sie nicht beweisen konnten? Sie tappten völlig im dunkeln, das habe ich gleich gemerkt. Der Staatsanwalt versuchte zu bluffen, aber darauf bin ich nicht hereingefallen.«

Sein gutgeschnittenes Gesicht war sehr hart geworden; die steile Falte über seiner Nasenwurzel hatte sich noch vertieft. »Ja, haben Sie denn nicht schwören müssen?«

»Doch.« Ohne den Blick von ihm zu wenden, sagte sie nach einem tiefen Atemzug: »Ich habe einen Meineid geschworen!«

Einen Augenblick lang starrte Arnold Berber seine Sekretärin fassungslos an.

»Nein!« stieß er hervor und noch einmal: »Nein!« Dann trat er auf sie zu. »Sind Sie wahnsinnig geworden?«

Ihr herbes Gesicht wurde plötzlich sehr weich, Tränen stiegen ihr in die dunklen Augen. »Was blieb mir denn anderes übrig?«

Er ließ sie los, stieß sie fast von sich, sagte tonlos: »Das ist ja ... grauenhaft!«

Sie sah ihn an, spürte, daß er litt, auch körperlich. Zwischen Nasenflügel und Mundwinkel hatten sich zwei tiefe Furchen gegraben. Er fuhr sich mit einer gequälten Geste zum Magen.

Stefanie Sintrop ging mit wenigen raschen Schritten zum Waschkabinett, öffnete beide Türen, legte Stenogrammblock und Bleistifte auf den Rand des Beckens, ließ eines der blankpolierten Gläser halb voll Wasser laufen, dann öffnete sie einen Glasbehälter, schüttelte sich zwei rote, längliche Pillen in die Hand, trat mit dem Wasserglas und den Pillen zu ihrem Chef. »Bitte, Herr Berber!« sagte sie.

Er sah sie mit einem Blick an, der ihr bis ins Mark ging, und schluckte dann das Medikament mit dem Wasser hinunter.

Er bedankte sich nicht, und sie trug wortlos das Glas wieder zurück, holte Bleistift und Stenogrammblock.

Sie setzte sich auf einen mit mattblauem Leder überzogenen Stuhl an die Seite des Schreibtisches, blätterte den Stenogrammblock auf, sah ihn erwartungsvoll an. »Sie hatten mir etwas zu diktieren, Herr Berber . . .«

»Fräulein Sintrop«, sagte er, »was sind Sie nur für ein Mensch! Glauben Sie wirklich, daß ich jetzt ohne weiteres zur Tagesordnung übergehen könnte?«

»Warum nicht? An dem, was ich getan habe, ist jetzt nichts mehr zu ändern!«

»Das sagen Sie so kalt, als wenn es sich um . . . um eine zerbrochene Fensterscheibe handelte. An dieser Geschichte ist mehr kaputtgegangen. Viel, viel mehr. Wissen Sie überhaupt, was ein Meineid bedeutet? Wissen Sie, daß Sie mit einer Zuchthausstrafe rechnen müssen, wenn . . .«

»Natürlich«, sagte sie, »darauf hat mich der Staatsanwalt aufmerksam gemacht.«

»Stefanie! Wie konnten Sie sich in so eine Situation hineinmanipulieren? Sich und auch mich! Sie wissen, wie sehr ich Sie als Mitarbeiterin schätze . . . Ihre rasche Intelligenz, Ihre Zuverlässigkeit. Aber das war wirklich verantwortungslos! Wie konnten Sie nur auf eine so irrsinnige Idee verfallen?«

»Ich dachte, daß es in Ihrem Interesse läge«, sagte sie leise.

»In meinem . . .« Es verschlug ihm regelrecht die Sprache.

»Aber . . . nun sagen Sie mal . . .«

»Herr Berber, ich habe Ihnen vor acht Tagen meine Vorladung gezeigt. Sie wußten, daß ich im Pachner-Prozeß aussagen mußte. Ich habe Sie gefragt, was ich tun soll. Aber Sie . . .«

»Damit fangen Sie nicht mich! Ich erinnere mich ganz genau, was ich Ihnen gesagt habe. Das Gegenteil von dem, was Sie jetzt getan haben! Ich habe Ihnen ausdrücklich geraten, die Wahrheit zu sagen! Oder wollen Sie das etwa leugnen?«

»Ich konnte mir nicht vorstellen, daß es Ihnen Ernst war. Sie brachen das Gespräch so kurz ab, als wenn Sie . . . na eben . . . die Entscheidung mir überlassen wollten.«

»Ich wollte nicht den Eindruck erwecken, als wenn ich versuchte, Sie zu irgend etwas zu überreden! Begreifen Sie das denn nicht? Ich wollte mich nicht strafbar machen! Beeinflussung von Zeugen . . . auch das ist ein Verbrechen! Ich wollte . . .« Er brach ab, stöhnte tief. »Und da gehen Sie verantwortungslose Person hin und schwören einen Meineid! Mir könnte es ja gleichgültig sein, was Sie tun, wenn es nur um Sie ginge, um Ihr Gewissen! Aber jetzt stecke ich mitten drin. Womöglich wird man jetzt auch noch zu allem Überfluß denken, daß ich Sie zu diesem Meineid angestiftet habe!«

»Niemand wird das behaupten.«

»Woher wissen Sie das? Jetzt wollen Sie mir schon wieder etwas einreden, nur weil es Ihnen in den Kram paßt. Beinahe könnte ich den Eindruck haben, daß Sie mich mit voller Absicht in die Sache hineinreißen . . . mit voller Absicht!«

»Herr Berber!« Stefanie Sintrop war blaß geworden.

»Schauen Sie mich nicht so an! Ich kenne Sie! Sie schrecken vor nichts zurück, wenn es um die Erfüllung Ihrer Wünsche geht.«

»Es ging mir um die Firma«, sagte Stefanie Sintrop mit Nachdruck. »Wenn wir damals den Aufbaukredit nicht bekommen hätten, würden wir den Anschluß verpaßt haben. Darin waren Sie und Herr Hugenberg sich seinerzeit ganz einig. Sie mußten auf Pachners Bedingungen eingehen, etwas anderes blieb Ihnen gar nicht übrig!«

»Im Verdrehen der Tatsachen waren Sie von jeher Meisterin! Ich spreche mit Ihnen jetzt nicht über den Wiederaufbaukredit, nicht über die ohnehin recht peinliche Bestechungsaffäre, ich spreche mit Ihnen über Ihren Meineid. Begreifen Sie denn nicht, in welche Situation Sie mich gebracht haben? Ich bin für morgen vorgeladen . . . ich hatte meine Aussage schon ganz genau mit Dr. Heinrich abgesprochen, deswegen war er eben noch hier. Und jetzt zerstören Sie mir durch Ihren verantwortungslosen Meineid den ganzen Plan!«

»Ich«, sagte Stefanie Sintrop, »ich habe nur an den Ruf der Firma gedacht.«

»Ach! Machen Sie mir doch nichts vor! Den Ruf der Firma zu schützen . . . da hätte es auch andere Mittel gegeben. Dazu hätten Sie nicht gleich einen Meineid schwören müssen!«

»Andere Mittel?« Stefanie Sintrop sah ihn mit großen Augen an. »Ich wußte kein einziges.«

»Nun, dann will ich Ihnen auf die Sprünge helfen. Hätten Sie nicht einfach so zu tun brauchen, als wenn Sie sich nicht mehr genau erinnert hätten! Als wenn der ganze Vorgang Ihrem Gedächtnis entschwunden wäre? Schließlich liegt der Fall ja zehn Jahre zurück. Zehn volle Jahre.«

»Das hätte mir niemand abgenommen.«

»Aber darauf kommt es ja gar nicht an!« Er schrie fast vor Ungeduld. »Jedenfalls hätte man Sie nicht vereidigt. Soweit wäre für uns ja alles gewonnen gewesen!«

»Nein«, sagte sie hartnäckig, »Sie wären dennoch verhört worden!«

»Ja, und? Ich hätte die Aussage verweigert! Das wäre mein gutes Recht gewesen. Man kann die Aussage verweigern, wenn man sich selber belasten würde!«

»War das alles, was Ihnen Doktor Heinrich geraten hat?« Stefanie Sintrop blähte die Nasenflügel. »Dies ist einer der Fälle, wo eine Aussageverweigerung einem Schuldbekenntnis sehr nahe kommt. Alle hätten gewußt, daß Sie es getan haben! Alle!«

»Und wenn! Niemand hätte mir etwas anhaben können! Aktive Bestechung verjährt nach fünf Jahren. Ich wäre aus allem rausgewesen.«

»Vielleicht. Aber Ihr guter Ruf . . . der Ruf der Firma . . . wäre zerstört gewesen. Gerade das wollte ich verhindern.«

Er starrte sie an, Feindschaft, ja, fast Haß im Blick. »Das wagen Sie mir zu sagen?« Seine Stimme klang tonlos, verzerrt. »Sie maßen sich an, meinen Schutzengel zu spielen . . . über meinen Kopf hinweg Entscheidungen zu treffen, die mich, nur mich angehen! Glauben Sie wirklich, daß ich nicht imstande bin, für meine Taten einzustehen? Pachner seinerzeit Geld zu geben war unkorrekt . . . das war es zweifellos, aber es geschah in einer Situation, wo der Wiederaufbaukredit für mein Werk . . . für die Existenz meiner Arbeiter und meiner Familie lebensnotwendig war! Bilden Sie sich wirklich ein, ich könnte für meine Handlungsweise nicht geradestehen?«

»Nein, natürlich nicht . . .« Zum erstenmal war sie verwirrt. »Ich habe Sie nicht bevormunden wollen, wenn Sie das meinen. Ich dachte nur . . . an Koblenz.«

»Koblenz! Das sieht Ihnen ähnlich. Ja, der Koblenzer Auftrag wäre verlorengegangen, aber wir hätten unser gutes Gewissen behalten, unsere kaufmännische Ehre. Das wäre immerhin besser gewesen . . . sehr viel besser als das, was Sie getan haben! Ein Vergehen mit einem Verbrechen gedeckt. Gehen Sie! Ich kann Sie jetzt nicht sehen!«

In Stefanie Sintrops Gesicht zuckte es, als wenn er sie geschlagen hätte. Dann preßte sie die Lippen ihres vollen, kühn geschnittenen Mundes zusammen.

»Was stehen Sie da noch herum?« fuhr er sie an. »Haben Sie nicht gehört, was ich Ihnen gesagt habe?«

Sie suchte nach Worten, um ihm klarzumachen, warum sie es wirklich getan hatte. Alles, was ihr noch heute morgen selbstverständlich und klar, geradezu groß erschienen war, hatte plötzlich seinen Sinn verloren. Sie konnte sich nicht erklären, ja nicht einmal verteidigen, spürte schmerzhaft, daß es keine Brücke der Verständigung zwischen ihnen gab.

Still wandte sie sich ab, ging zur Tür. Bevor sie das Zimmer verließ, drehte sie sich noch einmal zu ihm um, sagte tonlos: »Ihre Gattin hat angerufen. Sie wünscht Sie dringend zu sprechen.«

Arnold Berber war dabei, mit seinem Assistenten Dr. Schreiner die Maßnahmen zu besprechen, die zur Durchführung des Wehrmachtsauftrages zu treffen waren, als seine Frau unvermittelt ins Zimmer stürmte.

Beide Herren erhoben sich sofort, aber statt jeder Begrüßung sagte Arnold Berber unwillig: »Ines! Was fällt dir ein?!«

»Ich muß mit dir sprechen, Arnold!« sagte sie entschlossen, fügte, zu Berbers Assistenten gewandt, hinzu: »Entschuldigen Sie bitte, Doktor Schreiner!«

»Aber selbstverständlich, gnädige Frau...« Dr. Schreiner sah seinen Chef fragend an.

»Hättest du mich nicht auch anrufen können, Ines?« fragte Arnold Berber mißbilligend. Er gab Dr. Schreiner einen Wink mit dem Kopf. »Bitte halten Sie sich zu meiner Verfügung. Diese Maßnahmen müssen heute noch ausgearbeitet werden.«

Ines Berber wartete, bis der Assistent das Zimmer verlassen hatte, dann sagte sie bitter: »Dich anzurufen hätte wohl kaum Zweck gehabt. Deine Sekretärin pflegt sich meist zu weigern, mich mit deinem Büro zu verbinden.«

»Nur dann, wenn sie Anweisung dazu hat.«

»Bist du sicher?«

»Ines, ich bitte dich! Was soll das? Bist du wirklich nur gekommen, um mich in der Arbeit zu stören? Um mir wieder einmal Szenen zu machen wegen Stefanie Sintrop? Habe ich dir nicht oft und oft erklärt, wie kindisch diese Eifersucht von dir ist?«

»Ich habe dir eine klare Frage gestellt«, sagte sie mit gezwungen ruhiger Stimme, »jetzt erwarte ich eine klare Antwort. Bist du sicher, daß Stefanie Sintrop in jedem Punkt deine Anweisungen befolgt?«

»Vollkommen. Jedenfalls, soweit es sich um die Belange der Firma handelt.«

»Dann hat sie also auch auf deinen Befehl hin einen Meineid geschworen?«

»Ines!« sagte er erschrocken und trat auf sie zu. »Ich bitte dich, sprich nicht so laut. Du brauchst es nicht hinauszuschreien, damit alle Welt es erfährt.«

»Glaubst du etwa, alle Welt wüßte es nicht schon längst?« Frau Ines öffnete ihre große Krokodilledertasche, zog die Zeitung heraus, schlug mit der Hand auf die Stelle, wo Stefanies Auftreten vor Gericht beschrieben stand. »Da, lies doch. Da steht es. Schwarz auf weiß.« Sie zitierte: »Die Chefsekretärin der Berber-Werke beeidete . . .«

Er riß ihr das Blatt aus der Hand, verschlang die wenigen Zeilen mit den Augen. Dann gab er ihr die Zeitung zurück. »Mein Gott, du kannst einen schrecken«, sagte er mit einem gequälten Lächeln. »Ich hatte wirklich geglaubt . . . aber von einem Meineid steht da doch nicht das geringste.«

»Willst du etwa behaupten, daß es kein Meineid war?«

»Ines, ich bitte dich! Es hat doch wirklich keinen Sinn, die Dinge so unnötig zu dramatisieren!«

»Warum hat sie das getan? Ich will wissen, warum sie es getan hat?«

Ehe er antworten konnte, fuhr sie nach einem tiefen Atemzug fort: »Bitte erzähl mir jetzt nicht, daß ich falsch orientiert bin. Ich weiß Bescheid. Damals, vor zehn Jahren, damals haben wir ja noch anders miteinander gestanden. Damals hast du mir noch alles erzählt, was in der Firma vorging. Erst später hast du dir eingebildet, auch ohne mich fertig zu werden, nachdem diese Stefanie . . .« Sie mußte schlucken, um den aufsteigenden Tränen Herr zu werden.

»Ines!« Er trat auf sie zu, um sie in die Arme zu nehmen, aber sie zuckte heftig zurück. »Ich bitte dich, Ines«, sagte er in verändertem Ton, »versuch doch ein einziges Mal, die Dinge objektiv zu sehen. Es ist wahr, daß ich in letzter Zeit nicht mehr so häufig über Firmenangelegenheiten mit dir spreche wie früher. Das liegt aber tatsächlich daran ... ich habe es dir oft und oft erklärt ..., daß die Dinge immer komplizierter geworden sind in dem Maße, wie der Betrieb gewachsen ist. Mit Stefanie hat das gar nichts zu tun.«

»Doch!« sagte sie böse. »Du glaubst, daß sie mehr Verständnis für dich hat. Das ist es.«

»Nein. Aber wenn du ganz ehrlich sein willst, glaube ich, daß sie die Dinge sachlicher sieht. Ja, sachlicher, wenn du mir jetzt nach zehn Jahren diese Pachner-Geschichte wieder auftischst, ist das nicht gerade ein Argument, das dafür spricht, dich in Firmenangelegenheiten einzuweihen!«

Ines Berber ließ sich in einen Sessel fallen, schlug die Hände vors Gesicht. »Ich hätte dich niemals zu einer solchen Tat fähig gehalten!« sagte sie.

»Einer Tat? Was für einer Tat? Ich habe keine Ahnung, von was du sprichst?«

»Du hast Stefanie Sintrop zu einem Meineid angestiftet. Sag mir jetzt nicht, du hast es um der Firma willen getan. Du hast es aus Ehrgeiz getan, aus deinem maßlosen Ehrgeiz, aus Gewinnsucht, aus Egoismus! Du hast ...«

»Bitte, Ines ...«, sagte er plötzlich zornig, »bitte laß mich jetzt auch einmal zu Wort kommen! Tatsache ist, ich habe von diesem Meineid nichts gewußt, bis Stefanie es mir heute mittag selber erzählt hat. Ich habe niemals geahnt, daß sie soweit gehen würde. Du kannst dir nicht vorstellen ...«

Unvermittelt begann sie bitterlich zu weinen.

»Was ist?« fragte er erschrocken. »Was hast du? Ich habe dir doch gerade gesagt ...«

»Das ist es ja, Arnold«, schluchzte sie, »gerade das ist es ja ... das hatte ich befürchtet!«

»Ich verstehe dich wirklich nicht«, sagte er.

Sie kramte in ihrer Tasche, fand ein zartes, mit einer großen, blauen Orchidee bedrucktes Taschentuch, putzte sich die Tränen ab. »Entschuldige. Bitte sei nicht böse, es war nicht meine Absicht, hier zu weinen.«

»Ich möchte endlich wissen, worauf du hinauswillst.«

»Verstehst du das wirklich nicht, Arnold? Begreifst du denn nicht, was dieser Meineid bedeutet? Warum sie es getan hat? Für dich! Nur für dich! Weil sie dich liebt, und weil sie glaubt, dich so an sie zu fesseln.«

»Also das«, sagte er ärgerlich, »das ist wahrhaftig der größte Unsinn, den ich je gehört habe. So etwas kann sich nur eine Frau ausdenken.«

»Ich weiß es, Arnold. Ich habe es schon seit langem gewußt.«

»Jetzt hör mir einmal zu. Selbst wenn es so wäre! Warum kränkt dich das? Rege ich mich etwa darüber auf, daß der junge Weye seit langem in dich verschossen ist? Daß Doktor Böger dich zumindest sehr heiß verehrt? Daß . . .«

»Aber Arnold! Begreifst du denn nicht? Das ist doch etwas ganz anderes! Stefanie Sintrop ist eine gefährliche Person. Sie liebt dich, und sie wird nicht eher ruhen, bis sie dich besitzt. Ihr Meineid war nur eines ihrer Mittel, um . . .«

»Was für ein Unsinn!« Er schlug sich mit der Hand vor die Stirn. »Was für ein himmelschreiender Blödsinn! Glaubst du wirklich, ich bin eine Sache, die man besitzen kann? Ich bin ich, ein Mann . . . dein Mann, und für Stefanie Sintrop bin und bleibe ich nichts anderes als der Chef.«

»Wenn du mich wirklich liebtest . . .«

»Natürlich liebe ich dich. Wenn du nur das von mir hören willst . . .«

»Wenn du mich wirklich liebst«, sagte sie noch einmal, »dann mußt du diese Sache mit dem Meineid klarstellen. Du bist doch für morgen vorgeladen. Du darfst dich nicht von ihr hereinreißen lassen. Du mußt ganz klar aussagen . . .«

»Unmöglich«, sagte er entschlossen, »ganz und gar unmöglich.«

»Und warum?«

»Ich kann es nicht. Das Gericht würde glauben . . . dasselbe, was du geglaubt hast . . ., daß ich sie dazu angestiftet hätte.«

»Aber wenn du . . .«

»Gerade dann. Man würde glauben, daß ich mich mit Stefanie Sintrop überworfen hätte. Nein, das habe ich mir schon selber überlegt. Das geht nicht.«

»Dann«, sagte Ines und stand auf, »mußt du sie entlassen.«

»Willst du dich etwa ins Vorzimmer setzen und ihre Arbeit übernehmen?«

»Wenn es sein müßte . . . auch das!«

Er lachte bitter. »Ich bin gespannt, wie lange du das aushalten würdest. Ein paar Tage oder ein paar Wochen, ganz bestimmt nicht einen einzigen Monat. Du hast keine Ahnung, welche Ver-

33

antwortung auf Stefanie Sintrop lastet, was für eine Vielzahl von Aufgaben. Nein, Ines, ich kann nicht auf sie verzichten. Wirklich nicht. Bis eine Nachfolgerin eingearbeitet wäre ... nein, das geht wirklich nicht!«

»Du liebst mich eben doch nicht«, sagte Ines mit wehem Blick.

Er seufzte tief. »Können wir uns nicht bei einer passenderen Gelegenheit über dieses brennende Problem unterhalten? Ich habe einen Haufen Arbeit, draußen wartet Dr. Schreiner.«

»Ja, ja, ich weiß ... für mich hast du nie Zeit. Weder für mich noch für die Kinder. Sie wollten dich schon seit Tagen fragen ...«

»Das können wir alles heute abend besprechen. Holst du mich ab? Um acht Uhr?«

»Wozu?«

»Na, ich denke, wir wollten doch heute zum Golfklub. Ich habe mir extra den Abend freigehalten. Den ganzen Nachmittag telefoniere ich nach dir herum, damit du mir den Smoking und so weiter herausschickst. Ich möchte mich gleich hier im Werk umziehen, damit wir nicht noch mehr Zeit verlieren.«

»Ist das dein Ernst?!« fragte sie.

»Was meinst du damit?«

»Daß du zu einem Fest gehen willst, während ... während alles völlig ungeklärt ist?«

»Aber, Ines!« sagte er beschwörend. »Gerade deshalb. Verstehst du das denn nicht? Wir sind doch nicht die einzigen, die den Pachner-Prozeß verfolgen. Wir werden auch nicht die einzigen sein, die sich Gedanken über Fräulein Sintrops Aussagen machen. Wenn wir heute abend nicht im Klub erscheinen, wird man über uns tuscheln. Wir dürfen uns nicht verstecken, damit würden wir alles nur noch schlimmer machen. Man würde es uns nur als ein Zeichen von schlechtem Gewissen auslegen. Nein, Ines, glaub mir, jetzt kommt es darauf an, daß wir Haltung bewahren. Ich kann nur hoffen, daß du mich nicht dabei im Stich läßt!«

3

Die Frühlingsfeier im Golfklub hatte gegen elf Uhr abends noch nicht ihren Höhepunkt erreicht. Die überdachten Einstellplätze für die Autos der Mitglieder waren längst besetzt, und immer noch fuhren Wagen mit Duisburger, Düsseldorfer und Krefelder Kennzeichen vor dem Portal des einstöckigen Gebäudes vor.

Auf der ebenerdigen Terrasse brannte im offenen Kamin ein mächtiges Feuer. Von Zeit zu Zeit warf Klubsekretär Oberst a. D. von Meuthen persönlich ein paar gewaltige Scheite in die lodernden Flammen. Damen in kleinen, aber meist überaus kostbaren Abendkleidern, Herren im Smoking, umtanzten die Feuerstelle zu den Klängen der kleinen rhythmischen Band.

»Wie Motten ums Licht«, sagte Frau Ines Berber nachdenklich. Sie saß mit ihrem Mann an einem reservierten Einzeltisch im ›Großen Zimmer‹ und sah durch die Glastür dem Tanz unter dem Sternenhimmel zu.

Berbers kannten fast jeden einzelnen der Klubmitglieder und ihrer Gäste, die heute abend gekommen waren; fast unablässig mußten sie nach allen Seiten nicken, lächeln, grüßen.

»Möchtest du?« fragte Arnold Berber mit einer Kopfbewegung zur Tanzfläche.

Sie sah ihn an. Selbst in dem schmeichelnden Licht der rosa beschirmten Lampe war die ungesunde gelbliche Färbung seines Gesichts nicht zu übersehen. Obwohl er mit keinem Wort geklagt hatte, spürte sie, daß er sich elend fühlte.

»Danke, nein«, sagte sie rasch. »Ich sitze viel lieber hier ganz ruhig bei dir und sehe zu. Ein hübsches Bild. Aber wenn man ein wenig darüber nachdenkt, ist es makaber.«

»Das kommt dir nur so vor«, sagte er, »du mußt dich davor hüten, deine eigene Stimmung auf das zu übertragen, was um dich herum vorgeht.«

»Es stimmt, daß es mir nie aufgefallen ist wie gerade heute«, sagte sie, »und trotzdem. Ist es nicht wirklich fast gespenstisch, wie alle so tun, als wenn sie glücklich und sorglos wären. Und dabei weiß jeder von jedem ganz genau, wo es nicht stimmt. Zum Beispiel sieh dir Kränzlein an! Da tanzen sie Wange an Wange wie zwei Verliebte, und jeder hier weiß genau, daß sie ihn seit Jahren mit dem Tennistrainer betrügt. Oder sieh da hinten den alten Rombach, wie er mit seiner Tüchtigkeit prahlt. Als wenn er nicht selber wüßte, daß seine Familie gegen ihn prozessiert, um ihn wegen verminderter Zurechnungsfähigkeit aus der Geschäftsführung der Firma hinauszuekeln.«

»Lächle!« sagte er. »Bitte lächle! Du darfst dir nicht anmerken lassen, wie dir zumute ist!«

Das flüchtige Erröten, das ihr in die Wangen schoß, ließ sie noch jünger, noch mädchenhafter erscheinen. Sie zwang sich zu einem Lächeln, sagte ausweichend: »Sieh mal, wer da kommt!«

Er wandte kurz den Kopf zur Tür. »Wilhelm Hausmann, der alte Gauner! Bitte schau nicht hin. Mir ist lieber, er bemerkt uns gar nicht.«

»Schon zu spät. Er kommt geradewegs auf unseren Tisch zu. Übrigens nicht allein. Ich glaube, das junge Mädchen an seiner Seite ist seine Tochter. Du mußt sie dir angucken, Arnold, sie hat sich herausgemausert, kaum zu glauben!«

Um Wilhelm Hausmanns Mund spielte ein breites Lächeln. Mit beiden Händen ergriff er die Rechte, die Frau Ines ihm entgegenstreckte, zog sie an die Lippen, sagte: »Nein, das ist aber wirklich nett, daß wir uns mal wo begegnen!«

Er drückte Arnold Berber herzhaft die Hand, klopfte ihm mit der anderen freundschaftlich auf die Schultern. »Eine Ewigkeit nicht mehr gesehen, alter Junge, wie? Das müssen wir feiern!«

Er schob seine Tochter vor, ein schlankes, großes Mädchen, in deren braunen Augen goldene Fünkchen tanzten, mahnte: »Sag Tante Ines und Onkel Arnold guten Tag, Angela. Ist sie nicht groß geworden, das Kind? Ich weiß noch, Arnold, wie du mit ihr Hoppe-hoppe-Reiter gespielt hast.«

Er wandte sich an Frau Ines. »Das war noch vor Ihrer Zeit, gnädige Frau! Manchmal habe ich ganz ehrlich das Gefühl, daß Sie mir meinen alten Freund abspenstig gemacht haben.«

»Aber nein ... wirklich nicht!« sagte Frau Ines leicht verlegen.

»Wir dürfen uns doch zu euch setzen, wie?!« Ohne eine Antwort abzuwarten, winkte er einen der Klubdiener herbei. »Bitte noch zwei Stühle an diesen Tisch ... und eine Witwe Cliquot, aber auf meine Rechnung!«

Arnold Berber erhob sich. »Wenn Sie solange meinen Platz einnehmen wollen, Fräulein Angela ...«

»Vielen Dank, Herr Berber, das ist lieb von Ihnen. Aber ich weiß gar nicht, ob wir hier nicht überhaupt stören?«

»Angela! Was ist denn das für ein Gerede?« sagte Wilhelm Hausmann. »Weißt du denn nicht, daß Arnold Berber und ich alte Freunde sind?«

»Freundschaft entbindet nicht von Rücksichtnahme!«

Wilhelm Hausmann lachte schallend. »Habt ihr das gehört?«

sagte er. »Ich kann euch nur sagen, ihr werdet euch wundern, wenn eure Kinder erst mal in die Jahre kommen. Angela möchte am liebsten mich alten Esel noch erziehen! Hat die Welt schon mal so etwas erlebt?«

»Sie haben ein wundervolles Kleid an, Angela«, sagte Frau Ines Berber ablenkend, »so ein herrlicher Stoff! Ist das Brokat?«

»Gefällt er Ihnen?« Aus Angelas Augen strahlte ehrliche Freude. »Ich hab' ihn selbst gewebt.«

»Das können Sie?«

»Ja, wir lernen das auf der Textilingenieur-Schule.«

Inzwischen hatte der Klubdiener die Stühle gebracht, der Kellner kam mit einem Kübel voll Eis und einer Flasche französischem Sekt. Er zeigte Wilhelm Hausmann diskret die Marke, bevor er den Korken fast lautlos öffnete.

Wilhelm Hausmann probierte einen Schluck, sagte genießerisch: »Ausgezeichnet! Könnte höchstens ein bißchen kälter sein. Aber schenken Sie ruhig ein. Ja, für uns alle . . .«

»Ich muß dich enttäuschen, Wilhelm«, sagte Arnold Berber und wies auf die Flasche, die neben ihm auf dem Tisch stand. »Ich trinke nur Selters.«

»Im Ernst?«

»Auf ärztliche Verordnung.«

»Pech gehabt«, sagte Wilhelm Hausmann. »Aber verlang trotzdem nicht von mir, daß ich dich bedaure! Selbst mit Selterswasser bist du ein Glückspilz, wie er im Buche steht.« Er hob sein Glas. »Gnädige Frau . . . Angela . . . trinkt mit mir auf das Wohl unseres Glückspilzes. Arnold, du bist der einzige Mann, den ich ehrlich beneide. Erstens, weil du eine goldige Frau hast, das weißt du hoffentlich selber. Zweitens, weil du mir den Koblenzer Auftrag vor der Nase weggeschnappt hast! Ja, ja, mach nur so ein Gesicht, als wenn du nicht wüßtest, wovon ich rede. Und drittens hast du eine Sekretärin, die für dich durchs Feuer geht. Stimmt's oder hab' ich recht? Ja, wenn ich's bedenke, sollten wir eigentlich auf das Wohl dieser Dame trinken, die . . . wie heißt sie?«

»Stefanie Sintrop«, sagte Ines Berber.

»Nun gut! Es lebe Stefanie Sintrop, die sich bedenkenlos in die Schranken warf, um die Ehre ihres Chefs zu retten. Donnerwetter, als ich das heute in der Zeitung las, dachte ich . . .« Er unterbrach sich mitten im Satz. Seine hellen Augen wurden rund vor ehrlichem Schrecken.

Arnold Berbers Gesicht hatte sich fast grünlich verfärbt. Schaum trat vor seine Lippen, seine Hände verkrampften sich um das Wasserglas, das dem Druck nicht standhielt und zersplitterte. Rotes Blut tropfte auf das weiße Tischtuch. Frau Ines sprang auf. »Arnold!« rief sie entsetzt. »Arnold! Um Himmels willen!«

Arnold Berbers Augen verdrehten sich, sein Körper krampfte sich zusammen; er war offensichtlich nicht mehr bei Besinnung.

Im Bruchteil einer Sekunde hatte Wilhelm Hausmann die Situation erfaßt. »Angela!« sagte er. »Hilf mir, ihn in die Garderobe zu bringen! So unauffällig wie möglich.« Er stand auf, packte den Schwerkranken mit dem rechten Arm unter der Schulter, sagte zu Ines Berber, die totenblaß mit weitaufgerissenen Augen dastand: »Bitte, gnädige Frau, suchen Sie Oberst von Meuthen, er soll den Klubarzt verständigen! Bitte tun Sie das rasch!«

Stefanie Sintrop betrat wie jeden Morgen fünf Minuten vor acht das Chefsekretariat. Sie wußte, daß sie es sich hätte erlauben können, wie die meisten höheren Angestellten, später zu kommen, aber sie dachte nicht daran, von dieser Vergünstigung Gebrauch zu machen. Sie war fast überzeugt, daß während ihrer Abwesenheit nicht gearbeitet wurde. Außerdem liebte sie es, sich ohne Hast auf den neuen Arbeitstag umzustellen, sich die Vorgänge von gestern noch einmal durch den Kopf gehen zu lassen und sich mit dem Terminkalender vertraut zu machen.

Aber heute gelang ihr diese Umstellung nur schwer.

Das Haustelefon klingelte. Herr Jegemann, der Produktionsleiter, war am Apparat. Er bat um einen baldigen Termin bei Arnold Berber.

»Tut mir sehr leid, Herr Jegemann«, erklärte Stefanie Sintrop, »aber wir sind heute tatsächlich voll besetzt, es sei denn . . .«

Die Tür öffnete sich und Gerhard Heidler, der Chauffeur, trat ein. Er grüßte, blieb dann abwartend stehen, die graue Livreemütze und einen weißen Umschlag in der Hand.

»Einen Augenblick bitte, Herr Jegemann«, sagte Stefanie Sintrop, »vielleicht . . . ich rufe in fünf Minuten wieder zurück.« Sie legte den Hörer auf, wandte sich an den Chauffeur. »Sie wünschen?«

Herr Heidler, ein schlanker Mann mit einem glatten, unbewegten Gesicht, trat vor, legte wortlos den Brief, den er in der Hand gehalten hatte, auf Stefanie Sintrops Schreibtisch.

Sie riß den Umschlag auf, las. Kein Muskel rührte sich in ihrem Gesicht, aber sie konnte nicht verhindern, daß ihr das Blut zum Herzen strömte. Sie wurde totenblaß.

Rolly Schwed, die unter gesenkten Wimpern her den Vorgang beobachtet hatte, sprang auf, lief zu ihr hin. »Ist etwas? Kann ich Ihnen helfen?«

»Nein, danke«, sagte Stefanie Sintrop beherrscht. »Gut, Herr Heidler, Sie können gehen.« Dann las sie noch einmal die wenigen Zeilen, die Arnold Berber auf das Papier geworfen hatte. »Fühle mich unpäßlich, werde heute und in den nächsten Tagen nicht in den Betrieb kommen können. Bitte veranlassen Sie alles Notwendige!« – Mehr noch als der Inhalt dieser Zeilen erschreckte sie die Schrift, die seltsam kraftlos, ja gequält wirkte. Sie zweifelte keinen Augenblick daran, daß es sich um etwas Ernstliches handeln mußte. In den zehn Jahren, die sie nun schon in den Berber-Werken arbeitete, war es niemals vorgekommen, daß der Chef wegen Krankheit auch nur einen einzigen Tag versäumt hatte. Würgende Angst schnürte ihr fast die Kehle zu.

Dann spürte sie die neugierigen Blicke von Rolly Schwed und Helen Wilde auf sich gerichtet, riß sich zusammen. Weit davon entfernt, den beiden Kolleginnen eine Auskunft zu geben, nahm sie den Hörer des Haustelefons ab, wählte eine Nummer, sagte dann:

»Hier Chefsekretariat, Stefanie Sintrop. Herr Doktor Schreiner, ich habe etwas Dringendes mit Ihnen zu besprechen. – Bitte, verschieben Sie das, es ist wirklich sehr wichtig. – Gut. In zehn Minuten bei Ihnen im Büro.«

Arnold und Ines Berber schliefen seit Jahren getrennt, aber beide Zimmer lagen im zweiten Stock des Hauses, durch ein großes grau und goldgelb gekacheltes Bad miteinander verbunden. Von seinem Bett aus hatte Arnold Berber den Blick durch die große Glastür über den Rhein hinweg auf die reizvolle Silhouette der Düsseldorfer Altstadt mit dem schiefen Lambertusturm, ein Bild, das er so gewohnt war, daß er es nur noch selten bewußt wahrnahm. Er starrte mit in sich gekehrten Augen vor sich hin, horchte auf das Plätschern des Wassers nebenan, wo Dr. Lebrecht, der Hausarzt, sich nach der Untersuchung die Hände wusch. Der Kollaps gestern abend im Golfklub, der schwerste in einer Reihe leichterer Anfälle, die er nie ernst genommen und als bedeutungslos abgetan hatte, hatte ihn tief erschreckt. Er scheute sich, selbst mit Ines offen darüber zu reden, aber es war ihm gewesen, als wenn der Tod ihn mit eisiger Hand gestreift hätte. Selbst jetzt noch, nachdem sein Herz wieder ruhig schlug und der Krampf sich gelöst hatte, saß ihm die kalte Angst im Nacken.

Endlich trat der Arzt wieder ins Krankenzimmer, ein robuster Mann in den Vierzigern, mit einem fleischigen, glattrasierten Gesicht und grauen, ein wenig hervorquellenden Augen. Lautlos kam er über die Perserbrücken, die über den mit dickem Velours bedeckten Boden gelegt waren, auf das Krankenbett zu, sagte, der bangen Frage in den Augen des Kranken ausweichend. »Na, da haben wir ja noch mal Glück gehabt, Herr Berber.« Er zog sich einen bequemen, sehr männlichen, lederbezogenen Sessel ans Bett, setzte sich.

»Glück nennen Sie das?« fragte Arnold Berber mit einem kleinen, ein wenig verzerrten Lächeln.

»Wie denn sonst?« Dr. Lebrecht beugte sich vor, legte die großen, fleischigen Hände auf die Knie. »Ich glaube, Sie haben selber gemerkt, daß das ... nun eben ... eine Art Warnung war ... oder?«

»Bitte sagen Sie mir die Wahrheit!«

»Die Wahrheit? Wofür halten Sie mich?! Die Wahrheit weiß ich so wenig wie irgendein anderer Sterblicher.«

»Die Wahrheit über meine Krankheit ...« Arnold Berber schluckte schwer. »Ist sie ... gefährlich? Ich meine, muß ich ...« Er brachte es nicht über sich, das gefürchtete Wort auszusprechen.

»Ich weiß es nicht«, sagte Dr. Lebrecht, »ganz ehrlich, ich weiß es nicht.«

»Aber Sie sind doch mein Arzt! Sie behandeln mich seit Jahren! Sie hatten ...«

»Sicher, sicher. Bitte, Herr Berber, regen Sie sich nicht auf. Ich habe Sie nach bestem Wissen und Gewissen behandelt. So gut es in meinen Kräften stand. Ich habe Sie auch zwei- oder dreimal gründlich untersucht. Aber was heißt hier gründlich? Ich bin praktischer Arzt und kein Internist. Sie wissen selber, wie oft ich Ihnen geraten habe, einen Spezialisten aufzusuchen ... oder mindestens hinzuzuziehen! Sie haben es nicht getan!«

»Weil ich Vertrauen zu Ihnen hatte!«

»Sagen Sie lieber, Sie hatten Angst. Widersprechen Sie mir

nicht, ich weiß Bescheid. Sie hatten Angst vor der Wahrheit. Sie brauchen sich dessen nicht zu schämen, das ist eine Erscheinung, wie sie eine schwere Krankheit häufig, ja fast immer mit sich bringt. Sonst hätten Sie sich längst schon mal auf Herz und Nieren untersuchen lassen.«

»Sie wissen sehr gut, daß ich einfach nicht die Zeit hatte, um . . .«

»Entschuldigen Sie, lieber Herr Berber, aber das haben Sie sich nur eingebildet. Jetzt, wo Sie auf der Nase liegen, müssen Sie die Zeit haben, wie? Und wenn Sie so weitermachen, werden die Berber-Werke in absehbarer Zeit ohne ihren Chef auskommen müssen.«

»Also doch.«

»Ja«, sagte Dr. Lebrecht ruhig. »Ich kann Ihnen nicht verhehlen, daß mir die Symptome ganz und gar nicht gefallen. Ich weiß, Sie haben sich an meine Anordnungen gehalten, aber das macht die Sache nicht besser, ganz im Gegenteil. Daß trotz aller Vorsichtsmaßnahmen, trotz Ihrer Enthaltsamkeit die Krankheit so rapide fortschreitet, gibt zu denken. Ich habe vorhin was von Warnung gesagt. Das möchte ich noch mal unterstreichen. Möglicherweise war es die letzte Warnung, die das Schicksal Ihnen hat zukommen lassen.« Er rieb sich die Nase. »Also . . . unternehmen Sie was oder machen Sie Ihr Testament.«

»Sie wollen mich erschrecken!«

»Sie sind schon längst erschrocken, geben Sie's doch zu! Es wäre unverantwortlich, den Kopf noch länger in den Sand zu stecken. Sie müssen in eine Klinik, und zwar bald. Ich weiß, daß es Ihnen auch zu Hause nicht an Pflege mangelt, aber darum handelt es sich gar nicht. Wichtig ist jetzt vor allem eine ganz exakte Diagnose. Solange die nicht vorliegt, ist jede Art der ärztlichen Behandlung ein Vabanque-Spiel!«

»Ich weiß doch schließlich, was mir fehlt!« sagte Arnold Berber abwehrend. »Eine Gallenreizung. Immer, wenn ich mich aufrege . . .«

»Das sind die Symptome, lieber Herr Berber, nicht die Ursachen Ihrer Krankheit. Ich kann mir vorstellen, daß Sie sich etwas überrumpelt fühlen, aber Sie sind ein vernünftiger Mensch, ich bin sicher, Sie werden einsehen, daß ich nichts Unsinniges von Ihnen verlange. Am liebsten möchte ich Ihnen sofort eine Überweisung ausschreiben. Wir haben hier in Düsseldorf . . .«

»Herr Doktor Lebrecht«, sagte Arnold Berber, »wenn ich das tue ... ich meine, wenn ich mich tatsächlich entschließe, mich ins Krankenhaus zu legen, dann will ich die Gewißheit haben, daß die Untersuchung durch die besten Ärzte in der modernsten Klinik durchgeführt wird, verstehen Sie?«

»Sicher. Haben Sie einen Vorschlag?«

»Nein. Ich habe mich nie mit diesen Dingen beschäftigt. Aber ich bin überzeugt, Sie können mir raten. An wen würden Sie sich wenden, wenn Sie in meiner Lage wären ... wenn die finanzielle Seite der Angelegenheit keine Rolle spielt, sondern es nur auf die Sicherheit und Schnelligkeit der Diagnose ankäme?«

»Ich würde nach Amerika gehen«, erklärte Dr. Lebrecht prompt, »schon interessehalber. Die Mayo-Klinik in Rochester soll ja das Tollste sein, was es auf diesem Gebiet überhaupt gibt. Bei unserem letzten Ärztekongreß hat Professor Henlein darüber referiert. Ein wirklich außerordentlich beachtenswertes wissenschaftliches Unternehmen!«

Stefanie Sintrop saß dem Assistenten Arnold Berbers in dessen hellem kleinen Büro gegenüber. »Lieber Doktor Schreiner«, sagte sie und klopfte mit dem ungespitzten Ende ihres Bleistiftes auf den Terminkalender, der aufgeschlagen auf ihren Knien lag, »damit wir uns nicht mißverstehen! Ich habe nicht vor, mich von Ihnen in Kompetenzstreitigkeiten verwickeln zu lassen. Um was es mir geht, ist einzig und allein, daß die Arbeit im Betrieb auch in Abwesenheit von Herrn Berber so reibungslos wie möglich weiterläuft ... und zwar in seinem Sinne. Das möchte ich ausdrücklich betonen: in seinem Sinne, auch wenn Sie überzeugt sind, daß Sie selber einen besseren Überblick über die Geschäftsvorgänge besitzen.«

»Aber das habe ich ja mit keinem Wort behauptet!« Er sprang auf.

»Um so besser. Ich habe die Termine für den heutigen und auch für den morgigen Tag schon durchgesehen und alles gestrichen, was nicht unbedingt notwendig war. Mit Herrn Herzogenrath von der Werbeabteilung, der für heute nachmittag zwei Uhr bestellt war, können Sie selber sprechen. Vielleicht ist es ganz gut, wenn Sie sich mit ihm noch einmal über den neuen Katalog in allen Einzelheiten beraten. Allerdings möchte ich Sie bitten, noch keine Entscheidungen zu treffen, die Sache eilt nicht so, als daß eine

Auftragserteilung in wenigen Tagen nicht noch genausogut möglich wäre. Die Vertreterkonferenz werde ich selber übernehmen ...«

»Warum?« fragte Dr. Schreiner aufgebracht.

»Nur deshalb, weil ich länger in der Firma bin als Sie und wahrscheinlich einen besseren Kontakt zu den Herren habe«, erklärte sie sanft.

Er hätte sie am liebsten geschüttelt. Sie wirkte sehr mädchenhaft und frisch in ihrem einfach geschnittenen, maronenbraunen Kleid mit dem breiten schneeweißen Kragen und den weißen Perlmutterknöpfen. Das schräg zu ihm erhobene Gesicht mit den breiten Backenknochen und den dunklen Augen hatte etwas fast Blumenhaftes, und dennoch, darüber war er sich klar, war sie hart wie Stahl. »Jedenfalls muß ich darauf bestehen, daß mir die Posteingänge sofort vorgelegt werden«, sagte er.

Sie schüttelte ernsthaft den Kopf. »Das halte ich für absolut unnötig, lieber Doktor Schreiner. Ich bin durchaus imstande, die Korrespondenz selbständig zu führen. Im Zweifelsfalle«, fügte sie mit einem raschen Lächeln hinzu, »werde ich mich selbstverständlich gern mit Ihnen besprechen.«

»Aber ich habe es im Vertrag!« Er raufte sich das blonde schüttere Haar. »Ich stehe als Stellvertreter des Chefs unter Vertrag! Begreifen Sie nicht, was das bedeutet? Oder wollen Sie mich einfach nicht verstehen? Ich könnte Ihnen befehlen ...«

»Nein, das täte ich nicht an Ihrer Stelle«, sagte sie gelassen. »Ich glaube nicht, daß das im Sinne Arnold Berbers wäre. Wenn er Sie de facto als Stellvertreter anerkennen würde, hätte er sich doch an Sie gewandt und nicht an mich ... ich denke, das sollte einleuchten.«

»So, wie Sie sich das vorstellen, geht das jedenfalls nicht«, sagte er wütend, »ich lasse mich nicht beiseite schieben wie einen dummen Jungen! Ich kenne meine Kompetenzen ganz genau und werde ... ich werde mich beschweren, worauf Sie sich verlassen können.«

Sie stand auf. »Daran kann ich Sie nicht hindern«, sagte sie, »ich kann es nur bedauern. Ich hatte gehofft, daß es zu einer ruhigen, vernünftigen Zusammenarbeit käme. Wenn Sie jedoch glauben, ohne meine Mitarbeit auskommen zu können ...« Sie wandte sich ab.

»Fräulein Sintrop, hören Sie mal«, sagte er halb bestürzt, halb zornig, »davon habe ich doch kein Wort gesagt. Ich habe nur versucht, Ihnen klarzumachen, daß Herr Berber nur einen Stellvertreter hat, und das bin ich! Im Krankheitsfall steht mir die Leitung des Werkes zu, haben Sie mich verstanden?«

»Ich würde Sie auch verstehen, wenn Sie Ihre Stimme etwas dämpfen würden. Wenn Sie Wert darauf legen, die Kompetenzen so genau abzugrenzen, möchte ich Sie darauf aufmerksam machen, daß ich die Sekretärin des Chefs bin und Ihnen in keiner Weise unterstellt. Das nur, um keine Irrtümer aufkommen zu lassen. Sonst wäre ich durchaus der Meinung . . . falls sich herausstellen sollte, daß Herr Berber für längere Zeit ans Krankenbett gefesselt bleibt . . ., die gesamte Betriebsführung umzustellen. Da es sich aber nur um ein ganz vorübergehendes Fernbleiben handelt, ist es doch entschieden besser, wenn jeder von uns in seinem Aufgabenkreis bleibt . . . ich im Chefbüro und Sie auf Ihrem Platz als Assistent.«

»Woher wollen Sie wissen, daß der Chef in wenigen Tagen wieder auf dem Posten sein wird?«

»Ich hoffe es, das ist alles. Wenn Sie also jetzt bereit wären, die entscheidenden Fragen in Ruhe mit mir durchzusprechen?«

Das Telefon klingelte, Dr. Herbert Schreiner nahm den Hörer ab, meldete sich, lauschte, sagte dann mit einer kleinen Grimasse zu Stefanie:

»Für Sie!«

Die Chefsekretärin nahm den Hörer aus seiner Hand entgegen. Sie sagte: »Ja, bitte! Was gibt es? Danke. In Ordnung.«

Sie sah Dr. Schreiner an, eine helle, wilde Flamme des Triumphes auf dem Grund ihrer dunklen Augen. »Entschuldigen Sie mich bitte, lieber Doktor Schreiner, wir müssen unser Gespräch später fortsetzen. Herr Berber erwartet mich bei sich zu Hause.«

Frau Ines hatte ihrem Mann die Morgenzeitung gebracht. Jetzt stand sie am Fußende des Bettes. Sie sah mit Schrecken, wie sehr der Anfall ihn mitgenommen hatte, zögerte, ihn allein zu lassen. Sie wollte nicht fragen, was der Arzt gesagt hatte, hoffte, daß er es ihr von sich aus erzählen würde.

Aber Arnold Berber hatte ihr nur flüchtig gedankt und sogleich den Wirtschaftsteil der Zeitung aufgeschlagen.

»Hast du noch einen Wunsch?« fragte sie zaghaft.

»Nein, danke, Liebes«, sagte er zerstreut.

Sie suchte nach Worten. »Du siehst glänzend aus ... ich meine ... trotz allem!«

»Ich fühle mich auch ausgezeichnet.« Arnold Berber sah auf, las die unausgesprochene Frage in ihren Augen. Er scheute sich, ihr die Wahrheit zu sagen, er wollte sie nicht beunruhigen, bevor die Dinge spruchreif waren.

»Mach dir keine Sorgen, Liebes«, sagte er, »in ein paar Tagen bin ich wieder auf den Beinen.«

»Arnold, ich finde, du solltest ... wäre es nicht besser, du würdest dich längere Zeit schonen? Du müßtest ja nicht unbedingt im Bett liegen, weißt du, aber vielleicht könnten wir mal für ein paar Wochen verreisen, irgendwohin, wo du von der Arbeit nichts hörst und nichts siehst. Ich bin sicher, das würde dir guttun!«

»Gar keine schlechte Idee«, sagte er freundlich. »Vielleicht machen wir das wirklich!«

»Arnold! Ist das dein Ernst? Oder sagst du es nur, um ... mir eine Freude zu machen?«

Es wurde sacht gegen die Tür geklopft.

Ines wandte sich um. »Ja bitte!?«

Erika, das Zweitmädchen, trat ein. »Fräulein Sintrop wartet in der Diele. Sie möchte ...«

»Schon gut. Führen Sie sie bitte herauf!« sagte Arnold Berber. Er faltete die Zeitung zusammen, legte sie beiseite.

»Arnold!« Frau Ines schrie es fast.

»Was ist, Liebes? Warum regst du dich auf?«

»Arnold! Was will die Sintrop hier? Wie kommt sie dazu ...«

»Bitte, nicht diese Stimme!« Er hielt sich die Ohren zu. »Du weißt, daß ich das nicht vertragen kann. Ich habe Fräulein Sintrop hierherbestellt, weil ich verschiedenes mit ihr zu arbeiten habe. Oder hast du geglaubt, daß ich den Betrieb von heute auf morgen einfach im Stich lassen kann?«

»Aber Arnold«, sagte sie mutlos, »das kann doch nicht gut sein. Du brauchst doch Ruhe, Schonung! Könnte nicht Doktor Schreiner ...«

»Nein, er kann nicht! Begreifst du denn nicht ...« Er stockte mitten im Satz.

Stefanie Sintrop trat ins Zimmer, kühl, adrett und selbstsicher. »Guten Morgen, gnädige Frau! Guten Morgen, Herr Berber!«

»Bitte laß uns allein, Ines«, sagte Arnold Berber, »oder ... wenn du wirklich zuhören willst, dann mußt du jetzt ganz still sein. Bitte geben Sie mir die Unterlagen, Stefanie, und setzen Sie sich!«

Frau Ines blieb wie gelähmt stehen. Sie hörte zu, wie Stefanie Sintrop ihrem Mann berichtete, daß sie Dr. Heinrich verständigt und auch sofort bei Gericht angerufen hatte, um seine Abwesenheit zu entschuldigen. Frau Ines sah den hingebungsvollen Ausdruck in den Augen der Sekretärin; der vertrauliche Ton, mit dem Arnold Berber mit der anderen sprach, schnitt ihr ins Herz. Still wandte sie sich ab und verließ den Raum, sicher, daß keiner der beiden ihre Abwesenheit überhaupt bemerken würde.

Vom Damenzimmer aus, einem kleinen, mit erlesenen antiken Möbeln eingerichteten Raum, führte durch eine Glastür eine Treppe in den Garten hinunter. Jetzt, im März, standen die großen Bäume noch kahl da, der Rasen wirkte grau, und die Knospen an den Büschen hatten sich noch nicht einmal gerundet.

Frau Ines schauderte, obwohl das Haus geheizt war. Sie zog die von der Decke bis zum Boden reichende feinmaschige Gardine vor Tür und Fenster, um dem Raum Wärme zu geben. Dann setzte sie sich an den sanft geschwungenen Biedermeierschreibtisch, schlug die Briefmappe auf und versuchte ihre Gedanken auf einen Brief an Arnold Berbers Mutter zu konzentrieren.

Nagende Eifersucht hatte von ihr Besitz ergriffen. Sie versuchte dieses Gefühl abzustreifen, sich einzureden, daß ihr Verdacht unbegründet war, aber der schneidende Schmerz in ihrem Herzen blieb. Auch wenn Arnold Berber sie mit seiner Sekretärin nicht nach den Maßstäben der Welt betrog, so bestand zwischen den beiden doch eine geheimnisvolle Vertrautheit, die sie, seine Frau, ausschloß. Am Anfang ihrer Ehe war alles anders gewesen. Da hatte sie, Ines, ganz allein seine Sorgen und Freuden teilen dürfen. Ganz allmählich, fast unmerklich, hatte die Arbeit, und damit Stefanie Sintrop, immer mehr von ihm Besitz ergriffen. Wie hatte es soweit kommen können? Was hatte sie falsch gemacht?

Es war sehr still in dem kleinen Raum, nur ganz gedämpft wurden von nebenan aus dem Speiseaufzug Stimmen aus der Küche hörbar. Erika plauderte mit der Köchin.

Frau Ines rührte sich nicht, als die Türklingel läutete. Es mochte ein Lieferant sein, vielleicht ein Vertreter. Sie blickte erst auf, als wenig später Erika ins Zimmer trat.

Das Mädchen meldete. »Herr Hausmann ist draußen, gnädige Frau, er möchte zu Herrn Berber.«

»Hausmann?« fragte Ines erstaunt.

»Jawohl. Herr Wilhelm Hausmann!« Erst jetzt überreichte Erika die weiße Visitenkarte, die sie auf einem kleinen silbernen Tablett hereingebracht hatte.

Ines Berber betrachtete sie stirnrunzelnd. Wilhelm Hausmann wollte Arnold Berber seine Aufwartung machen. Das war ein noch nie dagewesenes Ereignis. Was hatte es zu bedeuten? Seit Jahren hatte sie Wilhelm Hausmann immer nur zufällig getroffen, flüchtig begrüßt, und jetzt plötzlich, seit gestern abend . . .

»Bitte, führen Sie Herrn Hausmann zu mir herein«, sagte Ines Berber entschlossen.

Sie erhob sich hinter ihrem Schreibtisch, trat zur Sitzecke mit dem Sofa und den anheimelnden altmodischen Sesseln.

Wilhelm Hausmann trat ein. Eine Sekunde lang war Ines Berber überrascht, wie gut er aussah. In dem tadellosen, sehr modern zugeschnittenen grauen Anzug machte sein großer, massiger Körper eine glänzende Figur. Sein Gesicht mit dem kräftigen Mund, den hellen Augen und der überhohen Stirn strahlte Vitalität aus.

»Verzeihen Sie vielmals, liebe Frau Ines«, sagte er und küßte ihr die Hand. »Ich fürchte, es ist entsetzlich unpassend, Sie so einfach zu überfallen, und sicher würde meine Tochter Angela wieder mal Grund haben, den Kopf über mich zu schütteln. Aber tatsächlich habe ich es heute morgen im Betrieb einfach nicht ausgehalten, ich mußte mich persönlich nach Arnolds Befinden erkundigen. Sagen Sie, wie geht es ihm jetzt? Ich hoffe sehr . . .«

»Danke, Herr Hausmann, es ist sehr lieb von Ihnen, daß Sie selber deswegen zu uns gekommen sind. Arnold geht es entschieden besser. Den Anfall jedenfalls hat er völlig überwunden.«

»Was sagt der Arzt?«

»Bitte, setzen Sie sich doch! Darf ich Ihnen etwas anbieten?«

»Nein, danke, wirklich nicht.« Wilhelm Hausmann nahm behutsam auf einem der seidenbezogenen Sessel Platz. »Kaffee habe ich schon getrunken und Alkohol lieber nicht schon morgens früh. Wenn ich mir eine von meinen Zigarren anzünden dürfte . . . natürlich nur, wenn es Sie nicht stört, liebe gnädige Frau . . . sagen Sie es mir bitte ganz offen.«

»Ach nein, rauchen Sie nur«, sagte Frau Ines, »ich selber mache mir zwar gar nichts draus, aber ich beneide fast die Menschen, für die Rauchen ein Genuß bedeutet.«

»So beneidenswert ist es gar nicht«, erklärte Wilhelm Hausmann, »ganz im Gegenteil, es kann zu einer Art Laster werden, wenn man nicht aufpaßt.« Er zog eine lederne Zigarrentasche aus seiner Brusttasche, wählte sorgfältig eine der schwarzen Importen, die er liebte, schnitt die Spitze mit einer Zigarrenschere ab, steckte sie mit einem langen Streichholz sorgfältig in Brand.

Frau Ines hatte ihm lächelnd zugeschaut. »Wirkt fast wie eine Zeremonie«, sagte sie.

»Ist es auch.« Er warf das abgebrannte Streichholz in die Schale aus rundgeschliffenem Halbedelstein. »Also . . . der Arzt ist mit ihm zufrieden?«

Sie errötete leicht im Bewußtsein, lügen zu müssen. »Ja«, sagte sie, »doch, das ist er. Natürlich braucht Arnold noch Schonung, Sie verstehen. Er hofft, daß er es möglich machen kann, für einige Zeit zu verreisen.«

»Ausgezeichneter Gedanke!« Wilhelm Hausmann sah nachdenklich auf die helle feste Asche seiner Zigarre. »Ich möchte mich nicht in Ihre Angelegenheiten einmischen, liebe Frau Ines, aber . . .«, er sah sie offen an, »schließlich sind wir, ich meine, Arnold und ich, alte Freunde. Ich glaube, da sollte ein offenes Wort doch erlaubt sein.«

Erika erschien in der Tür, brachte in einer Vase aus weißem und goldenem Porzellan neun langstielige, kaum erschlossene Teerosen herein. »Darf ich sie auf den Tisch stellen?«

»Bitte, Erika! Wie wunderschön!« Frau Ines wandte sich an Wilhelm Hausmann. »Von Ihnen, nicht wahr? Ich liebe Rosen, und Teerosen ganz besonders.«

Wilhelm Hausmann ließ sich nicht ablenken. »Seien Sie mir nicht böse«, sagte er, »aber ich fürchte, er arbeitet zuviel. Es klingt vielleicht albern, wenn ausgerechnet ich das sage, aber glauben Sie mir, liebe verehrte Frau Ines, es kommt darauf an, wie man arbeitet. Die Kunst besteht darin, sich seine Aufgaben einzuteilen, so einzuteilen, daß man eben nicht darunter zusammenbricht. In jedem Betrieb gibt es Ärger, wahrscheinlich überall im Leben . . . man darf es sich nicht so bis unter die Haut dringen lassen. Verstehen Sie, was ich meine? Ich habe den guten Arnold nun schon seit einiger Zeit beobachtet . . . so ganz aus der Ferne . . . und das, was ich gesehen habe, gefällt mir ganz und gar nicht. Er macht sich kaputt, er macht sich einfach fix und fertig, der Junge!«

»Ich weiß«, sagte Ines leise, »aber was kann ich tun?«

»Sagen Sie es ihm! Sie sind doch seine Frau, Sie müssen ihm doch beibringen können ...«

»Nein, das kann ich nicht. Glauben Sie denn, ich habe es nicht versucht? Wie oft! Aber er sieht es einfach nicht ein. Ich habe ihn noch nicht einmal dazu gebracht, mit mir über diese Dinge zu sprechen. Er weicht mir aus, er läßt sich einfach nicht fassen. Davon verstehst du nichts, sagt er, und damit ist das Gespräch beendet.«

»Ja«, sagte Wilhelm Hausmann verständnisvoll, »dickköpfig war er immer. Aber wie wär's, wenn ich ihn mir einmal vorknöpfen würde? Ganz ehrlich, deshalb bin ich eigentlich gekommen, aber natürlich nur, wenn Sie nichts dagegen haben, liebe Frau Ines!«

»Von Ihnen wird er sich genausowenig sagen lassen.«

»Lassen wir es auf einen Versuch ankommen. Wie ist es, kann man jetzt mit ihm sprechen?«

»Jetzt? Nein, das geht nicht.« Nach einem kleinen Zögern fügte sie hinzu: »Seine Sekretärin ist bei ihm.«

»Was?!« Wilhelm Hausmanns Verblüffung wirkte sehr echt. »Na, so etwas. Kaum dem Tod von der Schippe gesprungen und schon wieder bei der Arbeit. Das gestatten Sie ihm, Ines?«

»Glauben Sie etwa, er fragt mich um Erlaubnis?«

»Also, wissen Sie, das finde ich nun wirklich unverantwortlich. Denkt er denn gar nicht an Sie, an seine Kinder? Denkt er denn wirklich, er kann mit seinem Leben und seiner Gesundheit wirtschaften, wie er will?«

»Anscheinend!« Frau Ines biß sich auf die Lippen, weil sie spürte, daß ihre Mundwinkel zu zittern begannen.

»Hm, so ist das also!« Wilhelm Hausmann fuhr sich mit der Hand über den Schädel. »Nun passen Sie mal auf, da gibt es nur noch eins. Sie müssen sich hinter seine Sekretärin stecken. Ich nehme an, die hat einigen Einfluß auf ihn, wie? Machen Sie ihr klar, daß es sehr schlecht um Arnolds Gesundheit bestellt ist, daß man ihn möglichst entlasten muß, ihm seine Arbeit abnehmen ...«

»Es ist sehr lieb von Ihnen, Herr Hausmann, daß Sie sich so viel Gedanken um Arnold machen«, schnitt Ines ihm mit einem wehen Lächeln das Wort ab. »Aber es hat keinen Sinn. Sie kennen seine Sekretärin nicht. Vielleicht sehe ich die Dinge auch falsch, Arnold behauptet das immer, wenn ich andeute ... aber ich bin überzeugt, sie hetzt ihn in die Arbeit, um ... um ... bitte, seien Sie mir nicht böse, ich kann nicht darüber sprechen! Es ist doch ohnehin alles schlimm genug.«

»Verzeihen Sie mir, Ines«, sagte Wilhelm Hausmann und legte seine warme, kräftige Hand auf ihren bloßen Unterarm. »Ich wollte Sie nicht verletzen ... wahrhaftig nicht. Ich fürchte, ich habe mich wieder mal wie ein Elefant im Porzellanladen benommen, vergessen Sie es. Eines müssen Sie mir glauben, ich meine es wirklich gut mit Ihnen ... mit Ihnen und Arnold. Es tut mir irrsinnig leid, daß ich mit meinen unbedachten Worten gestern abend der Anlaß zu diesem ... diesem Zusammenbruch war. Aber ich habe mir wirklich nichts dabei gedacht, wahrhaftig nicht. Es sollte ein Witz sein, weiter nichts. Ich konnte ja nicht ahnen ...«

»Niemand macht Ihnen einen Vorwurf, Herr Hausmann.«

»Aber ich habe ein schlechtes Gewissen. Wenn Sie mir wirklich nicht böse sind, dann, bitte, sagen Sie Wilhelm zu mir, wie alle meine Freunde, sonst müßte ich glauben ...«

»Ich weiß, daß Sie es gut mit uns meinen, Wilhelm ...«

»Sehen Sie, so gefallen Sie mir. Jetzt haben Sie auch schon ein bißchen gelächelt. Machen Sie sich nicht so viel Sorgen, Ines, es wird schon alles gut werden. Sollte es dennoch Schwierigkeiten geben, Sie wissen ja, wo ich zu finden bin. Ich stehe Ihnen jederzeit zur Verfügung. Mit Rat und Tat. Sie können sich darauf verlassen.«

4

Zehn Tage später erschien Arnold Berber am Morgen eines regnerischen Frühlingstages wieder im Betrieb. Niemand hatte ihn erwartet. Nach einer zerquälten Nacht hatte er sich plötzlich entschlossen, aufzustehen und sich wieder persönlich um die Belange der Firma zu kümmern.

Obwohl Stefanie Sintrop und auch Dr. Schreiner sich während seiner Abwesenheit sehr ins Zeug gelegt hatten, waren eine Menge Dinge unerledigt liegengeblieben, die sie allein nicht hatten bewältigen können.

Während Stefanie Sintrop ihm alle Einzelheiten berichtete, mit denen sie ihn während seiner Bettlägrigkeit nicht hatte belästigen wollen, beobachtete sie ihn besorgt. Er war noch magerer geworden, die Furchen zwischen Nase und Mund hatten sich vertieft, seine Haut hatte eine ungesunde gelbliche Farbe. Aber seine Augen blickten klar, seine Bewegungen waren straff, und er traf seine Entscheidungen so überlegen wie in seinen besten Tagen.

Es war gegen sieben Uhr abends, als Stefanie Sintrop ihm die prallgefüllte Unterschriftenmappe vorlegte. »Ich habe jedes einzelne Schreiben geprüft«, sagte sie, »es ist alles in Ordnung. Sie brauchen nur zu unterschreiben.«

»Danke, Fräulein Sintrop.« Er unterschrieb, blätterte um, unterschrieb, blätterte weiter.

Die Chefsekretärin war vor dem Schreibtisch stehengeblieben, sie sah auf seinen Kopf mit dem glatten Haar herab, in das sich schon die ersten weißen Streifen mischten.

Sie kämpfte mit einem Entschluß.

Als wenn er ihre Gedanken lesen könnte, blickte er auf, sah sie an. »Na? Was gibt's?«

»Herr Berber«, sagte sie zögernd, »es ist nur ... ich habe mich verlobt.«

»So?« sagte er gleichgültig und unterschrieb weiter. »Herzlichen Glückwunsch!«

Sie suchte nach Worten. »Wir möchten bald heiraten, Herr Berber ... so bald wie möglich! Mein Verlobter ...« Sie verbesserte sich rasch, weil dieses Wort albern in ihren eigenen Ohren klang: »Dr. Zöllner möchte nicht, daß ich dann noch weiter arbeite.«

Als Arnold Berber immer noch schwieg, fügte sie hinzu: »Natürlich werde ich so lange bleiben, bis ich meine Nachfolgerin eingearbeitet habe.«

Er sah sie an, die Augen stumpf vor Verständnislosigkeit. »Ihre ... was?«

»Meine Nachfolgerin, Herr Berber. Ich möchte kündigen.«

»Nein!« sagte er impulsiv.

»Ich verstehe natürlich, daß Sie überrascht sind ...« Stefanie drehte an ihrem Verlobungsring, einem schmalen Goldreif mit einem schimmernden Brillanten.

»Sie verstehen gar nichts«, sagte er hart. »Wenn Sie nur das geringste verstünden, würden Sie es nicht wagen, mir ausgerechnet in diesem Augenblick mit solchen Geschichten zu kommen! Kündigen! Was denken Sie sich eigentlich?«

»Ich habe ein Recht auf ein Privatleben... wie jeder Mensch!«

»Ihr Privatleben ist mir völlig egal. Von mir aus können Sie außer der Arbeitszeit tun und lassen, was Sie wollen. Aber sich einfach hinstellen und mir den ganzen Krempel vor die Füße werfen, das... also, das geht doch entschieden zu weit.«

»Herr Berber, bitte...«

Er ließ sie nicht zu Wort kommen. »Wissen Sie denn nicht, daß ich Sie brauche? Ich brauche Sie wie das tägliche Brot. Jetzt mehr denn je. Ich kann nicht auf Sie verzichten, das ist ausgeschlossen.« Er warf seinen Füllfederhalter in die Bleistiftschale, stand auf. »Ich weiß gar nicht, was Ihnen da eingefallen ist, Stefanie?!« Er trat auf sie zu, sah sie prüfend an. »Oder... haben Sie mich vielleicht nur erschrecken wollen? Geht es Ihnen um eine Gehaltserhöhung?«

»Ganz bestimmt nicht«, sagte sie rasch, »es ist nur... genau wie ich Ihnen gesagt habe. Mein Verlobter besteht darauf, daß ich... daß ich aufhöre zu arbeiten.«

»Dann bestellen Sie Ihrem Verlobten einen schönen Gruß von mir, er soll sich diese Flausen gefälligst aus dem Kopf schlagen. Verdient er überhaupt genug, daß er eine Frau wie Sie ernähren kann?«

»Ja, Herr Berber.«

Er begann mit großen Schritten im Raum auf und ab zu gehen.

»Das ist ärgerlich, höchst ärgerlich. Und Sie lieben ihn? Nein, sagen Sie bitte nichts... keine Geständnisse. Sie wollen heiraten und mich hier im Stich lassen, das genügt.«

»Herr Berber, es... Sie dürfen mir glauben, es fällt mir nicht leicht.«

»Warum tun Sie's dann?«

»Weil... mein Verlobter besteht darauf!«

»Ach, lassen Sie sich doch nichts einreden. Eine Frau wie Sie. Aus Ihnen wird nie und nimmer eine biedere Ehefrau. Dazu haben Sie gar nicht das Zeug. Bitte fassen Sie das nicht als Beleidigung auf, Stefanie, Sie wissen, wie sehr ich Sie schätze. Hören Sie...« Er blieb wieder dicht vor ihr stehen. »Können Sie Ihrem...«, er räusperte sich, »Ihrem Verlobten nicht beibringen, daß er sich noch ein bißchen gedulden soll? Ist Ihnen diese verdammte Heiraterei wirklich so verdammt eilig und wichtig?«

Stefanie Sintrop zwang sich, ihm gerade in die Augen zu blicken. »Ich habe ihn jetzt drei Jahre lang vertröstet, Herr Berber.«
»Ach so, ja, ich verstehe ... so ist das also. Natürlich ... dann ...« Er dachte angestrengt nach, änderte überraschend die Taktik. »Also, nun passen Sie mal auf, liebe Stefanie ... setzen Sie sich erst ... ja, so ist's recht.« Er zog sich einen Sessel nahe heran, nahm ebenfalls Platz. »Nun wollen wir beide uns mal wie vernünftige erwachsene Menschen miteinander unterhalten. Natürlich habe ich gar nichts dagegen, daß Sie heiraten, im Gegenteil, ich wünsche Ihnen von Herzen, Sie werden glücklich. Das, was ich vorhin gesagt habe ... aus Ihnen würde nie eine gute Ehefrau, das dürfen Sie natürlich nicht ernst nehmen, das habe ich nur so dahingeredet. Ich verstehe, daß Sie heiraten möchten, und ich begreife auch, daß Sie nicht endlos weiter hier schuften wollen, besonders da Ihr Verlobter ... also, wie gesagt, ich verstehe das alles. Aber nun versuchen Sie sich auch mal in meine Lage zu versetzen, Stefanie ... Sie müssen mir glauben, ich kann Sie im Augenblick nicht entbehren, ich kann es wirklich nicht. Ich kann Ihnen nicht befehlen zu bleiben ... dazu habe ich kein Recht. Ich kann Sie nur bitten ... inständig bitten ..., bleiben Sie, Stefanie. Nur noch ein paar Monate ... sagen wir, ein halbes Jahr! Bis dahin wird sich manches entscheidend geändert haben.«

Stefanie Sintrop seufzte. »Ich habe es mir reiflich überlegt, Herr Berber, sehr, sehr reiflich. Ich glaube nicht, daß ein Aufschub einen Sinn hätte. Wenn man einen Entschluß gefaßt hat, dann führt man ihn am besten, ohne zu zögern, durch. In einem halben Jahr fällt es mir bestimmt genausoschwer zu gehen. Sie werden nicht leichter auf meine Arbeitskraft verzichten können als heute.«

»In einem halben Jahr«, sagte er und seine Hände spannten sich um die Sessellehne, »bin ich entweder gesund oder tot.«

Ihre Augen weiteten sich; sie wurde blaß.

»Schauen Sie mich nicht so an«, sagte er, »noch bin ich kein Gespenst. Glauben Sie auch nicht, daß ich Sie mit einem Trick beeinflussen will. Was ich Ihnen jetzt sage, ist die unverbrämte Wahrheit ... übrigens habe ich noch mit keinem Menschen darüber gesprochen, außer mit meinem Arzt. Ich werde Mitte April nach Amerika fliegen. Nicht zum Vergnügen und nicht aus geschäftlichen Gründen, Stefanie. Ich muß mich in der Mayo-Klinik auf Herz und Nieren untersuchen lassen. Mein Arzt besteht darauf.

Von dem Ergebnis dieser Untersuchung, von der genauen Diagnose hängt alles ab. Mein Leben, meine Gesundheit, die Zukunft des Betriebes, alles. Begreifen Sie jetzt, warum ich Ihre Kündigung nicht annehmen kann? Sie sind der einzige Mensch, der sich im Räderwerk der Firma wirklich auskennt. Sie haben sie mit mir zusammen wachsen sehen. Ich kann Ihre Kündigung nicht annehmen, Stafanie . . . nicht in diesem Augenblick.« Er faßte ihre Hand. »Und ich bin sicher, Sie werden mich nicht im Stich lassen. Jetzt, da Sie alles wissen.«

Dr. Urban Zöllner stand im Foyer des Düsseldorfer Schauspielhauses, rauchte eine Zigarette und wartete auf Stefanie Sintrop. Er trug einen weißen Schal zum dunkelblauen Gabardinemantel, hatte die widerspenstige blonde Locke kräftig aus der Stirn gebürstet. Die Blicke, die die eintretenden Damen jüngeren und älteren Datums ihm zuwarfen, hätten ihm schmeicheln müssen, wenn er sie bemerkt hätte. Aber er beachtete sie gar nicht. Seine Augen und sein Herz suchten nur Stefanie.

Es hatte aufgehört zu regnen, aber noch war die tiefe Lache am Bordstein nicht abgeflossen. Jedesmal, wenn ein Taxi oder ein Privatauto vorfuhr, spritzte das Wasser hoch auf. Die Regenluft roch frisch und sauber.

Der Besucherstrom wurde dünner, allmählich versickerte er ganz. Nur noch vereinzelte Nachzügler hasteten durch die Glastür in den Garderobenraum. Es klingelte zum drittenmal. Immer noch standen einige Unentwegte in der Nähe der Kasse. Sie wollten die Hoffnung nicht begraben, doch noch eine Eintrittskarte zu ergattern.

Plötzlich war sich der junge Rechtsanwalt ganz sicher, daß Stefanie nicht mehr rechtzeitig kommen würde. Es war keine Ahnung, er wußte es wie eine unumstößliche Tatsache. Ohne noch eine Sekunde zu zögern, trat er zur Kasse, um die Eintrittskarten zurückzugeben. Er kam gar nicht dazu, sie wurden ihm von einem jungen Mädchen, das mit seiner Freundin gekommen war, geradezu aus den Händen gerissen. Er sah den beiden nach, wie sie auf den Zuschauerraum losstürzten. Seine aufsteigende Bitterkeit löste sich in einem Lächeln; diese beiden hatte er jedenfalls glücklich gemacht.

Er sah wieder auf die Armbanduhr. Es war eine Viertelstunde nach der verabredeten Zeit. Er ärgerte sich über sich selber, weil er nicht auf den Gedanken gekommen war, die Aufführung allein zu besuchen, aber ebensowenig fiel ihm jetzt ein, das Warten aufzugeben und fortzugehen.

Dann, kurz vor halb neun, kam sie endlich. Sie sprang aus einem Taxi, eilte die Stufen zum Eingang hinauf, riß sich noch im Laufen das Seidentuch vom Haar, sagte mit einem flüchtigen Lächeln, das ihre Züge weich machte: »Entschuldige bitte, Urban, es tut mir so leid ... aber du ahnst ja nicht ... komm rasch, damit wir nicht noch mehr versäumen!«

Er hielt sie an der Schulter zurück. »Zu spät, Stefanie! Ich habe die Karten verkauft!«

»Ach!« Sie gab sich keine Mühe, ihre Enttäuschung zu verbergen. »Warum? Wenn ich das gewußt hätte ...« Sie sprach den Satz nicht zu Ende.

»... säßest du jetzt noch im Büro! Ich bin wirklich froh, daß das jetzt bald aufhört. Es ist wirklich kaum noch auszuhalten mit dir.«

»Wir haben wirklich augenblicklich wahnsinnig viel zu tun. Urban, das mußt du doch verstehen. Ich hasse Unpünktlichkeit genau wie du, aber ich konnte einfach nicht eher loskommen. Wenn ich dich hätte verständigen können.«

»Hast du es versucht?«

»Ja«, gab sie zu.

»Das sieht dir ähnlich. Ich war den ganzen Nachmittag bei einem Klienten. Ein höchst interessanter Fall!«

Sie waren auf die Straße getreten, er hielt sie unter dem Ellbogen, führte sie zielbewußt voran.

Sie sträubte sich gegen seinen Griff. »Wohin? Was hast du vor?«

»Ich möchte eine Kleinigkeit essen und eine Flasche Wein mit dir trinken. Ich glaube, das ist das Beste, was wir jetzt noch aus dem angebrochenen Abend machen können. Wie wär's mit dem ›Rauchfang‹? Oder möchtest du lieber in eine Bar?«

»Für die Bar ist es zu früh.«

»Gut also ... ›Rauchfang‹. Wir können ja noch nachher ...«

»Bitte, Urban, laß es nicht zu spät werden. Du weißt, ich finde es schrecklich, unausgeschlafen ins Werk zu kommen.«

Er unterdrückte eine Bemerkung, führte sie behutsam, alle Pfützen vermeidend, zu dem nahe gelegenen Kellerlokal. Sie stiegen die Treppe hinunter, gaben ihre Mäntel ab.

Als sie sich das dunkelglänzende Haar vor dem Spiegel ordnete, musterte er sie bewundernd. Sie wirkte in dem auf Taille geschnittenen schwarzen Kostüm und der weißen Spitzenbluse mädchenhaft frisch und damenhaft zugleich. Ihre straffe, elfenbeinfarbene Haut war ungepudert; als einzige Konzession hatte sie für den Abend einen leichten grünen Schimmer auf ihre Augen gelegt, ihre Schrägheit durch geschickte Striche betont.

»Es ist unvorstellbar«, sagte er aus seinen Gedanken heraus.

Sie drehte sich zu ihm um, fragte, ohne zu lächeln: »Was?«

»Daß ausgerechnet eine Frau wie du so von ihrer Arbeit besessen ist. Ich glaube manchmal, du hast dich da in eine Rolle hineingesteigert, die in Wirklichkeit gar nicht zu dir paßt.«

»Und ich glaube, du liebst mich nicht so, wie ich bin.«

Ehe er noch etwas erwidern konnte, betrat sie die gemütlich eingerichteten Räume, die zu dieser Stunde, wo die Düsseldorfer noch die Theater und Kinos füllten, ziemlich leer waren. Sie fanden einen Ecktisch, an dem sie sich ungestört unterhalten konnten.

Dr. Urban Zöllner bestellte eine Flasche Nahewein, für Stefanie einen Geflügelsalat, für sich selber ein Beefsteak Tatar. Dann, als er die Speisekarte beiseite gelegt hatte, nahm er den Faden ihrer Unterhaltung wieder auf. »Du mußt nicht glauben, daß ich nicht weiß, was für ein Opfer du für mich bringst«, sagte er ernst. »Ich werde alles dazu tun, daß du es nie bereust.«

»Das weiß ich, Urban!« Sie krauste nervös in ihrer kleinen schwarzsamtenen Abendtasche, holte ein Päckchen Zigaretten hervor.

Er gab ihr Feuer. »Ich habe mir etwas überlegt«, sagte er, »wenn du wirklich glaubst, daß du dich langweilen wirst den ganzen Tag zu Hause ... tatsächlich wirst du die erste Zeit meist allein sein ..., dann könntest du mir ja in der Kanzlei helfen. Wie würde dir das gefallen? Natürlich nur, bis ... na, du weißt schon!«

»Sehr lieb von dir, Urban«, sagte sie zögernd.

»Begeistert klingt es eben nicht!«

»Weißt du, ich finde ...« Sie suchte nach Worten. »Wir sollten uns nicht zuviel Gedanken machen, sondern lieber abwarten, bis die Dinge spruchreif sind.«

»Spruchreif?« Er runzelte die Stirn. »Was heißt das? Was willst du damit sagen. Schließlich sind wir verlobt. Du hast mir versprochen zu kündigen. Es ist also nur noch eine Frage von Tagen, bis wir uns über diese Dinge entscheiden müssen . . . So oder so!«

»Du weißt, daß Arnold Berber krank ist.«

»Das erzählst du mir jeden Tag. Ich weiß es, und es tut mir leid. Ich bin auch gern bereit, Rücksicht darauf zu nehmen. Du wirst ihm deine Kündigung, wie wir abgemacht haben, erst mitteilen, wenn er in den Betrieb zurückkehrt. Aber sehr lange kann das nun wirklich nicht mehr dauern.«

»Er ist zurückgekehrt«, sagte sie, und ihre Stimme klang spröde in ihren eigenen Ohren.

Sein Gesicht leuchtete auf. »Wirklich? Und das sagst du mir erst jetzt? Hast du mit ihm gesprochen . . . oder hast du etwa erst wieder . . .«

»Ich habe mit ihm gesprochen.« Stefanie Sintrop drückte ihre Zigarette aus, sah Urban Zöllner an. »Ich habe ihm alles gesagt, wie wir ausgemacht haben. Alles.«

Er streichelte ihre Hand. »Das erzählst du mir erst jetzt?! Ich möchte dich am liebsten küssen, Stefanie . . . hier vor allen Leuten!«

»Urban«, sagte sie unbehaglich, »bitte laß mich doch erst zu Ende reden!«

»Na schön«, sagte er arglos. »Ich höre!«

Der Kellner brachte zwei Gläser und die Flasche Wein. Er schenkte in Dr. Zöllners Glas einen kleinen Schluck, der probierte, nickte, die Gläser vollschenken ließ. Als sie wieder allein waren, sah er Stefanie zärtlich in die Augen, hob sein Glas: »Auf unsere Liebe, Stefanie! Auf die Zukunft!«

Sie trank, ohne etwas zu schmecken. »Die Dinge liegen nicht so einfach, wie du dir vorstellst, Urban. Bitte laß mich jetzt erst ausreden. Du weißt, daß Arnold Berber schon seit Jahren mit der Galle zu tun hat, nicht wahr? Das weißt du doch. Er hatte dauernd Schmerzen und sah elend aus und alles. Aber er hat es nicht ernst genommen.«

»Was, zum Teufel«, sagte er, zornig werdend, »interessiert mich die Krankheitsgeschichte deines Chefs?«

Sie holte tief Atem. »Er muß nach Amerika. Schon Mitte dieses Monats. Er will sich in der Mayo-Klinik untersuchen lassen. Sein Hausarzt hat es ihm geraten, er hat es ihm dringend ans Herz gelegt.«

»Ja . . . und?« fragte er. »Ich hab' nichts dagegen! Von mir aus soll er fliegen. Was hat das mit uns zu tun?« Sein Gesicht verdüsterte sich. »Oder erwartet er etwa, daß du in seiner Abwesenheit die Firma leitest.«

»Aber nein, Urban, ganz im Gegenteil.« Sie zögerte wieder, denn erst jetzt kam ihr ganz zu Bewußtsein, wie schwer die neue Sachlage Urban treffen mußte. »Ich werde ihn begleiten.«

»Was?!« Die Ader an Dr. Zöllners rechter Schläfe begann anzuschwellen.

Sie hatte ihn noch nie so wütend gesehen. Tatsächlich erleichterte ihr seine Haltung fast, hart zu bleiben. »Ja, Urban«, sagte sie, »ich werde ihn begleiten, um die Verbindung mit der Firma herzustellen. Ich bin der einzige Mensch, der mit allen Geschäftsvorgängen vertraut ist, eine gewisse Übersicht hat. Möglicherweise muß er ja über einen Monat in Amerika bleiben, und deshalb . . .«

»Stefanie!« sagte er eindringlich. »Begreifst du überhaupt, was das bedeutet?«

»Ja. Daß wir unsere Hochzeit verschieben müssen.«

»Nein«, sagte er kopfschüttelnd, »so einfach geht das nicht. Ich habe seit Jahren gewartet, Stefanie, und ich bin geduldig gewesen. Aber was du mir jetzt zumutest, das ist einfach zuviel. Du ziehst deine Kündigung zurück und verlangst, daß ich unsere Hochzeit einfach verschiebe . . . damit du mit deinem Chef nach Amerika fliegen kannst! Stefanie, ich liebe dich, ich liebe dich sehr . . . aber das mache ich nicht mit!«

»Urban«, sagte sie, »bitte, benimm dich nicht wie ein kleiner Junge! Übertreib doch nicht so! Es handelt sich doch nicht um ein Abenteuer oder sonst was! Arnold Berber ist todkrank! Deshalb, nur deshalb muß ich ihn begleiten.«

»Tut mir leid. Ich habe mir vieles von dir einreden lassen, Stefanie – aber das schluck' ich einfach nicht. Wenn er wirklich so krank ist, dann gehört nur ein Mensch an seine Seite. Seine Frau. Auf die Idee seid ihr beide wohl nicht gekommen.«

»Seine Frau fliegt natürlich auch mit, Urban. Aber du kennst sie nicht, Urban. Ines Berber ist . . . sie ist einfach unfähig. Sie versteht von geschäftlichen Dingen überhaupt nichts.«

»Ja, aber darauf kommt es doch gar nicht an!« Er schrie fast vor Ungeduld. »Wenn er wirklich todkrank ist, kommt es doch nicht auf die geschäftlichen Dinge an! Dann ist es für ihn doch nur wichtig, gesund zu werden! Durchzuhalten! Dabei kannst du ihm doch nicht helfen, Stefanie!«

»Er braucht mich!« sagte sie hartnäckig. »Er hat gesagt, daß er mich braucht.«

»Und ich? Brauche ich dich etwa nicht?«

»Du bist gesund, du kannst dir selber helfen.«

»Das heißt . . . du liebst mich nicht. Deutlicher hättest du es mir gar nicht sagen können. Endlich begreife ich auch, warum du wie eine Irrsinnige arbeitest. Ich habe es immer schon geahnt, aber ich habe es nicht wahrhaben wollen. Du bist in deinen Chef verknallt wie irgendeine von diesen dummen, jungen, albernen Gänsen. Eine Frau wie du! Als wenn du das nötig hättest! Begreifst du denn nicht, daß du ihm gar nichts bedeutest? Nichts als eine Arbeitskraft, die er ausnutzen kann! Stefanie, bitte! So nimm doch einmal deinen Verstand zusammen! Versuch doch, die Dinge klar zu sehen!«

»Ich weiß genau, was ich tu'!«

»Nein, du weißt es nicht. Du bist blind und verbohrt.« Er trank sein Glas leer, setzte es hart auf den Tisch. »Fast könntest du mir leid tun, Stefanie, wie du dir so klug und edel vorkommst und in Wirklichkeit dabei bist, dein eigenes Glück zu zerstören. Ich hätte viel früher energisch mit dir reden müssen, vielleicht wäre es dann nicht soweit gekommen. Aber jetzt . . . jetzt muß es sein. Was ich dir jetzt sage, ist mein voller Ernst. Wenn du wirklich mit deinem Chef nach Amerika fliegst, dann ist es aus mit uns beiden. Endgültig. Hast du mich verstanden?«

»Urban, bitte!«

»Hör auf! Das zieht nicht mehr bei mir. Wenn dir noch irgend etwas an mir liegt, dann bleibst du hier! Jetzt entscheide dich! Er oder ich . . . ich will es wissen . . . hier auf der Stelle! Was wirst du tun?«

»Meine Pflicht, Urban.« Ihre Lippen zitterten, aber ihre Stimme klang ganz ruhig. »Tut mir leid, daß du so wenig Verständnis für mich hast, aber ich kann Arnold Berber jetzt nicht im Stich lassen. Zehn Jahre habe ich mit ihm zusammengearbeitet, das ist eine lange Zeit. Ich kann nicht einfach weglaufen. Ich würde es mir immer vorwerfen! Gerade jetzt, wo er mich braucht!«

Am Vorabend seiner Amerikareise kam Arnold Berber, wie meist in den letzten Tagen, erst spät aus dem Betrieb nach Hause. Auf einer letzten abschließenden Konferenz mit Herrn Jegemann, Herrn Herzogenrath und Dr. Schreiner hatte er den Produktions- und Verkaufsplan für die nächste Zeit in allen Einzelheiten festgelegt. Er fühlte sich erschöpft, war von Zweifeln gequält, ob die Herren ihre Aufgaben in seiner Abwesenheit bewältigen würden. Am liebsten hätte er die ganze Amerikareise noch im letzten Augenblick abgeblasen, wenn sich nicht der Druck in der Leistengegend gerade heute abend wieder zu einem bedrohlichen Schmerz gesteigert hätte. Er mochte keinen Menschen sehen und hören, ging sofort auf sein Schlafzimmer hinauf.

Frau Ines im blauseidenen, spitzenbesetzten Negligé kniete vor dem geöffneten Wandschrank und war dabei, Hemden für die Reise in einen großen Lederkoffer einzupacken.

Sie sprang auf, als er eintrat, ging ihm entgegen, reichte ihm den Mund zum Kuß. »Endlich!« sagte sie. »Weißt du überhaupt, wie spät es ist? Ich werde sofort Erika Bescheid sagen wegen des Abendbrots. Die Kinder haben schon gegessen, aber ich habe auf dich gewartet...«

»Sehr lieb von dir.« Er küßte sie flüchtig. »Aber ... sei mir nicht böse ... im Augenblick möchte ich eigentlich gar nichts.«

»Fühlst du dich schlecht?« fragte sie besorgt. »Du siehst elend aus. Soll ich dir deine Tabletten bringen?«

»Nein, danke. Laß nur, Liebes, das mache ich selber!«

Sie folgte ihm in das grau und goldgelb gekachelte Bad, sah zu, wie er zwei Tabletten in einem halben Glas Wasser aufgehen ließ, die milchige Flüssigkeit hinunterspülte. »Ich bin so froh, Arnold«, sagte sie, »ich kann dir nicht sagen, wie froh ich bin, daß wir endlich hier wegkommen, daß das alles aufhört, wenigstens für eine Weile.«

Er zwang sich zu einem Lächeln. »Ich werde mich jetzt ein bißchen langstrecken«, sagte er, »aber laß dich nicht stören! Pack nur weiter!«

»Die Hauptsache habe ich schon geschafft, es dauert höchstens noch zehn Minuten. Du hast keine Ahnung, an was man dabei alles denken muß, besonders wenn man nur wenig Gepäck mitnehmen will. Das macht die Sache noch schwerer.«

»Warum hast du dir nicht von dem Mädchen helfen lassen?«

Sie folgte ihm ins Schlafzimmer. »Ich mochte nicht, Arnold. Ich wollte es lieber allein tun.«

Er streifte die Schuhe ab, legte sich auf das überbreite Bett.

Sie sah ihn zärtlich an. »Es ist doch unsere Reise.«
Er schwieg, schloß die Augen.
»Fühlst du dich besser?« fragte sie.
»Doch, ja.«
»Stört's dich, wenn ich rede? Ich kann ganz still sein, das weißt du!«
Er lächelte mit geschlossenen Augen, streckte die Hand aus, die sie rasch ergriff. »Was willst du mir denn sagen?« fragte er.
»Ach nur . . . bitte, lach mich nicht aus . . . ich weiß, es klingt albern, aber ich freue mich direkt auf diese Reise. Komisch, nicht wahr? Eigentlich müßte ich mir doch Sorgen machen, aber es ist mir gar nicht danach zumute. Ich habe das feste Gefühl, daß alles gut werden wird. Auch mit uns beiden . . .«
Nur an dem Druck seiner Hand merkte sie, daß er zuhörte.
»Das soll natürlich nicht heißen, daß ich unglücklich bin oder mich vernachlässigt fühle«, fuhr sie fort, »ganz bestimmt nicht, das darfst du nicht glauben. Aber so, wie es am Anfang unserer Ehe war, ist es in den letzten Jahren eben doch nicht mehr gewesen. Ich habe lange darüber nachgedacht. Vielleicht liegt es vor allem daran, daß wir zuwenig allein sind. Oft arbeitest du bis in die Nacht . . . na, ich weiß, das muß sein, ich mache dir auch keinen Vorwurf deswegen, nur . . . wenn du dann Zeit hast, dann sind wir doch meist mit anderen Leuten zusammen, Freunden, Bekannten oder mit den Kindern. Eine Stunde wie diese, daß wir einfach still beisammen sitzen und ich dir etwas erzählen kann . . . wie lange haben wir diese nicht mehr gehabt. Aber in Amerika . . .«
Sie verstummte, weil er sie ansah, Spott und Trauer in den dunklen Augen.
»Ärzte und Krankenschwestern sind also für dich keine Menschen, Ines?«
»Doch, natürlich . . . versteh mich bitte nicht falsch, aber sie können dir doch nichts bedeuten. Du mußt dich nicht innerlich mit ihnen befassen . . . es ist ja nur wichtig, was für eine Diagnose sie stellen, und das geht doch uns beide an . . . beide gleich stark!«
»Da du das Thema nun schon mal angeschnitten hast«, sagte er, »muß ich dir etwas sagen, was du eigentlich schon längst wissen müßtest. Menschen, mit denen ich mich innerlich befasse, wie du es nennst, gibt es in meinem Leben nur vier . . . du, meine Mutter, die Kinder. Alle anderen sind mir nur von ihrer Funktion her

wichtig, ob es sich nun um einen Geldpartner handelt, meinen Produktionsleiter oder meine Sekretärin. Wenn du das nur endlich einsehen wolltest.«

»Ich glaube es dir ja, Arnold«, sagte sie, »nur . . . in Amerika werde ich doch endlich mal wieder allein mit dir sein, das ist ein riesengroßer Unterschied. Du verstehst bestimmt, was ich meine.« Sie ging zum Wandschrank hinüber, begann die Pyjamas auszuwählen, die sie für ihn einpacken wollte. »Ich werde dich vor allen Dingen nicht mit deiner Arbeit teilen müssen«, sagte sie, »und du wirst sehen, wie gut es dir tun wird, mal ein paar Wochen lang nichts mit deinem Betrieb zu tun zu haben.«

»Na«, sagte er, »so ganz wie du es dir vorstellst, wird es sich kaum vermeiden lassen.« Er richtete sich auf, schwang die Beine über den Bettrand, öffnete den Nachttisch, zog sich seine ledernen Mokassins an.

Sie hob die Augenbrauen. »Du willst doch nicht etwa auch in Amerika . . . arbeiten?«

»Nicht so, wie du dir's denkst. Aber natürlich muß ich schon auf dem laufenden bleiben. Du hast keine Ahnung, was diese Ignoranten sonst in ein paar Wochen aus meiner Firma machen würden.«

»Jetzt versteh ich dich nicht mehr. Wozu hast du dann deine tüchtige Chefsekretärin? Sonst lobst du sie immer über den grünen Klee . . .«

»Ines, bitte nicht diesen Ton. Du weißt, ich kann ihn nicht vertragen. Ich erinnere mich nicht, daß ich Stefanie Sintrop je über den grünen Klee gelobt hätte.«

»Nun, vielleicht hast du's nie so gesagt, aber gedacht hast du's bestimmt. Für dich ist sie doch die intelligenteste, zuverlässigste, begabteste Mitarbeiterin, die . . .«

»Ganz richtig«, unterbrach er sie. »Mitarbeiterin, Ines. Aber mehr auch nicht. Sie hat mir übrigens einen schönen Schreck eingejagt, weil sie mir dieser Tage erklärt hat, daß sie heiraten und kündigen will. Es ist mir nur mit Mühe und Not gelungen, sie dahin zu bringen, diese Angelegenheit wenigstens aufzuschieben. Möglicherweise wäre sonst die ganze Amerikareise ins Wasser gefallen. Ohne Fräulein Sintrop hätte ich kaum fahren können.«

Sie sah ihn an, das Gesicht verzerrt vor Enttäuschung. »Nein!« sagte sie tonlos. »Nein . . . das habe ich wohl falsch verstanden?«

»Du hast ganz richtig gehört, Ines. Stefanie Sintrop fliegt mit.« Als er ihr aufgewühltes Gesicht sah, fügte er hinzu: »Aber bitte mach nun nicht gleich wieder ein Drama daraus! Ich brauche meine Sekretärin, damit sie die Verbindung zwischen mir und der Firma aufrechterhält. Sonst müßte ich unterwegs vor Sorge verrückt werden.«

»Aber . . . ich verstehe nicht, Arnold . . . voriges Jahr in Beaulien . . .«

»Du vergißt, daß damals noch der alte Hugenberg in der Firma war. Auf den konnte ich mich voll und ganz verlassen. Aber heute . . . nein, Ines, daß Stefanie Sintrop mitkommt, ist einfach unumgänglich.«

»Das«, sagte sie, und alle Sanftmut war aus ihren Augen gewichen, »das kann ich dir einfach nicht glauben.«

»Ines!« Er trat auf sie zu.

»Bitte, rühr mich nicht an!«

Sie verlor die Nerven. »Ich hasse dich . . . und ich hasse dieses Frauenzimmer!«

»Hör auf damit! Du weißt ja nicht, was du sprichst!« sagte er gepeinigt.

»O doch, ich weiß es. Seit Jahren leide ich durch diese Frau, seit Jahren werde ich durch sie gedemütigt. Jawohl, gedemütigt! Oder wie nennst du das sonst, wenn ich dich sprechen will und muß durch dieses Frauenzimmer erfahren, daß ich nur störe? Seit Jahren geht das so! Tag für Tag steckst du mit ihr zusammen. Sie ist deine Vertraute, sie weiß alles, was dich bedrückt. Mit ihr sprichst du dich aus! O doch, ich weiß es, aber ich habe bisher geschwiegen, weil ich immer noch gehofft habe . . . aber jetzt ist es zuviel, ich kann nicht mehr! Ich kann mich nicht länger behandeln lassen wie ein dummes Kind. Ich kann mich nicht beiseite schieben lassen wie eine lästige Dritte!«

»Ines!« sagte er eindringlich. »Um Himmels willen, Ines . . . das redest du dir doch nur ein!«

»Ich rede es mir nicht ein, ich habe es mir auszureden versucht. Du ahnst ja nicht, wie lange ich schon mit mir gekämpft habe . . . um deinetwillen, weil ich es nicht glauben konnte, weil ich die Wahrheit nicht sehen wollte! Aber jetzt weiß ich es. Diese Stefanie Sintrop bedeutet dir mehr als ich . . . viel mehr! Sonst hättest du mir das nicht antun können.«

Er lächelte grimmig.

»Jetzt warte ich nur noch darauf, daß du behauptest, ich hätte ein Verhältnis mit ihr.«

»Ja, wäre das denn so abwegig? Versuch nicht, mir weiszumachen, daß sie dir als Frau völlig gleichgültig ist. So etwas gibt es ja gar nicht. Ich hab' doch Augen im Kopf, ich sehe doch, wie sorgfältig sie sich kleidet, wieviel Mühe sie sich mit ihrer Erscheinung gibt. Sie sieht ja auch nicht mal übel aus! Und das sollte dir nie aufgefallen sein? Vielleicht bin ich nicht so klug wie deine intelligente Chefsekretärin, aber so dumm, wie ihr beide glaubt, bin ich nun doch nicht.«

»Noch dümmer, Ines. Ich muß es dir leider sagen. Stefanie Sintrop ist für mich ein perfektes Neutrum.«

»Komm mir jetzt nur nicht auch noch damit, daß sie sich angeblich verlobt hat! Ich glaube es nicht, und wenn es doch wahr sein sollte, dann ... dann wird sie schon ihre Gründe gehabt haben. Aber Liebe ... Liebe ist das sicher nicht. Lieben tut sie nur dich. Ich habe oft genug gesehen, wie sie dich anschaut ... o ja, ihr beide habt nicht gemerkt, wenn ich euch beobachtet habe, aber ich hab' es gesehen! Du kannst es mir nicht ausreden, Arnold. Es gibt Dinge, die man einfach weiß.«

»Na also, unterstellen wir mal, Stefanie Sintrop und ich hätten ein Verhältnis miteinander, warum, in drei Teufels Namen, sollte ich dann noch Wert darauf legen, daß du mit uns nach Amerika fliegst?«

»Du hast ja nie Wert darauf gelegt!« rief sie außer sich vor Schmerz und Zorn. »Es war für mich ganz selbstverständlich! Da hast du nicht gewagt, mir zu widersprechen, das ist alles. Hast du mich je gebeten, mit dir zu kommen?«

»Nun gut«, sagte er und machte den Versuch, die Sache ins Scherzhafte zu ziehen, »wenn du so viel Wert darauf legst ... ich bitte dich also hiermit feierlichst, mich nach Amerika zu begleiten! Bist du jetzt zufrieden?«

»Wie gemein du bist!« sagte sie. »Wie entsetzlich gemein!«

Er trat zum Fenster, sah die erleuchtete Silhouette des anderen Ufers, sah die Lichter der Dampfer sich in dem tintenschwarzen Wasser des nächtlichen Rheins widerspiegeln. »Was soll ich tun«, sagte er, »was soll ich tun, um dich zur Vernunft zu bringen?«

Da sie nicht antwortete, drehte er sich um. »Was verlangst du von mir?«

»Daß du die Sintrop in Düsseldorf läßt!«

»Ines, ich bitte dich . . .«

»Hör auf, mich zu bitten, dazu ist es zu spät. Wenn du willst, daß ich dir glaube, dann laß sie zu Hause.«

Er begann im Raum auf und ab zu gehen. »Du weißt nicht, was du da von mir verlangst.«

»Nichts weiter, als daß du mir deine Liebe . . . deine Zugehörigkeit beweist.«

»Aber ich brauche meine Sekretärin, ich brauche sie.«

»Wenn du dir das einbildest, dann nimm eine andere mit. Die Wilde zum Beispiel!«

Er schüttelte den Kopf. »Nein, das ist ganz ausgeschlossen!«

»Wenn du es nur wollen würdest, Arnold, wenn du Wert darauf legen würdest, mit mir allein zu sein . . .«

»Merkst du denn nicht, wie unlogisch, wie maßlos du in deinen Wünschen bist? Stefanie Sintrop soll ich nicht mitnehmen, obwohl sie genau die Person ist, die ich brauche. Aber du magst sie nicht, und deshalb soll sie in Düsseldorf bleiben. Sobald es sich um Helen Wilde handelt, dann ist es dir ganz egal. Wo liegt denn da noch der Sinn?«

»Das kannst du fragen, Arnold?! Dies ist deine Chance, mir zu beweisen, daß zwischen diesem Frauenzimmer und dir . . .«

Er schlug heftig mit der geballten Faust auf den niedrigen Teakholztisch. »Ich verbiete dir, so über meine Sekretärin zu sprechen! Stefanie Sintrop hat dich niemals auch nur mit einem Wort gekränkt. Du hast kein Recht, so über sie zu reden. Ich habe mir das jetzt lange genug mit angehört. Jetzt habe ich genug. Jetzt verlange ich einen Beweis deiner Liebe, denk doch mal eine Sekunde lang daran, daß ich ein kranker Mann bin. Ich habe ein Recht darauf, daß man meine Wünsche respektiert.«

»Erwartest du etwa im Ernst, daß ich dir eine Geliebte zugestehe?«

»Ines!«

»Schrei nicht so mit mir, das kannst du dir vielleicht in deinem Betrieb erlauben, aber nicht mit mir. Bilde dir nur nicht ein, daß du mich einschüchtern kannst. Du weißt genau, was ich will. Du kannst jetzt wählen . . . Stefanie Sintrop oder ich. Ich bin keineswegs bereit, mir mit dieser Dame . . .«, sie gab dem Wort eine verächtliche Betonung, »deine Person zu teilen.«

Schweigend ging er an ihr vorbei, drückte auf die elektrische Klingel neben der Tür.

»Was tust du da?« fragte sie.

»Da du dich entschlossen hast, zu Hause zu bleiben«, sagte er kalt, »kann ich dir wohl nicht mehr zumuten, meine Koffer zu packen. Ich klingele dem Mädchen, damit sie es besorgt.«

Dr. Schreiner brachte Stefanie Sintrop am nächsten Morgen zum Flughafen Düsseldorf-Lohausen hinaus. Es war ein grauer, unfreundlicher Tag; die Luft war kühl.

Sie sprachen wenig während der Fahrt, und was sie sagten, hatte mit ihren eigentlichen Gedanken nur wenig zu tun. Stefanie mißtraute Dr. Schreiners Fähigkeiten, und der Assistent konnte kaum verbergen, wie froh er war, endlich einmal das Feld für sich allein zu haben.

Er parkte den Wagen auf dem großen Platz vor dem Flughafen, nahm Stefanie Sintrop den Koffer aus blauem Perlon ab, fragte: »Möchten Sie eine Tasse Kaffee trinken? Ich denke, wir haben noch Zeit dazu.«

»Nein, gehen wir lieber gleich zur Abfertigung. Vielleicht ist Herr Berber schon dort«, bestimmte die Sekretärin.

Aber sie mußten noch zehn Minuten warten, bis Arnold Berber, begleitet von seinen beiden Kindern, gefolgt von seinem Cheffahrer mit dem Gepäck, eintraf. Herr Heidler stellte Arnold Berbers Koffer auf die Waage, nahm dann das Gepäck von Stefanie Sintrop.

Arnold Berber zog die Flugkarten aus seiner Rocktasche. Er zögerte einen Augenblick, sagte dann zu Dr. Schreiner: »Meine Frau fliegt nicht mit. Bitte gehen Sie mit dieser Karte sofort zum Manager und bringen Sie die Sache in Ordnung.«

Beinahe wäre Stefanie Sintrop eine Frage entschlüpft, aber ihre jahrelange Schulung siegte über diesen Impuls. Sie schwieg, preßte die Lippen aufeinander. Dr. Schreiner nahm den dritten Flugschein und verschwand damit in Richtung auf die große Halle.

Die Stewardeß unter dem Schalter knipste das Gewicht des Gepäcks in Arnold Berbers Flugkarte ein, gab ihm zwei gelbe Eingangsscheine, auf denen die Nummer des Flugzeuges eingetragen war, mit dem sie nach Frankfurt fliegen sollten.

»Laß mal gucken, Pappi! Mit was für einer Maschine fliegst du denn?« fragte Jochen, sagte gleich darauf enttäuscht: »Ach, das ist ja nur eine ganz gewöhnliche, ich hab' gedacht . . .«

»Du bist schon ein Blödmann«, erklärte Susanne verächtlich. »Hier in Düsseldorf dürfen ja überhaupt nur gewöhnliche Flugzeuge starten, nicht wahr, Pappi?«

Arnold Berber war schon ein paar Schritte vorausgegangen. Er antwortete nicht.

Stefanie Sintrop sagte an seiner Stelle: »Von Frankfurt aus fliegen wir im Non-stop-Flug direkt nach Chikago ... mit einer Boeing 707 Jet Intercontinental!«

»Au Backe!« sagte Jochen beeindruckt.

Susanne schwieg und musterte Stefanie Sintrop nur mit einem bewußt hochmütigen Gesicht vom Kopf bis zu den Füßen.

Die Chefsekretärin tat, als wenn sie es nicht bemerkte, sagte zu Jochen: »Die Lufthansa hat auf allen größeren Strecken Düsenflugzeuge eingesetzt, weißt du.«

Ehe Jochen noch etwas darauf sagen konnte, hatte ihn seine ältere Schwester unter dem Arm gepackt und zog ihn rasch mit sich. »Komm doch endlich! Bummle nicht so lange herum! Siehst du denn nicht, daß Vater schon auf uns wartet?«

Tatsächlich stand Arnold Berber an einem Zeitungskiosk und deckte sich für den Flug mit Lektüre ein. Seine beiden Kinder rannten zu ihm hin.

Stefanie Sintrop folgte ihnen langsam. Susannes bewußt feindliches Benehmen ließ sie ganz kalt, sie war überzeugt, daß die Kinder von ihrer Mutter aufgehetzt worden waren.

»Achtung, Achtung!« ertönte eine klare Frauenstimme aus allen Lautsprechern. »Passagiere der Lufthansa 080 nach Frankfurt werden gebeten, zum Flugsteig acht zu kommen. Achtung, Achtung! Die Passagiere der Lufthansa 080 ...«

Stefanie Sintrop sah auf ihre Armbanduhr. Es war zwölf Uhr vorbei. In weniger als fünfzehn Minuten würde sich das Flugzeug mit ihr und Arnold Berber in die Lüfte erheben.

Dr. Schreiner stieß vom Managerbüro aus zu ihnen. »Ich glaube, Sie müssen sich beeilen«, drängte er. »Ihr Flugzeug ist schon aufgerufen worden!«

Unter dem Blick Arnold Berbers wurde er verlegen. »Na ja, ich meine ja nur«, sagte er.

Arnold Berber wandte sich an seine Sekretärin: »Kommen Sie, Stefanie!«

Fast alle Passagiere der LH 080 hatten sich bereits auf dem Luftsteig versammelt, so war eine amerikanische Familie darunter, Mädchen mit grellroten Jumpern und Buben mit Blue jeans und Igelhaarfrisuren.

»Ach, Pappi, wann dürfen wir endlich mal mit einem Düsenflugzeug fliegen?« fragte Jochen.

Arnold Berber antwortete ihm nicht, er sprach mit Dr. Schreiner. Die Kinder sahen durch die großen Glasscheiben mit sehnsüchtigen Augen auf den Flugplatz hinaus. Stefanie stand einen Augenblick lang isoliert.

»Stefanie!« rief eine männliche Stimme vom Eingang her.

»Urban!« sagte sie, schwankend zwischen Freude und Schreck. »Urban! Aber woher wußtest du . . .«

Auch Arnold Berber hatte sich unwillkürlich umgedreht. Die beiden Männer maßen sich mit kalten, abschätzenden Blicken.

Nur eine Sekunde dauerte der feindliche Blickwechsel.

Dann wandte Arnold Berber sich ab, sprach weiter mit seinem Assistenten.

Dr. Urban Zöllners Gesicht entspannte sich. »Ich habe in deinem Büro angerufen, Stefanie«, sagte er, »ich mußte dich einfach noch einmal sehen, bevor . . . ich glaube, ich war sehr ungerecht zu dir.«

Sie sah sein liebes Lächeln, seine klugen Augen; ihr Herz wurde warm. »Es ist schön, daß du gekommen bist, Urban!« Sie drückte seine Hand. »Ich . . . ich war schon ein paarmal nahe daran, dich anzurufen.«

»Hättest du es nur getan!«

»Achtung, Achtung! Passagiere der Lufthansa 080 nach Frankfurt! Die Maschine startet in fünf Minuten! Achtung, Achtung!«

»Das sind wir«, sagte Stefanie.

Ihre Mitreisenden drängten sich zum Ausgang, wo die Stewardeß jeden einzelnen Namen abhakte. Susanne und Jochen umarmten ihren Vater zum Abschied.

»Leb wohl, Stefanie«, sagte Dr. Urban Zöllner.

»Ich werde dir schreiben!« In einem plötzlichen Impuls legte sie ihre Arme um seinen Hals, küßte ihn zärtlich auf den Mund. »Leb wohl, Urban, leb wohl!« Ehe er sie noch festhalten konnte, hatte sie sich losgerissen und lief zum Ausgang.

Er trat an die gläserne Tür, sah ihr nach, wie sie mit raschen Schritten, schlank und elastisch auf ihren sportlichen Trotteurs über das Flugfeld an die Seite ihres Chefs eilte.

Die Kinder neben ihm winkten wild mit ihren Taschentüchern und schrien: »Pappi! Pappi!«

Arnold Berber hatte die Rolltreppe erreicht, jetzt kletterte er hinauf. Während er der Stewardeß den Flugschein zeigte, drehte er sich noch einmal um, schwenkte seinen Hut. Dann war er im Innern des Flugzeugs verschwunden. Stefanie folgte ihm rasch.

Jochen Berber stupste seine Schwester in die Seite. »Los, gehen wir nach oben! Da können wir viel besser sehen, wie Pappi abfliegt.«

Sie stürzten davon.

Die Propeller der viermotorigen Maschine begannen sich dröhnend zu drehen. Erst jetzt wurde Dr. Urban Zöllner klar, was ihn schon eine ganze Weile irritiert hatte. Offensichtlich begleitete Frau Berber ihren Gatten doch nicht nach Amerika. Also hatte Stefanie gelogen. Oder hatte sie es nur nicht gewußt?

Eine Sekunde lang bedauerte er es, daß er sie nicht danach gefragt hatte; dann begriff er, daß es nichts genutzt hätte. Sie hätte sich von dieser Reise um keinen Preis der Welt mehr abbringen lassen. Er hatte sie gewarnt. Mehr konnte er nicht tun.

Noch bevor das Flugzeug sich in Bewegung setzte, wandte Dr. Urban Zöllner sich ab und ging.

5

Die Düsenmaschine vom Typ ›Senator‹ landete fahrplanmäßig auf dem Flugplatz O'Hare bei Chikago. Es war immer noch derselbe Samstag, an dem Arnold Berber und seine Chefsekretärin vor neun Stunden von Frankfurt abgeflogen waren. Obwohl beide gewußt hatten, daß es so sein würde, weil die Chikagoer Zeitrechnung um sieben Stunden der Frankfurter differierte, hatte dieses Erlebnis doch etwas sehr Eindrucksvolles.

Eine knappe Stunde später brachte ein Zubringerflugzeug sie nach Rochester im Staate Minnesota. Die Nacht war angebrochen, als sie landeten.

Sie ließen sich von einem der kleinen, gelben Taxis in die Stadt bringen zum Hotel ›Black Lyon‹, das Dr. Lebrecht durch einen Kollegen empfohlen worden war; sie hatten sich dort Zimmer reservieren lassen. Das Haus erwies sich trotz seines romantischen

Namens als ein überaus modernes, geradezu funkelnagelneues Hotel von wolkenkratzerähnlicher Höhe. Arnold Berber entschied sich, das Doppelzimmer zu nehmen, das er ursprünglich für sich und Ines bestellt hatte. Er wollte während seines Aufenthaltes in Amerika so viel Komfort wie nur möglich haben und sich nicht in einem der kleinen Einzelzimmer einpferchen lassen.

Sie waren während des Überflugs von Europa reichlich verpflegt worden, daß beide keinen Appetit mehr auf eine späte Mahlzeit hatten.

»Haben Sie noch einen Wunsch, Herr Berber?« fragte Stefanie Sintrop, als sie zusammen in einem der Lifte nach oben fuhren.

»Nein, danke. Ich werde Sie morgen früh anläuten, sobald ich aufgestanden bin.«

Er wirkte sehr elend; nicht nur seine Haut, auch das Weiße in seinen Augen war sichtlich gelblich verfärbt.

»Vielleicht möchten Sie noch Ihrer Gattin telegrafieren?« fragte die Sekretärin.

Er musterte sie mit jenem sarkastischen Blick, den seine Untergebenen fürchteten. »Mit einem Male so edelmütig?« fragte er.

Sie zuckte mit keiner Wimper. »Nur vernünftig. Sicherlich wartet Frau Berber auf eine Nachricht!«

»Ich möchte Sie doch bitten, die Ordnung meiner Familienangelegenheiten mir selber zu überlassen«, sagte er hart.

Der Lift hielt, sie stiegen beide aus. Ihre Zimmer lagen auf demselben Gang.

»Gute Nacht, Herr Berber!« sagte Stefanie Sintrop formell.

Er erwiderte ihren Gruß nur kurz und ohne jede Wärme.

Als Stefanie Sintrop die Tür ihres Zimmers aufschloß, fand sie sich in einem kleinen, sehr modernen und gänzlich unpersönlich eingerichteten Raum.

Sie trat zum Fenster und blickte hinab auf die grellen, zuckenden Lichtreklamen der kleinen amerikanischen Stadt. Ganz plötzlich überfiel sie ein lähmendes Gefühl von Verlassenheit. Für eine Sekunde fühlte sie sich hilflos in einer fremden Welt.

Es kostete sie Anstrengung, das Gefühl von Niedergeschlagenheit abzuschütteln. Sie zog die Vorhänge zu, machte sich daran, die Kleider aus ihrem Koffer zu packen und in den Wandschrank zu hängen. Eigentlich hatte sie vorgehabt, sich zu duschen und dann gleich zu Bett zu gehen. Aber sie war zu aufgewühlt. Zum erstenmal begriff sie selber nicht, warum ihr so viel daran gelegen hatte, Arnold Berber nach Amerika begleiten zu dürfen. Ein ungekanntes Mitteilungsbedürfnis überfiel sie.

Sie setzte sich an den winzigen, sehr praktischen Schreibtisch, auf dem eine Mappe mit Bogen und Umschlägen des ›Black Lyon‹ lag, begann auf ihrer Reiseschreibmaschine einen langen Brief an Dr. Urban Zöllner zu schreiben, der ihr jetzt, aus weiter Ferne gesehen, vertrauter war als in jenen Tagen, wo sie fast täglich beieinander sein konnten. Nachher schrieb sie noch ein paar Zeilen an ihre Mutter, weil sie wußte, wie aufregend es für die alte Dame war, ihre Tochter in Amerika zu wissen.

Sie verglich die Zeit auf ihrem Reisewecker mit ihrer Armbanduhr, die sie bereits nach der amerikanischen Zeit gerichtet hatte, fühlte sich plötzlich sehr müde. Dennoch verließ sie noch einmal das Zimmer, fuhr mit dem Lift nach unten und übergab ihr beiden Briefe dem Nachtpförtner. Es erschien ihr auf einmal sehr wichtig, daß Urban Zöllner ihre Nachricht so bald wie möglich erhielt.

Dann, wieder in ihrem Zimmer angekommen, duschte sie in der praktischen, kleinen Nische, bürstete sich wie jeden Abend ausgiebig das Haar, cremte ihr Gesicht ein und schlüpfte ins Bett. Fast fürchtete sie, unter der Last der neuen Eindrücke nicht schlafen zu können, aber kaum hatte sie die Augen geschlossen, als sie schon in den tiefen Schlummer der Erschöpfung fiel.

Sie träumte, daß ihr Wecker klingelte – der riesengroße rote Wecker ihrer Kinderzeit. – Schon? dachte sie verschlafen. Es ist ja noch ganz dunkel! – Sie schloß die Augen fester, versuchte weiterzuschlafen.

Aber der Wecker klingelte unaufhörlich. – Es kann doch noch nicht Zeit sein, zur Schule zu gehen, dachte sie, es kann doch noch nicht . . . – Dann war sie plötzlich mit einem Schlag hellwach, begriff, daß nicht der Wecker, sondern das Telefon auf ihrem Nachttisch geläutet hatte. Sie nahm den Hörer ab, setzte sich kerzengerade im Bett auf.

»Ja?« fragte sie.

Sie hörte ein tiefes Stöhnen, eine sehr ferne Stimme sagte: »Stefanie, bitte . . .« Dann war wieder nur ein Stöhnen, ein hartes Geräusch.

»Herr Berber!« rief Stefanie Sintrop erschrocken. »Herr Berber! Was ist? Was ist passiert?!«

Es kam keine Antwort. Sie hörte, daß der Hörer nicht eingehängt war, aber Arnold Berber meldete sich nicht mehr.

Sie rief noch ein paarmal verzweifelt in die Muschel hinein, aber es kam keine Antwort. Ganz langsam legte sie den Hörer auf, versuchte, ihre Gedanken zu ordnen. Es war ihr klar, daß Arnold Berber ihre Hilfe brauchte. Aber selbst in dieser Sekunde der Panik handelte sie nicht blindlings und unüberlegt.

Sie nahm den Hörer wieder ab, wartete, ohne eine Nummer zu wählen, bis der Nachtpförtner sich meldete, sagte: »Herr Berber auf Zimmer siebenhundertneunzehn...«, verbesserte sich, wiederholte auf englisch: »Mister Arnold Berber, he stays in room sevenhundredandnineteen... has got an accident... he is not healthy! Do you understand?«

Stefanie Sintrop beherrschte unter normalen Umständen die englische Sprache einigermaßen ausreichend, aber jetzt, mitten in der Nacht und noch dazu über das Telefon, fiel es ihr schwer, sich zu verständigen. Es dauerte eine ganze Weile – ihr selber schien es eine kleine Ewigkeit –, bis sie dem Nachtpförtner klargemacht hatte, daß er mit dem Nachschlüssel auf Zimmer 719 kommen sollte. Dann sprang sie aus dem Bett, schlüpfte in ihre Pantoffeln, warf ihren rotseidenen Hausmantel über, zog, schon auf den Flur hinauslaufend, den Gürtel zusammen.

Der Nachtpförtner war noch nicht zu sehen. Sie lief auf das Zimmer 719 zu, versuchte, die Tür aufzudrücken, rüttelte an der Klinke – sie sah ihre Überlegung bestätigt. Arnold Berber hatte von innen abgeschlossen, war dann, von dem Anfall überrascht, nicht mehr in der Lage gewesen, die Tür zu öffnen, um Hilfe zu rufen.

Stefanie Sintrop preßte ihr Ohr an das glatte Holz, glaubte, von drinnen ein dumpfes Stöhnen zu vernehmen, wußte aber nicht mit Sicherheit, ob es nur eine Ausgeburt ihrer geängstigten Fantasie oder Wirklichkeit war.

Sie atmete auf, als der Lift auf ihrer Etage hielt und der Nachtpförtner, ein alter Mann mit einem mürrischen, müden Gesicht, erschien. Er trug in der Hand einen Schlüsselbund, schlurfte auf die Tür von Nummer 719 zu.

Stefanie Sintrop unterdrückte mit Mühe die Bitte, sich zu beeilen, denn instinktiv spürte sie, daß sie mit einer solchen Aufforderung das Gegenteil erreicht haben würde.

Umständlich suchte der Nachtpförtner nach dem passenden Schlüssel. Dann endlich war die Tür offen.

Die Nachttischlampe brannte, der Telefonhörer hing, wie er

Arnold Berber aus der Hand gefallen war, neben dem Nachttisch – er selber lag, von Schmerzen verkrümmt, die Hände vor den Leib gepreßt, auf dem zerwühlten Bett. Die Farbe seines Gesichtes war erschreckend – ein schmutziges Gelb. Die geschlossenen Augen lagen tief in den Höhlen, Schweiß stand auf der Stirn.

»Einen Arzt!« sagte Stefanie Sintrop. »Bitte rufen Sie sofort einen Arzt.«

»Jetzt? Mitten in der Nacht?« sagte der Pförtner. »Das wird aber sehr teuer werden. Haben Sie denn genug Geld, um ...«

»Sehen Sie denn nicht, daß Herr Berber Hilfe braucht?« Stefanie lief auf die Aktentasche Arnold Berbers zu, begann mit zitternden Händen darin zu wühlen.

Dann hatte sie die beiden Glasbehälter mit Tabletten gefunden und trat damit in das Bad, ließ Wasser in ein Glas laufen, schüttete sich aus beiden Ampullen gezählte Tabletten in die Handfläche und hastete zum Bett. »Herr Berber«, sagte sie, »bitte ... ich bin's, Stefanie ... ich bringe Ihnen Ihre Medizin. Bitte!«

Aber er ächzte nur, sein Gesicht war von Schmerz verzerrt.

Stefanie Sintrop rief den Nachtpförtner, der immer noch unschlüssig herumstand. »Kommen Sie! Helfen Sie doch! Richten Sie ihn auf!« Als er nur zögernd näher kam, fügte sie böse hinzu: »Oder legen Sie Wert darauf, einen Toten im Hotel zu haben?«

Er beschleunigte seinen Schritt. Mit gemeinsamer Anstrengung gelang es ihnen, den Schwerkranken, fast Besinnungslosen aufzurichten, ihm die Tabletten einzugeben.

Während der Nachtpförtner Arnold Berbers Oberkörper noch festhielt, bemühte Stefanie sich, das Bett zu richten. »So ... jetzt, bitte lassen Sie ihn los!« sagte sie. »Aber vorsichtig! Ja, so ist's gut! Ich danke Ihnen!«

Sie eilte wieder ins Badezimmer, feuchtete ein Handtuch unter dem kalten Strahl an, wischte Arnold Berber den Schweiß von der Stirn. Sie ließ keinen Blick von dem Kranken, bis sie endlich sah, daß sich seine Haltung entkrampfte, das Blut wieder in seine Wangen zurückstieg. Sie seufzte erleichtert auf.

Auch der Nachtpförtner hatte die Wendung beobachtet. »Na, dann kann ich ja wohl ...«, sagte er.

Stefanie Sintrop schenkte ihm einen guten Blick: »Ich danke Ihnen.« Sie trat zu dem Stuhl, über den Arnold Berber am Abend zuvor seine Jacke gehängt hatte, zog die Brieftasche daraus hervor, nahm eine Fünfdollarnote und überreichte sie dem Nachtpförtner, der an dieser Manipulation nichts Tadelnswertes zu finden schien. Er steckte den Geldschein mit einem gemurmelten Dank ein und schlurfte aus dem Zimmer.

Stefanie Sintrop blieb mit Arnold Berber allein zurück. Sie setzte sich in einen Sessel, blickte auf die Uhr. Es war vier Uhr nachts. Sie war hellwach, sah voll sorgender Anteilnahme auf das Gesicht Arnold Berbers, aus dem ganz allmählich die erschreckende Verzerrung schwand, bis es endlich wieder die vertrauten Züge angenommen hatte, die sie so gut kannte.

Noch bevor er die Augen öffnete, murmelte er: »Stefanie . . .«
Sie beugte sich vor. »Ja, Herr Berber?«
Seine Lippen verzogen sich zu einem Lächeln.
»Wie fühlen Sie sich, Herr Berber?« fragte Stefanie.
»Wenn ich Sie nicht hätte«, sagte er schon halb im Schlaf und tastete nach ihrer Hand. »Sie sind doch die Treueste, Stefanie!«
Sie saß ganz still, fast atemlos vor Glück, wagte sich nicht zu rühren, um seine magere Hand nicht zu verscheuchen.

Er fiel sehr rasch in Schlaf, atmete tief und regelmäßig. Sein qualdurchfurchtes Gesicht entspannte sich.

Stefanie Sintrop wich keine Sekunde von seiner Seite.

Den ganzen Sonntag war Arnold Berber im Bett geblieben. Er hatte die meiste Zeit geschlafen, während Stefanie Sintrop mit einem Buch in der Hand am Fenster gesessen hatte.

Obwohl er vorgab, sich wesentlich besser zu fühlen, wagte sie es trotzdem nicht, ihn allein zu lassen. Sein nächtlicher Anfall hatte sie zu sehr erschreckt. Sie war erleichtert, als es ihr gelang, ihr Zimmer zu tauschen und ein Einzelzimmer zu bekommen, das unmittelbar an Arnold Berbers Raum grenzte. Zwar gab es keine Verbindungstür, aber die Wände des Hotels waren tatsächlich so dünn, daß Stefanie Sintrop sicher sein konnte, jedes Geräusch aus dem Nebenzimmer zu hören.

»Sie brauchen bloß gegen die Wand zu klopfen, wenn Sie irgend etwas brauchen, Herr Berber!« sagte sie am Abend, als sie sich schon bereit gemacht hatte, sein Zimmer zu verlassen. »Am besten klopfen Sie schon gleich einmal auf Probe, sobald ich drüben bin, ja? Ich möchte mich gerne vergewissern, daß die Verständigung klappt!«

»Geht in Ordnung, Stefanie«, sagte er ein wenig amüsiert über ihre Besorgnis. »Sonst noch Wünsche?«

»Ja, bitte vergessen Sie nicht, Ihre Medizin zu nehmen. Gegen zehn Uhr. Sie wissen ja, ich habe Ihnen alles auf den Nachttisch gestellt.«

»Danke, Stefanie«, sagte er mit einem Seitenblick zum Nachttisch hin. »Ich bekomme langsam den Eindruck, daß Sie Ihren Beruf verfehlt haben. Sie sind die geborene Krankenschwester!«

»Leider nicht«, sagte Stefanie Sintrop, »ich habe mich noch nie so unsicher gefühlt. Wäre es nicht doch besser gewesen, einen Arzt kommen zu lassen?«

»Ach, Unsinn!« sagte er rasch. »Das war einer von meinen üblichen Anfällen. Gar nichts von Bedeutung.«

Als er ihren zweifelnden Blick sah, fügte er hinzu: »Vielleicht ein bißchen stärker als gewöhnlich, aber gerade deshalb sind wir ja nach Amerika geflogen, damit die Burschen hier mal einwandfrei feststellen, was mit mir los ist! Machen Sie nicht so ein Gesicht, Stefanie. Morgen fahren wir beide zur Mayo-Klinik, und dann werden Sie die Verantwortung für mich los.«

Sie blähte die Nasenflügel. »Die Verantwortung, Herr Berber, habe ich nie gefürchtet!«

Sie sahen sich eine Sekunde schweigend in die Augen. »Gute Nacht, Herr Berber, ich wünsche Ihnen ehrlich, daß Sie eine ruhige Nacht haben.«

»Ich danke Ihnen auch, Stefanie«, sagte er mit jenem Galgenhumor, den er bewußt forcierte, um ihr Mitleid im Keim zu ersticken.

Sie lächelte nicht, klemmte ihr Buch unter den Arm, ging zur Tür.

Als sie schon die Klinke in der Hand hielt, wendete sie sich noch einmal um, sagte: »Noch eins, Herr Berber, bitte schließen Sie nicht aus Versehen die Tür ab. Ich möchte nicht noch einmal mitten in der Nacht den Portier mit dem Nachschlüssel heraufholen müssen!«

»Um das zu vermeiden«, sagte er ernsthaft, »dürfte es doch das Beste sein, Sie schliefen gleich hier! Wie wär's damit?«

»Herr Berber«, sagte sie, »ich habe mir schon oft gewünscht, daß Sie ein wenig mehr Sinn für Humor entwickeln möchten. Jetzt, da Sie es plötzlich tun, scheint es die falsche Art zu sein. Jedenfalls geht sie mir ganz entschieden auf die Nerven.«

Sie hörte ihn lachen, als sie auf den Gang hinaustrat.

Ihr neues Zimmer glich dem alten, das sie heute mittag aufge-

75

geben hatte, wie ein Ei dem anderen, nur daß alle Möbel und Gegenstände von links nach rechts gerückt zu sein schienen. Sie machte sich sofort daran, das leichte Bett an die Wand zu Arnold Berbers Zimmer zu stellen. Er klopfte, wie er es versprochen hatte, und sie stellte beruhigt fest, daß das Geräusch deutlich zu hören war.

Sie war erschöpft, aber nicht wirklich müde. Sie hätte gerne noch einen kleinen Abendspaziergang gemacht, aber sie konnte sich nicht überwinden, Arnold Berber sich selber zu überlassen, obwohl sie sich durchaus klar war, daß ihre Sorge im Grunde wohl übertrieben war. Dennoch hielt sie es für richtiger, zu bleiben.

In dieser Nacht fand sie kaum Schlaf. Stunde um Stunde lauschte sie nicht nur mit den Ohren, sondern mit allen Sinnen zum Nebenzimmer hin, fuhr bei dem leisesten Geräusch zusammen, quälte sich, wenn tatsächlich kein Laut herüberkam, mit dem Schreckbild, Arnold Berber läge tot jenseits der Wand.

Erst als die Morgendämmerung schon grau und fahl durch den Spalt ihres Vorhanges drang, fand sie endlich Schlaf.

Sie erwachte knapp zwei Stunden später durch das Schrillen ihres Reisweckers. Sie steckte ihn schnell unter die Bettdecke, damit Arnold Berber nicht gleichfalls unsanft geweckt wurde, stand auf, die Glieder schwer vor Müdigkeit, duschte sich und begann sich anzuziehen. Sie wollte auf jeden Fall bereit sein, wenn der Chef sie brauchte.

Aber sie war schon vollkommen angezogen, hatte sogar schon eine Zigarette geraucht, um munter zu werden, und immer noch hatte Arnold Berber sich nicht gemeldet. Mit steigender Nervosität begann sie auf das Läuten des Telefons oder ein Klopfzeichen gegen die Wand zu warten. Doch nichts geschah.

Endlich, es war schon acht Uhr vorbei, ertrug sie es nicht länger. Sie verließ ihr Zimmer, ging die wenigen Schritte über den Gang, öffnete behutsam die Tür, um Arnold Berber nicht zu stören, falls er noch schlief – sie erschrak bis ins Herz hinein.

Arnold Berber saß, die Beine von sich gestreckt, die Arme schlaff herabhängend, in dem kleinen mattrot bezogenen Sessel. Die geschlossenen Augen lagen tief in den Höhlen, seine Gesichtsfarbe zeigte ein ungesundes gelbliches Grau.

Eine schmerzhafte Sekunde lang glaubte Stefanie Sintrop, er wäre tot.

Aber dann öffnete er die Augen, sah sie mit einem Blick an, in dem nackte, animalische Angst lag, sagte mit einer Stimme, die nur noch ein heiseres Flüstern war: »Ich weiß nicht, was mit mir ist . . .«

Er war, bis auf die Schuhe, vollkommen angezogen.

Stefanie Sintrop lief auf ihn zu, half ihm aus der Jacke. »Bitte, Herr Berber, stützen Sie sich auf mich . . . bitte! Ich glaube bestimmt, es ist besser, wenn Sie sich wieder hinlegen. Es sind ja nur drei Schritte bis zum Bett, bitte, Herr Berber!«

Aber er war noch nicht bereit nachzugeben.

»Helfen Sie mir lieber, die Schuhe anzuziehen«, sagte er. »Ich will nicht ins Bett . . . ich muß doch zur Mayo-Klinik . . . wir wollten doch . . .«

»Das ist jetzt gar nicht so wichtig, Herr Berber«, unterbrach sie ihn. »Bitte, legen Sie sich jetzt erst einmal hin und ruhen Sie sich aus. Später werden wir schon sehen . . .« Sie stützte ihn unter dem Arm, zwang ihn fast, sich zu erheben, spürte dabei mit Schrecken, wie mager, ja, wie abgezehrt er war.

Dann drückte sie ihn auf die Bettkante nieder. Sie merkte, wie gerne er den Oberkörper zurücksinken ließ, hob seine Beine und legte sie ebenfalls aufs Bett, sah besorgt auf ihn nieder. »Haben Sie Schmerzen, Herr Berber?«

»Nein«, antwortete er mit geschlossenen Augen, »nur . . . ganz plötzlich . . . es ist alles dunkel vor meinen Augen geworden. Schwäche.«

»Ich verstehe«, sagte Stefanie Sintrop. »Sie hätten sicher noch gar nicht versuchen dürfen, heute aufzustehen.«

»Aber ich muß doch . . . Sie wissen doch genau, weshalb wir nach Amerika gekommen sind!« Sein Protest klang nur noch schwach.

»Sie dürfen sich nicht so viel Gedanken machen, Herr Berber. Ich bin sicher, daß das gar nicht gut für Ihren Zustand ist. Strekken Sie sich aus, entspannen Sie sich, denken Sie mal an gar nichts. Die Mayo-Klinik ist bestimmt wichtig für Sie, aber so wichtig, daß Sie vor Aufregung noch kränker werden, ist sie bestimmt nicht.« Sie zögerte, wandte sich zur Tür. »Ich bin gleich wieder zurück!«

Er öffnete die Augen. »Wo wollen Sie hin, Stefanie?« fragte er fast angstvoll.

Sie hatte, um ihn nicht noch mehr zu beunruhigen, aus ihrem

Zimmer einen Arzt anrufen wollen. Jetzt sagte sie ausweichend: »Ach, es ist gar nicht so wichtig.«

»Dann bleiben Sie! Bitte, Stefanie, lassen Sie mich nicht allein.«

Sie kam zu seinem Bett zurück, sah auf ihn herab. »Wenn ich Ihnen nur helfen könnte!«

»Doch, das können Sie, Stefanie«, sagte er unerwartet. »Ich hätte es Ihnen schon gestern sagen sollen, aber da wollte ich es nicht wahrhaben. Amerika hat mir kein Glück gebracht, Stefanie. Ich habe Sie gestern belogen. Noch nie hatte ich einen so heftigen Anfall wie in Rochester. Schon in Chikago, als wir landeten, hatte ich das Gefühl, daß etwas ... etwas Furchtbares auf mich zukäme. Stefanie, bitte rufen Sie ein Reisebüro an! Bestellen Sie Flugkarten! Wir wollen nach Hause fliegen.«

»Aber ... Herr Berber!«

»Widersprechen Sie mir nicht, Stefanie! Ich weiß, was für mich gut ist, verlassen Sie sich darauf. Hier in diesem Amerika werde ich nie gesund. Nie!«

»Entschuldigen Sie, wenn ich widerspreche«, sagte Stefanie vorsichtig, »aber ich fürchte wirklich, Sie sehen die Dinge nicht objektiv. Sie waren ja krank, als wir hierherkamen. Dazu noch die Flugreise, die Aufregung. Kein Wunder, daß Sie einen schweren Anfall hatten! Ich glaube nicht, daß man das Amerika in die Schuhe schieben kann.«

»Sind Sie Arzt, daß Sie über meine Krankheit so gut Bescheid wissen?« sagte er in einem Anflug seiner alten Unduldsamkeit.

»Nein, Herr Berber. Aber ich fühle mich für Sie verantwortlich!«

»Das ist ja lächerlich. Wer, glauben Sie denn, daß Sie sind? Meine Angestellte! Sie haben meine Befehle auszuführen, nichts weiter!«

»Auch eine Krankenschwester wird vom Patienten bezahlt, und dennoch braucht sie sich nicht seinen Befehlen zu beugen.«

»Nun gut, wenn Sie nicht wollen, dann werde ich selber ...« Er richtete sich halb auf den Ellbogen auf, nahm den Telefonhörer ab.

Sie ließ ihn ruhig gewähren, betrachtete ihn nur aufmerksam.

Noch bevor sich die Vermittlung meldete, mußte er vor Schwäche wieder auflegen. Er knurrte, halb wütend, halb verzweifelt, als er sich wieder in die Kissen zurücksinken ließ.

»Da sehen Sie's«, sagte Stefanie Sintrop ohne Triumph. »Sie sind nicht einmal imstande zu telefonieren. Und da glauben Sie, daß Sie in Ihrem Zustand die Rückreise überhaupt bewältigen können?«

»Wenn ich nur weiß, daß Sie die Karten besorgt haben, werde ich mich schon wieder besser fühlen«, behauptete er.

»Darauf kann ich mich leider nicht verlassen!« Jetzt war sie es, die den Telefonhörer abnahm.

»Was wollen Sie tun?« fragte er.

»Versuchen, einen Arzt zu erreichen«, antwortete sie ruhig. »Es ist mein Fehler, daß es bisher versäumt worden ist. Aber jetzt können Sie mich nicht mehr davon abhalten!« Die Vermittlung meldete sich, und sie sagte in den Hörer hinein: »Please, give me the number of Mayo-Klinik! Not the Reception ... yes, we need a doctor! We are in urgent need of him!«

Der Arzt, der nach Stefanies Anruf erschien, hielt es für unerläßlich, daß Arnold Berber ein Krankenhaus aufsuchte und somit in stationäre Behandlung kam. Er empfahl das Christopher Hospital und als Arzt Doktor Jonathan Smith, der auch als Gallenspezialist an der Mayo-Klinik tätig war.

Stefanie Sintrop begleitete Arnold Berber auf der Fahrt ins Christopher Hospital. Sie erledigte alle Formalitäten, erstattete die nicht unerhebliche Vorauszahlung, vergewisserte sich, daß Arnold Berber in einem freundlichen, ja komfortablen Zimmer gut untergebracht war.

Dann ging sie zu Fuß in die Stadt zurück. Sie hatte sich seit ihrer Ankunft gewünscht, etwas von Amerika selber zu sehen, aber jetzt, als sie wirklich durch die Straßen der kleinen amerikanischen Stadt streifen durfte, fühlte sie sich entmutigt. Die Aufgabe, sich um Arnold Berber zu kümmern, hatte sie völlig erfüllt. Jetzt, da er ihrer Sorge entzogen war, fühlte sie sich auf einmal leer und fast unnütz.

Rochester erwies sich in keiner Beziehung als interessant. Die einzig wirklich bemerkenswerten Gebäude gehörten zur Mayo-Klinik selber, ein pseudo-maurisches Bauwerk, das in der Zeit kurz nach dem Ersten Weltkrieg entstanden sein mochte, sein zweites, wolkenkratzerhohes, supermodernes Gebäude aus wetterbeständigem Aluminium.

Stefanie Sintrop ging zur Hauptpost, fragte nach, ob eine Nachricht aus Deutschland für sie oder Arnold Berber gekommen war, aber, wie sie nicht anders erwartet hatte, lag noch nichts vor. Sie belegte ein Schließfach, erledigte alle Formalitäten, damit die Post in Zukunft dort hineingelegt wurde.

Die Zeit zog sich endlos hin. Sie sah sich in einem Non-stop-Kino einen Western-Film an, der sie nicht von ihren Sorgen und noch weniger von ihren Hoffnungen ablenken konnte.

Dann, als sie wieder auf der Straße stand, fiel ihr ein, daß Ines Berber immer noch keine Nachricht von der Ankunft ihres Mannes in Amerika hatte.

Es war möglich, daß Arnold Berber ihr inzwischen im Hospital selber ein paar Zeilen mit der Hand schrieb, aber sie glaubte nicht recht daran. Sie entschloß sich, von sich aus einen kurzen Brief zu schreiben und ihrem Chef zur Unterschrift vorzulegen.

Aber als sie in ihrem Hotelzimmer vor der Schreibmaschine saß, stellte sie fest, daß sie außerstande war, ihr Vorhaben durchzuführen. Schon bei der Anrede fingen die Schwierigkeiten an. Sie konnte es nicht über sich bringen, in Arnold Berbers Namen zu schreiben: »Liebe Ines!« Es bestand ja auch die Möglichkeit, daß er sie ganz anders anzureden pflegte, vielleicht: »Meine geliebte Frau!« Die Vorstellung allein war schmerzhaft.

Stefanie Sintrop zog einen neuen Bogen in die Maschine, setzte ihren eigenen Namen als Absender darauf und schrieb: »Sehr verehrte gnädige Frau, da ich fürchte, daß Herr Berber noch nicht dazu gekommen ist, Ihnen zu schreiben, möchte ich Ihnen von mir aus einen kurzen Lagebericht geben...«

Sie hielt ihren Brief bewußt sehr sachlich, überging den schweren Anfall von Arnold Berber, schrieb statt dessen nur, daß ihn die Reise sehr angestrengt habe, daß er sich nicht sehr wohl fühle. Sie vermied bewußt alles, was Frau Ines hätte beunruhigen können. Sie wollte die Sorge um Arnold Berber allein tragen, sie wollte alles tun, was in ihren Kräften stand, um zu verhindern, daß Arnold Berbers Frau, von Unruhe um ihren Mann getrieben, plötzlich in Rochester eintraf.

Sie setzte den Brief mehrere Male auf, bis er ganz das enthielt, was sie Frau Ines sagen wollte – daß kein Grund bestand, sich um Arnold Berber zu sorgen, daß er niemanden brauchte außer ihr, Stefanie, und der ärztlichen Fürsorge.

Auch dann war sie sich nicht ganz sicher, ob es tatsächlich richtig war, das Schreiben abzuschicken. Sie beschloß, es einstweilen noch liegen zu lassen.

Aber als Arnold Berber ihr weder an diesem Abend noch am nächsten von sich aus einen Brief an seine Familie diktierte, als er sich überraschend schnell psychisch und physisch so wohl fühlte, daß er nun doch bereit war, die gründliche Untersuchung in der Mayo-Klinik aufzunehmen, da glaubte Stefanie Sintrop, Frau Ines endlich nicht länger ohne Nachricht lassen zu dürfen.

Sie schilderte in einem Nachsatz die letzte Entwicklung der Dinge und gab den Brief bei der Hauptpost auf.

In der Sekunde, als sie ihn nicht mehr in Händen hielt, hatte sie plötzlich das peinigende Gefühl, einen entscheidenden Fehler gemacht zu haben.

6

Frau Ines verbrachte ein schlechtes Wochenende. Es bedrückte sie, nicht die Anschrift ihres Mannes zu kennen und so hilflos ihren quälenden Gedanken ausgeliefert zu sein. Sie wartete noch die Postzustellung am Montagmorgen ab und rief dann die Berber-Werke an.

Als sich Helen Wilde vom Chefsekretariat meldete, fragte sie so gleichmütig wie möglich: »Ich rufe Sie nur an, weil ich gerne wissen möchte ... welche Adresse hat mein Mann Ihnen hinterlassen? Ich meine, über welche Adresse erreichen Sie ihn?«

»Rochester, Minnesota, Poste restante«, antwortete Helen Wilde wie aus der Pistole geschossen.

»Sonst nichts?« fragte Frau Ines und konnte kaum ihre Enttäuschung verbergen.

»Nein, Fräulein Sintrop hielt es so für das Praktischste. Ich bin gerade dabei, den ersten Geschäftsbericht nach Amerika fertigzustellen.«

»Poste restante, ja das wußte ich auch«, log Frau Ines. »Ich hatte nur gedacht ... Aber jedenfalls danke ich Ihnen. Damit ist die Sache erledigt.« Sie hängte auf. Ihr war elend vor Verzweiflung. Postlagernd Rochester – Fräulein Sintrop hielt es so für das Praktischste!

Sie fühlte sich als Opfer einer Intrige, der sie nicht gewachsen war. Sie hätte schreien mögen, den Nebel, der sich immer dichter um sie zusammenzog, gewaltsam verscheuchen, aber ihr waren die Hände gebunden. Es gab nichts für sie, als zu warten, warten und nochmals zu warten. Ihrem Mann postlagernd zu schreiben, zog sie nicht einmal in Erwägung. Ganz bestimmt wurden die Briefschaften von der Sekretärin abgeholt, und ganz bestimmt entschied sie, was sie Arnold Berber vorlegen wollte oder nicht. Auch als am nächsten Nachmittag Helen Wilde anrief und beflissen meldete, daß sie gerade eine Nachricht aus Amerika bekommen hatte, nach der alle Post an Arnold Berber an Box office 2321 zu richten wäre, änderte sich damit für Frau Ines nichts.

Ihr Mann blieb ihr gleich unerreichbar, und das Schlimmste war, sie konnte sich nicht einmal vorstellen, wo er sich wirklich aufhielt, in welcher Situation er sich befand. Sie fühlte sich verraten und gedemütigt, aber mehr als alles andere schmerzte es sie, daß sie sich zugeben mußte, sie hätte sich diese Situation ersparen können, wenn sie nicht so gefühlsbetont, sondern klüger und weitblickender gehandelt hätte.

Damit, daß sie ihren Mann zu einer Entscheidung hatte zwingen wollen, hatte sie seinen männlichen Stolz verletzt und ihn Stefanie Sintrop in die Arme getrieben. Sie hätte sich darüber klar sein müssen, daß ihre Gegnerin klug und gefährlich war, daß sie ihren ganzen Verstand und ihre ganze Kraft zusammennehmen mußte, wenn sie ihren Einfluß auf ihren Mann unterbinden wollte.

Statt dessen hatte sie ihr das Spiel sehr leicht gemacht.

Zu diesen schneidenden Selbstvorwürfen kam die Angst um die Gesundheit ihres Mannes.

Als ihr dann gegen Ende der Woche Erika mit der anderen Post einen Brief aus Rochester brachte, fühlte sie sich einen Augenblick fast schwindelig vor Glück und Erleichterung. Die letzten Tage, vor allem die Nächte, in denen sie nur mit Hilfe von Medikamenten hatte schlafen können, hatten ihr sehr zugesetzt. Mit zitternden Händen riß sie den Umschlag auf, sah den Briefkopf, den die Zeichnung eines schwarzen stehenden Löwen zierte, daneben stand mit fetten Druckbuchstaben ›Black Lyon‹, Rochester.

Frau Ines begriff gar nichts mehr. War Arnold Berber also doch dort abgestiegen? War ihre ganze Sorge nur auf telefonisches Mißverständnis zurückzuführen gewesen?

Dann las sie die Anrede: ›Sehr verehrte gnädige Frau . . .‹, sie stutzte, drehte das Blatt um, las die Unterschrift: ›Ihre ergebene Stefanie Sintrop‹.

Frau Ines konnte nicht weiterlesen. Der Brief entglitt ihrer Hand. Es dauerte eine ganze Weile, bis sie sich so weit gefaßt hatte, daß sie es über sich brachte, sich zu bücken und ihn aufzuheben.

Sie las ihn auch dann noch nicht. Sie stand erst auf, zündete sich eine Zigarette an, wartete, bis sie sich soweit in der Gewalt hatte, das Schreiben sachlich auf seinen Inhalt und seine Bedeutung hin prüfen zu können.

Um vom St. Christopher Hospital in die Mayo-Klinik zu gelangen, brauchte Arnold Berber die Straße nicht zu betreten, obwohl die Entfernung von seinem Krankenhaus bis zum Diagnosezentrum eine gute Viertelstunde betrug.

Das St. Christopher Hospital war wie einige andere Krankenhäuser und die besten Hotels in Rochester durch unterirdische Gänge mit der Mayo-Klinik verbunden. Sie mündeten alle in dem riesigen Wartesaal des Aluminium-Wolkenkratzers, der Arnold Berber jeden Tag aufs neue beeindruckte. In dem ungeheuren Raum, in dem es für mehrere tausend Menschen Sitzgelegenheiten gab, war nichts von jener Krankenhausatmoshpäre zu spüren. Er wirkte mit seinen kirsch- und teakholzgetäfelten Wänden elegant und beruhigend wie der Warteraum eines großen Büroraumes. Wenn nicht die chromblitzenden Rollwagen gewesen wären, die die Gehbehinderten täglich zur Untersuchung brachten, hätte man sich überhaupt nicht vorstellen können, daß das ganze Gebäude doch im Dienste der Kranken stand.

Arnold Berber hatte kaum zu warten brauchen. Er war angemeldet gewesen und hatte sofort an einem der Empfangsschalter eine Stammnummer bekommen und den Zulassungsschein, auf dem sämtliche Termine für Untersuchungen der einzelnen Spezialisten, Zeit und Ort für alle Laborteste, für Blut-, Harn-, Sekretuntersuchungen und Röntgenaufnahmen vermerkt waren. Als besonders angenehm hatte er es empfunden, daß er ›seinen Arzt‹, den Gallenspezialisten Jonathan Smith, hatte behalten dürfen. Er hatte schon aus Gesprächen mit anderen Patienten erfahren, daß die Untersuchungen zwar von einer Kette verschiedener Fachärzte durchgeführt wurden, aber immer wieder zu einem bestimmten Arzt zurückliefen, der die letzten Auswertungen vornahm.

Arnold Berber hatte wie alle anderen Patienten eine Kunststoffmappe erhalten, die er dem behandelnden Arzt übergeben mußte; in dieser Mappe wurden alle Unterlagen von der Krankengeschichte bis zum letzten Befund gesammelt.

Der erste Tag war der harmloseste gewesen. Im Aufzug war er hinauf in den zehnten Stock gefahren. Ein anderer Wartesaal, kleiner als der untere, aber ebenfalls holzgetäfelt, hatte ihn aufgenommen. Der Saal war fensterlos, das Geräusch der Entlüftungsanlage lag wie ein leises Summen unter allen Unterhaltungen der Patienten. Ein Schild an der Wand verkündete, daß Rauchen streng verboten war. Jedesmal, bevor ein neuer Patient aufgerufen wurde, leuchtete ein Lämpchen auf. Arnold Berber, der mit steigender Nervosität wartete, war froh, als er endlich an der Reihe war.

Eine freundliche Schwester führte ihn in ein kleines Untersuchungszimmer, dessen Wände zur halben Höhe ebenfalls mit Holz getäfelt waren. Es gab hier einen kleinen Schreibtisch, eine Couch, einen Untersuchungsstuhl, ein Waschbecken und hinter einem Vorhang einen Umkleideraum. Arnold Berber sollte bald die Erfahrung machen, daß all die vielen Untersuchungszimmer in der Mayo-Klinik vollkommen gleich ausgestattet waren. Hier gab es ein Fenster, durch das man auf die kleine Stadt und die wellige Hügellandschaft ringsum herabblicken konnte. Der beklemmende Eindruck, in einer künstlichen Welt zu leben, verlor sich.

Dr. Jonathan Smith, der Arnold Berber schon im St. Christopher Hospital betreut hatte, begrüßte ihn mit jener herzlichen Jovialität, die die meisten amerikanischen Ärzte ihren gut zahlenden Patienten gegenüber an den Tag legen. Er stellte ihm heute seinen jungen Assistenten Dr. Backed vor.

»Im allgemeinen«, sagte er, »lasse ich die allererste Untersuchung von diesem jungen Mann hier vornehmen. Er soll nämlich noch etwas lernen, denn die Mayo-Klinik hat nicht nur die Verpflichtung, sich um ihre Patienten zu kümmern, sondern auch für einen gutausgebildeten Nachwuchs zu sorgen. Aber ich sehe Ihnen an der Nasenspitze an, lieber Arnold, daß Sie sehr ungeduldig sind und es Ihre Galle vielleicht übelnehmen würde, wenn Sie sich als Versuchskaninchen behandelt fühlen sollten!«

Er sagte: »Lip of the nose« und »guinea-pig«, und die Ärzte lachten beide, als wenn das ein großer Witz gewesen wäre.

»Sie werden aber sicher nichts dagegen haben, wenn Doktor

Backed der Untersuchung beiwohnt, nicht wahr? Nur keine Sorge, ich werde Sie nicht zu lange plagen!«

Trotz dieser beruhigenden Vorrede dauerte die erste Untersuchung gute zwei Stunden.

Als Arnold Berber in der Untersuchungskabine aus seinem Anzug in einen Leinenumhang ohne Ärmel geschlüpft war, begann das Abhorchen, Behämmern und Betasten, um sämtliche Reflexe und die ganze allgemeine körperliche Verfassung des Patienten festzustellen. Dr. Smith tat das mit einer Gründlichkeit, die Arnold Berber trotz aller Ungeduld interessierte. Die beiden Ärzte unterhielten sich dabei über seinen Körper mit einer Sachlichkeit, die unwillkürlich Arnold Berbers eigene Einstellung an seiner Krankheit änderte. Kaum merklich wurde sie von einem persönlichen Problem zu einem medizinischen. Interessiert beobachtete er, wie Dr. Smith nach der Untersuchung verschiedenfarbige Papiere mit geheimnisvollen Zeichen versah.

»Jetzt möchten Sie gerne wissen, was ich hier mache?« fragte der Arzt.

Als Arnold sich verlegen abwandte, fügte er rasch hinzu: »Nein, nein, Sie dürfen es sich ruhig anschauen. Wir haben keine Geheimnisse vor unseren Patienten. Also passen Sie auf: Sie wissen, daß die Untersuchung, die wir an Ihnen vorgenommen haben, erst der Anfang war ... allerdings ein sehr wichtiger Anfang. Denn nun kommt es darauf an, zu entscheiden, welche Tests an Ihnen durchgeführt werden sollen. Wir haben hier in der Mayo-Klinik eine ungeheure Anzahl an Möglichkeiten ... wir könnten Sie zum Beispiel neunundachtzig verschiedenen Lungenuntersuchungen unterziehen lassen; es gibt fünfundvierzig verschiedene Arten von Röntgendurchleuchtungen und so weiter und so fort. Wenn Sie die alle durchmachen müßten, würde es über einen Monat dauern, und zum Schluß einer solchen Untersuchung würde selbst ein Mensch, der vollkommen gesund zu uns gekommen wäre, sich nicht mehr gesund fühlen. Deshalb bestimme ich als Arzt, welche Tests mit Ihnen gemacht werden sollen. Es werden so ungefähr zwölf zusammenkommen. Sehr wichtig sind bei Ihrem Krankheitsbild die Röntgenbilder von Magen und Darm, die man aufnehmen wird, nachdem Sie einen Kontrastbrei gegessen haben, dann müssen Leberfunktionsprüfungen gemacht werden, Blut- und Harnuntersuchungen ... na, ich glaube, es genügt ... oder soll ich es Ihnen im einzelnen erklären?«

»Nein, danke«, wehrte Arnold Berber ab. »Es würde mich nur interessieren, warum schreiben Sie das auf buntes Papier?«

»Weil meine Anweisungen erst ausgewertet werden müssen. Wir wollen verhindern, daß Sie irgendwo allzulange warten müssen oder daß Sie überanstrengt werden, verstehen Sie? Und deshalb werden diese bunten Zettel von Fachkräften in der Präzisionsabteilung ausgewertet. Ich kann Ihnen selber nicht erklären, wie das im einzelnen vor sich geht, es ist ein ziemlich kompliziertes Loch- oder Steckkartensystem. Wichtig für Sie ist, Sie gehen jetzt mit diesen bunten Papierchen nach unten, geben Sie beim Empfangsschalter ab, und in fünfzehn Minuten ist alles, was ich hier aufgeschrieben habe, ausgewertet. Sie erhalten den genauen Fahrplan für die nächsten Tage Ihrer Untersuchung.«

»Diagnose . . . automatisiert«, sagte Arnold Berber.

»Sie haben selber einen Betrieb in Deutschland, nicht wahr?« Dr. Smith stand auf und tat die bunten Zettel wieder in die Kunststoffmappe. »Dann werden Sie wissen, daß durch Automatisierung der menschliche Verstand und die menschliche Verantwortung nie ersetzt werden können. Ich möchte sagen . . . je automatisierter ein Vorgang ist, desto besser müssen die Menschen ausgebildet sein, die ihn kontrollieren.« Er klopfte Arnold Berber auf die Schulter. »Technik kann niemals den Menschen ersetzen. Sie verdrängt nur die Hilfsarbeiter, in der Industrie so gut wie in der wissenschaftlichen Forschung.«

In den nächsten Tagen wurde Arnold Berber sich klar, wie recht Dr. Jonathan Smith mit seiner Behauptung gehabt hatte, jedenfalls was die Mayo-Klinik betraf. Hier war alles so praktisch, zeit- und arbeitssparend angelegt, daß tatsächlich allen wissenschaftlichen Kräften, die in den beiden riesenhaften Gebäuden arbeiteten, die volle Zeit für eine nutzbringende Tätigkeit blieb. Es gab keinen Leerlauf, keine Umwege.

Der ältere Teil der Mayo-Klinik, in dem die Laboratorien untergebracht waren, war durch Rohrpost mit den Untersuchungszimmern verbunden, so daß die Ärzte, ohne sich von der Stelle zu rühren oder rückfragen zu müssen, das Ergebnis der einzelnen Tests in der schnellstmöglichen Zeit vor sich auf dem Tisch liegen hatten.

Für die Untersuchungen selber war alles bis ins einzelne vorbereitet. Am Empfangsschalter erhielt Arnold Berber nicht nur die Formulare für die Tests, die Dr. Smith für ihn angesetzt hatte, er bekam auch genaue Anweisung, wann er den Bariumbrei für das Magenröntgen zu sich zu nehmen hatte und unter anderem auch einen Spezialkartonbehälter für die Harnanalyse, auf dem sein Name und der Tag der Untersuchung schon vorgedruckt waren.

Die Röntgendurchleuchtung, die sehr anstrengend war, fand im dritten Stockwerk des Aluminiumhochhauses statt, danach fuhr er einen Stock höher zum Urologen, aber die meiste Zeit hielt er sich in den beiden oberen Stockwerken des Gebäudes auf, wo die Internisten ihrer Arbeit nachgingen. Obwohl sich die Wartesäle in allen Stockwerken, genau wie die Untersuchungszimmer der einzelnen Ärzte, wie ein Ei dem anderen glichen, fand Arnold Berber sich doch schneller und besser zurecht, als er geglaubt hatte – die Gänge waren bunt und kontrastierend gestrichen, so daß man sich tatsächlich kaum verirren konnte.

Jeden Tag gegen fünf Uhr waren die Untersuchungen beendet, und dann kehrte Arnold Berber ziemlich erschöpft ins St.-Christopher-Hospital zurück, wo Stefanie Sintrop ihn schon erwartete. Sie hatte die Post bereits mitgebracht.

Aber zum erstenmal in seinem Leben zeigte Arnold Berber sich nicht aufnahmefähig für die Geschäftsvorgänge seiner Firma in Deutschland. Er war ganz erfüllt von der Atmosphäre der Mayo-Klinik, völlig mit den neuen Eindrücken, die er verarbeiten mußte, beschäftigt. Fast jeden Abend diktierte er Stefanie Sintrop Einzelheiten, die ihm bei den rationellen Arbeitsvorgängen der Klinik aufgefallen waren und von denen er glaubte, daß er sie auch zu Hause innerhalb der Fabrikationsvorgänge seiner Zeltplanen- und Campingartikel-Fabrik ansetzen könnte.

Stefanie Sintrop beantwortete alle Nachrichten aus der Firma nach eigenem Ermessen, gab ihm die Briefe nur zur Unterschrift, und er setzte seinen Namen darunter, ohne sie auch nur zu prüfen.

Dann kam der Tag, an dem Dr. Jonathan Smith ihm die genaue Diagnose seiner Krankheit mitteilen sollte. Arnold Berber wunderte sich über sich selber, wie ruhig er war, als er in den zehnten Stock hinauffuhr. Erst als der Arzt ihn bat, gegenüber seinem Schreibtisch Platz zu nehmen, spürte er, wie sein Mund trocken wurde.

Dr. Jonathan Smith hatte die Kunststoffmappe vor sich liegen, die jetzt das Urteil über Arnold Berbers Leben enthielt. Er faltete die Hände, sah seinen Patienten aus ruhigen grauen Augen an.

»My dear Arnold«, sagte er, »ich glaube, ich kann mir eine lange Vorbereitung sparen. Sie wußten, daß Sie sehr krank waren, als Sie zu uns kamen. Ich wäre froh, wenn unsere Diagnose das Gegenteil bewiesen hätte. Aber Sie und Ihr Arzt haben recht behalten. Sie sind sehr krank, so krank, daß nach allem menschlichen Ermessen nur eine Operation . . . eine nicht ungefährliche Operation ihr Leben retten kann.«

Arnold Berber spürte, wie sich sein Inneres zusammenkrampfte, der scharfe, stechende Schmerz trieb ihm den Schweiß auf die Stirn.

Dennoch rührte sich in seinem männlichen, hartgeschnittenen Gesicht kein Muskel, als er mit beherrschter Stimme fragte: »Eine nicht ungefährliche Operation? Soll das heißen, daß sie ebensogut mißlingen kann?«

Dr. Jonathan Smith ließ sich nicht täuschen. »Bitte entspannen Sie sich«, sagte er, »atmen Sie tief durch! Ja, so ist es schon besser! Einen Moment bitte!« Er stand auf, ging zum Waschtisch, ließ einen Kunststoffbecher halb voll Wasser laufen, tat eine Tablette hinein, wartete, bis sie sich auflöste, und reichte ihm dann die milchig-weiße Flüssigkeit.

»Danke!« Arnold Berber trank gierig.

»Ich weiß, daß ich Ihnen einen Schock verpaßt habe«, sagte der Arzt, »aber ich denke, es war nötig. Ich bin der Meinung, daß jeder Mensch das Recht hat, über seinen eigenen Zustand Bescheid zu wissen . . . bis in alle Einzelheiten. Wir Ärzte sind auf die Mithilfe unserer Patienten angewiesen. Wie können sie uns helfen, wenn sie nicht einmal wissen, gegen welchen Feind wir kämpfen!?«

Noch war von der schmerzstillenden Wirkung des Medikamentes nichts zu spüren, und unwillkürlich preßte Arnold Berber die Hand auf den Leib. »Sie haben meine Frage nicht beantwortet, Herr Doktor!«

»Ich möchte Ihnen Zeit geben, sich zu erholen! Sehen Sie . . .« Dr. Smith zündete sich eine Zigarette an. »Ihre Reaktion eben war für mich sehr interessant. Mir scheint, ich bin dabei ganz nahe an die eigentlichen Wurzeln Ihrer Krankheit gekommen. Statt den Schock, den ich Ihnen versetzt habe, abzureagieren, haben Sie ihn hinuntergeschluckt. Das mag männlich sein und von einem starken Charakter zeugen, auf die Gesundheit wirkt es jedoch geradezu verheerend.«

Arnold Berber zog die Augenbrauen zusammen, die steile Falte auf seiner Stirn vertiefte sich. »Was hätte ich sonst tun sollen? Schreien? In Tänen ausbrechen? Was hätte das genutzt? Im übrigen war ich auf eine ähnliche Diagnose gefaßt.« Er stand auf. »Nein, bitte. Doc ... verschonen Sie mich mit Ihrer verdammten Psychoanalyse. Ich will wissen, was mit mir los ist! Die Wahrheit! Ohne Umschweife und ohne Schmus!« Er trat dicht an den Schreibtisch, stützte beide Hände auf, daß seine Knöchel weiß hervortraten, beugte sich zu Dr. Jonathan Smith vor. »Muß ich sterben?«

»Nein. Jedenfalls nicht in absehbarer Zeit!«

»Na also!« Arnold Berber ließ sich wieder in seinem Sessel nieder. »Das war's, was ich wissen wollte. Alles andere ist mir gleichgültig.«

»Ist es das wirklich? Oder machen Sie sich wieder nur etwas vor?«

»Sie irren sich. Ich gehöre nicht zu den Leuten, die sich selber betrügen.«

»Ich fürchte doch. Sehen Sie, Mister Berber, ich kenne Sie ja erst kurze Zeit ... viel zu kurz, glauben Sie sicher ..., aber ich kenne Sie trotzdem. Jedenfalls Ihren körperlichen Zustand, soweit ein Mensch über einen anderen überhaupt nur Bescheid wissen kann. Dies hier ...«, er klopfte mit der Hand auf die bunte Mappe, in der alle Untersuchungsergebnisse sorgfältig gesammelt waren, »dies hier gibt mir Aufschluß über alles, was Ihren Körper betrifft. Und es gehört nicht viel Scharfsinn dazu, um festzustellen, daß Sie die Wahrheit nicht lieben, sonst hätten Sie nämlich schon viel, viel früher zu uns kommen müssen. Ich meine ... nicht zu uns hier in die Mayo-Klinik, sondern überhaupt zu einer gründlichen klinischen Untersuchung. Statt dessen haben Sie versucht, sich und Ihrer Umgebung vorzumachen, daß es sich bei Ihrem Leiden um nichts weiter als nervöse Störungen handelte.«

»Auch mein Hausarzt war der Meinung ...«

»Nein, das war er nicht. Sonst hätte er Sie nicht hierhergeschickt. Im übrigen geht aus seinem Krankheitsbericht ganz klar hervor, daß er sich schon seit langem ernsthafte Sorgen über Ihren Zustand gemacht hat. Ich bin sicher, daß er Ihnen mehr als einmal zu einer gründlichen klinischen Untersuchung geraten hat.«

»Das mag ja alles sein! Gut, ich gebe zu, Sie haben recht. Aber wer will schon krank sein? Außerdem ... Sie müssen mir glauben, ich hatte gar keine Zeit dazu. Ich muß auf Draht sein, ständig auf dem Posten, wenn ich nicht überrundet werden will. Jedenfalls ist das so bei uns. Aber ich nehme an, hier in Amerika ist es auch nicht viel anders. Möglicherweise habe ich meine Krankheit wirklich nicht ernst genug genommen. Aber es hat doch keinen Zweck, daß Sie mir jetzt Vorwürfe deswegen machen. Sagen Sie mir lieber, was zu tun ist, damit ich wieder gesund werde. Sie sprachen vorhin von einer Operation. Ist sie wirklich unumgänglich? Was ist überhaupt los mit mir? Das möchte ich jetzt endlich wissen.«

»Ich dachte, es wäre Ihnen gleichgültig!«

»Gleichgültig? Da müßte ich ja verrückt sein.«

»Aber Sie haben es vorhin gesagt.«

»Nein!« sagte Arnold Berber impulsiv. Der Blick des Arztes ließ ihn unsicher werden, und er fügte hinzu: »Oder vielleicht doch? Ich weiß es wirklich nicht mehr. Aber wenn ich es gesagt haben sollte, habe ich es bestimmt nicht so gemeint. Ich bin ja hierhergekommen, um zu erfahren ... also, was ist?«

Ehe der Doktor noch etwas sagen konnte, fügte er mit äußerster Selbstüberwindung hinzu: »Krebs?«

»Nein. Ich werde Ihnen jetzt einmal die Röntgenaufnahmen Ihrer Galle zeigen, dann werden Sie selber sehen. Warten Sie einen Augenblick.« Dr. Jonathan Smith zog eine Röntgenaufnahme aus einem knallroten Umschlag, zündete die Lampe an, hielt sie davor. »Sehen Sie selber, Arnold!« Er wies mit dem Zeigefinger auf ein blasenartiges Gebilde, in dem undeutliche dunkle Punkte zu erkennen waren. »Sehen Sie!«

»Was ist das?«

»Gallensteine! Die Gallenblase ist voll davon. Sie verstopfen die Gallengänge, die Galle kann nicht abfließen, sie tritt ins Blut, erzeugt fiebrige Entzündungen der Leber und eine Gelbfärbung des Körpers. Das ist auch die Ursache der krampfhaften Anfälle, an denen Sie schon seit Jahren leiden.«

»Ach so!« sagte Arnold Berber fast erleichtert. »Ich verstehe! Sie sind also der Ansicht, daß diese Gallensteine entfernt werden müssen?«

»Nicht die Gallensteine. Das würde wenig Sinn haben. Die ganze Gallenblase muß fort. Sie ist, wie Sie leicht hier an diesem Schatten sehen können, völlig entzündet und vereitert.«

»Aber ... kann man denn ohne Gallenblase leben?«

»Sicher. Die Galle dient ja nur sozusagen als Speicher für die

Galle selber, die von der Leber produziert wird. Von der Galle aus wird sie im Bedarfsfall ... also zur Fettverdauung ... in den Zwölffingerdarm geleitet. Nimmt man die Gallenblase fort, so fehlt nichts als eben jene Speicherungsmöglichkeit für die Galle, die aber nicht so wichtig ist, daß irgendwelche körperlichen Funktionen darunter leiden würden. Wenn Sie sich das so vorstellen ... der Gallenblasengang wird hier dicht bei seiner Einmündung im Gallengang abgebunden ... dann kann die Galle ... Sie sehen sie hier bei der Leber ... herausgenommen werden.« Er knipste die Lampe aus und legte das Röntgenbild beiseite. »Aber das hört sich einfacher an, als es tatsächlich ist. Eine Gallenblasenentfernung kann ... ich sage ausdrücklich kann ... eine Routineoperation sein. Aber in Ihrem Fall, fürchte ich, ist es anders. Die Gallenblase zeigt chronische Verwachsungen und Verknorpelungen auf, die eine Operation ungemein schwierig machen können. Sie sind sehr spät zu uns gekommen, mein lieber Arnold. Ich kann nur von Herzen hoffen, daß es nicht zu spät ist!«

»Sie wollen mich erschrecken.«

»Keineswegs. Was hätte das für einen Sinn. Ich halte es nur für meine Pflicht, Ihnen, bevor Sie uns verlassen, reinen Wein einzuschenken. Sie haben Ihre Krankheit allzu lange verschleppt. Jetzt müssen Sie handeln. Ihr Leben ist in Gefahr.«

»Sie wollen also behaupten, daß ... wenn ich mich nicht operieren lasse ...« Arnold Berber zögerte, seinen Satz zu Ende zu sprechen.

»Sie haben mich ganz richtig verstanden«, sagte Dr. Jonathan Smith und sah ihm groß in die Augen.

»Wie lange würden Sie mir geben?«

Der Arzt dachte nach.

»Vielleicht ein ... vielleicht zwei Jahre. Aber es würden qualvolle Jahre sein«, sagte er dann.

Arnold Berber schluckte. »Danke. Danke, Doktor, daß Sie mir alles gesagt haben.«

Das Gesicht des Arztes hellte sich durch ein Lächeln auf. »Sie haben eine Chance, Arnold, vergessen Sie das nicht! Solange der Mensch eine Chance hat, ist kein Grund zum Verzweifeln. Fahren Sie jetzt heim in Ihr schönes Germany. Sie leben in ...« Das Ü machte ihm Schwierigkeiten, und er sagte: »Düsseldorf. Ist es nicht so? Da haben Sie ja einen Spezialisten gleich vor der Nase.

Lassen Sie mich einen Augenblick überlegen. Ja, Professor Spöckmüller arbeitet in Düsseldorf. Wenn Sie damit einverstanden sind, werde ich ihm Ihren Krankenbericht gleich zusenden. Oder haben Sie sich für einen anderen Operateur entschieden?«

Arnold Berbers Gesicht hatte sich verfärbt. »Ich dachte, Sie wollten . . . Sie würden selber . . .«

»Natürlich könnte ich Sie operieren, my dear Arnold«, sagte Dr. Jonathan Smith und klopfte ihm freundschaftlich auf die Schulter. »Aber tatsächlich besteht zu solcher Eile denn doch kein Anlaß. Sie haben so lange mit der Operation gewartet, daß es auf acht Tage mehr oder weniger wirklich nicht ankommt. Ganz sicher ist es Ihnen angenehmer, während Ihrer Operation in der Nähe Ihrer Familie zu sein.«

»Zu sterben, wollten Sie doch sagen.« Arnold Berbers Stimme klang bitter.

Dr. Jonathan Smith war ehrlich erstaunt. »Wie meinen Sie das?«

»Ach, tun Sie doch nicht so. Glauben Sie denn, ich begreife nicht, warum Sie mich nicht operieren wollen? Kein Arzt liebt es, sich die Hände mit einem Todeskandidaten schmutzig zu machen. Geben Sie es doch zu, ich bin ein hoffnungsloser Fall!«

»Aber, Arnold, bitte, das ist doch Unsinn. Sie haben mich ganz falsch verstanden!«

»O nein, widersprechen Sie mir nicht, ich weiß jetzt Bescheid. Es kann sein, daß ich mich jahrelang belogen habe, aber wenn's drauf ankommt, kann ich der Wahrheit ins Gesicht sehen. Sie wollen mich abschieben, und ich kann es Ihnen nicht einmal übelnehmen. Ich muß Ihnen noch danken, daß Sie ehrlich zu mir waren . . . immerhin bleibt mir auf diese Weise noch Zeit, mein Testament zu machen.« Er wandte sich brüsk um und ging zur Tür.

»Arnold . . . ich bitte Sie! Was reden Sie sich denn da ein?« rief Dr. Smith. »Wenn Sie es wünschen . . . ich werde Sie selbstverständlich operieren. Obwohl«, sagte er, als Arnold Berber stehenblieb und sich zu ihm umwandte, »das mit dem Testament gar keine schlechte Idee ist.«

»Ich habe mit der Mayo-Klinik gesprochen«, sagte Dr. Lebrecht noch auf der Schwelle des Damenzimmers, »es ist mir gelungen, eine Verbindung mit diesem Doktor Smith zu bekommen, was übrigens gar nicht so einfach war!«

Frau Ines war aufgesprungen, sie rang, ohne es selber zu merken, die Hände. »Und? Was sagte er Ihnen?«

»Entschuldigen Sie bitte, gnädige Frau!« Dr. Lebrecht fuhr sich mit der fleischigen Hand über den kahlen Kopf. »Ich befürchte, ich vergaß im Eifer des Gefechtes ganz, Sie zu begrüßen.«

»Aber das ist doch jetzt nicht wichtig, Herr Doktor! Bitte sagen Sie mir . . . spannen Sie mich nicht auf die Folter!«

»Beruhigen Sie sich doch, gnädige Frau . . . ich werde Ihnen alles ausführlich erklären. Dazu bin ich ja gekommen.«

Frau Ines setzte sich, lud den Arzt mit einer Geste ein, ebenfalls Platz zu nehmen. Sie preßte die Lippen zusammen, sah ihn mit weitaufgerissenen Augen erwartungsvoll an.

Dr. Lebrecht stellte die schwarze Aktentasche neben sich, sagte:

»Man hat Ihren Gatten auf Herz und Nieren untersucht . . . um es kurz zu fassen, meine Diagnose hat sich bestätigt. Gallensteine.«

»Aber davon haben Sie uns doch nie etwas gesagt?!«

»Das hat seine guten Gründe. Da ich keinen klinischen Beweis hatte, wollte ich Sie nicht durch eine bloße Vermutung erschrekken. Aber Sie werden sich erinnern, daß ich Ihrem Gatten schon vor Jahren geraten habe . . .«

Sie unterbrach ihn nervös. »Ja, ja, ich weiß. Natürlich mache ich Ihnen keinen Vorwurf, lieber Doktor, Sie verstehen mich ganz falsch! Ich war nur erstaunt . . . aber das spielt ja jetzt keine Rolle. Was wird weiter geschehen? Wann kommt mein Mann zurück?«

»Gerade wollte ich darauf zu sprechen kommen, gnädige Frau. Tatsache ist folgendes: Doktor Smith hält nach den vorliegenden Untersuchungsergebnissen eine Operation für erforderlich. Die Gallenblase muß entfernt werden. Natürlich könnte dieser Eingriff auch durchaus hier in Deutschland durchgeführt werden, aber wie mein Kollege Smith mir sagte, hat Herr Berber sich entschlossen . . .«

Frau Ines fühlte sich wie betäubt. Es war ihr, als wenn ihre schlimmsten Träume ganz plötzlich quälende Wirklichkeit geworden wären. »Eine Operation?« sagte sie tonlos. »Ist sie . . . gefährlich?«

»Nun, nicht unbedingt. Im übrigen ist Doktor Smith ein anerkannt guter Chirurg, der sich gerade auf dem Gebiet der Leber, der Gallenblase und der Gallengänge spezialisiert hat. Ich halte daher die Entscheidung Ihres Gatten, diesen Eingriff gleich an Ort und Stelle vornehmen zu lassen, für durchaus richtig.«

Ines war marmorblaß geworden, ihre großen blauen Augen glänzten wie im Fieber. »Sagen Sie mir die Wahrheit!« forderte sie. »Ich habe ein Recht, zu wissen . . .« Ihre Stimme versagte.

»Es liegt mir gar nichts daran, Ihnen etwas vorzumachen, gnädige Frau«, sagte Dr. Lebrecht, »aber tatsächlich bin ich überfragt. Ich habe ja nicht einmal die Röntgenbilder und die Testergebnisse zu Gesicht bekommen. Obwohl, ganz davon abgesehen, es sich meist erst auf dem Operationstisch herausstellt, ob der Eingriff schwierig oder verhältnismäßig einfach durchzuführen ist. Gerade bei einer Operation der Gallenblase kann man mit allerlei Überraschungen . . . mit guten und mit bösen . . . rechnen. Merkwürdigerweise . . . ich weiß nicht, ob es Sie interessiert . . . ist dieses ganze Gallensystem bei fast jedem Menschen verschieden, so daß . . .«

»Herr Doktor«, unterbrach ihn Ines Berber, und ihre Stimme klang jetzt schon wieder gefaßter: »Das alles brauchen Sie mir gar nicht zu erklären. Was ich wissen will . . . kann die Operation mißlingen?«

Dr. Lebrecht zögerte eine Sekunde, dann sagte er: »Ja.« Doch fügte er gleich darauf abschwächend hinzu: »Das ist schließlich bei jeder Operation der Fall, gnädige Frau. Ein operativer Eingriff in den menschlichen Körper bedeutet immer eine gewisse Gefahr. Da das Herz Ihres Gatten ganz in Ordnung ist . . .«

»Es besteht aber doch die Möglichkeit, daß er . . . daß er nicht wieder gesund wird?«

»Ja.«

»Wann soll die Operation stattfinden?«

»Nun, ganz ehrlich, ich weiß es nicht genau. Ich habe nicht danach gefragt. Morgen jedenfalls nicht, das hätte Kollege Smith mir gesagt. In den nächsten Tagen, denke ich . . . ja, richtig. Doktor Smith sprach von Donnerstag.«

»Danke. Das genügt.« Ines Berber stand auf und trat zu ihrem Schreibtisch.

Als sie ihre Hand nach dem Hörer des Telefons ausstreckte, erhob Dr. Lebrecht seine massige Gestalt mit überraschender Geschwindigkeit aus dem Sessel. »Was wollen Sie tun?« fragte er. »Sie wollen doch nicht etwa versuchen, die Operation zu verhindern? Ich versichere Ihnen . . .«

»Nichts dergleichen«, unterbrach sie ihn. »Ich will mir eine Flugkarte besorgen. Oder hatten Sie gedacht, ich würde meinen Mann in dieser Situation allein lassen? Ich muß noch vor der Operation mit ihm sprechen . . . unbedingt. Er muß wissen . . .« Sie brach ab. »Ich muß es schaffen«, sagte sie verbissen, »ich werde es schaffen!«

Seit der Termin für die Operation feststand, entwickelte Arnold Berber eine neue Tatkraft.

Bis in die Nacht hinein diktierte er in seinem Krankenzimmer im St.-Christopher-Hospital Stefanie Sintrop Anweisungen für seine Mitarbeiter. Er lag dabei völlig angezogen auf seinem Bett, das für den Tag als Couch hergerichtet war. Er arbeitete den Entwurf eines neuen Testaments aus, und er sagte auch einen langen Brief an seine Frau an, in dem er ihr die Tatsachen mitteilte und ihr für den Fall seines Ablebens genaue Anweisungen für die Erziehung der Kinder gab, den Studienweg seines Sohnes bestimmte und sogar die Höhe einer Mitgift für seine Tochter festlegte.

Mit einer Genugtuung, derer sie sich selber schämte, stellte Stefanie Sintrop fest, daß er kein herzliches Wort für seine Frau fand. Tatsächlich war er durch die Krankheit überempfindlich geworden, tief verletzt, daß sie ihn ohne Abschied hatte gehen lassen und bisher, wie er glauben mußte, keinen Versuch gemacht hatte, sich mit ihm in Verbindung zu setzen.

Endlich, es war zehn Uhr vorbei, sagte er: »So, ich glaube, das wär's für heute.«

Die Chefsekretärin steckte ihren Stenogrammblock und die Bleistifte fort, stand auf, fragte, schon zur Flurgarderobe gewandt: »Haben Sie noch einen Wunsch, Herr Berber?«

Er zögerte mit der Antwort, sah sie nachdenklich an. Wie sie so vor ihm stand, in einem goldbraunen, fließenden Kleid, das ihre schlanke Figur mädchenhaft betonte, den Kopf halb geneigt, ein kleines, fast demütiges Lächeln auf den Lippen, schien sie ihm plötzlich sehr liebenswert. Er hatte diesen Eindruck schon einmal gehabt, damals am Flughafen von Düsseldorf, als Dr. Urban Zöllner sie zum Abschied geküßt hatte, aber er hatte sein Gefühl sofort wieder unterdrückt. Jetzt aber, da er den Tod so dicht vor sich sah, hatten alle Maßstäbe sich auf eine fast unheimliche Weise verändert.

»Wir haben viel versäumt, Stefanie«, sagte er unvermittelt.
Sie verstand ihn nicht. »Sie haben ja morgen noch den ganzen Tag Zeit«, sagte sie. »Ich werde gleich früh um acht Uhr kommen, für neun ist der Notar bestellt . . .«
»Ja, ja, ich weiß. Aber das meine ich nicht . . .«
Nicht?« Da er spürte, daß ihre Verständnislosigkeit nicht gespielt war, schämte er sich plötzlich, seine Gedanken auszudrükken. »Ich meine, eigentlich hätten wir uns doch ein Stückchen von Amerika ansehen sollen«, sagte er mit einem erzwungenen Lächeln, »statt gleich und auf dem schnellsten Wege hier in dieser Krankenstadt zu landen.«
»Das können Sie ja immer noch tun, Herr Berber«, erklärte Stefanie Sintrop.
»Wann?« fragte er.
»Nach der Operation natürlich.« Sie wich seinem Blick nicht aus.
»Und wenn sie schiefgeht?«
»Das glaube ich nicht!«
»Für Sie, Stefanie«, sagte er, »wäre es ja eigentlich die günstigste Lösung, nicht wahr?«
Sie schwieg, sah ihn nur an.
»Warum reden Sie nicht? Verteidigen Sie sich doch wenigstens!«
»Es gibt Beschuldigungen, die zu ungeheuerlich sind, als daß man sich zu ihnen äußern könnte«, sagte sie langsam. »Kann ich jetzt gehen?«
»Nein, Stefanie, bitte nicht . . . noch nicht! Ich muß erst noch etwas mit Ihnen besprechen.«
Sie wandte sich ihm wieder zu, blieb in abwartender Haltung stehen, blähte nervös die Nasenflügel.
»Warum setzen Sie sich nicht? Glauben Sie, es ist angenehm für mich, immer zu Ihnen hinaufzureden?«
Sie nahm in einem der sehr niedrigen Sessel Platz und stellte die geraden, sehr schönen Beine nebeneinander; ihr kurzer Rock gab die schmalen Knie frei.
»Machen Sie nicht so ein Gesicht, Stefanie«, sagte er. »Natürlich, ich weiß, meine Bemerkung von eben war geschmacklos. Erwarten Sie jetzt etwa, daß ich Sie um Verzeihung bitte?«
Sie schüttelte stumm den Kopf mit dem dunkelglänzenden Haar.

»Sie müssen das verstehen, Stefanie. Ich bin in einer Situation, wo man sich wirklich fragen muß, auf welchen Menschen man sich noch verlassen kann, wer zu einem gehört ... über den Tod hinaus, meine ich.«

»Ich bin sicher, daß Sie nicht sterben werden«, sagte sie hartnäckig.

»Na schön. Sie sind sicher, aber ich bin es nicht. Keine Sorge, ich will Ihnen nichts vorjammern, es wäre ja albern, daraus eine Tragödie zu machen. Schließlich ... es bleibt keinem Menschen erspart. Früher oder später kommt jeder von uns an die Reihe. Es ist nur schlimm ... so herumgerissen zu werden.« Er schwieg.

Sie bemühte sich verzweifelt, die richtigen Worte zu finden. »Warum sehen Sie immer nur die dunkle Seite, Herr Berber?« sagte sie endlich. »Wenn die Operation gelingt ... und sie muß gelingen ..., werden Sie wieder vollkommen gesund sein, frei von Beschwerden, ohne Schmerz. Denken Sie doch einmal daran!«

»Unnötig. Wenn ich gesund bin, kann ich handeln, kann die Dinge wieder in die Hand nehmen. Wichtig ist es nur, für den anderen Fall Vorsorge zu treffen. Was soll aus der Firma werden, wenn ich nicht mehr bin? Die Kinder sind noch viel zu jung, und meine Frau versteht gar nichts von Geschäften.«

»Sie könnte sich einarbeiten«, sagte Stefanie Sintrop, aber sie spürte selber, wie wenig überzeugend das klang.

»Nein, das ist ausgeschlossen. Meine Frau hat für geschäftliche Erwägungen überhaupt keinen Sinn. Das hätte ich längst versucht, sie wenigstens in die wesentlichen Dinge einzuweihen. Doktor Heinrich, ja, er ist korrekt, er ist zuverlässig. Aber was kann er schon für die Firma tun? Schließlich bin ich nicht der einzige seiner Klienten. Ja, wenn Hugenberg noch lebte! Doktor Schreiner ... glauben Sie ernstlich, daß er es schaffen könnte? Noch dazu, wo die Konkurrenz ... ich brauche da bloß an Wilhelm Hausmann zu denken ... nur auf den Augenblick wartet, wo die Leitung der Berber-Werke nicht mehr ganz Herr der Situation ist!«

»Ich verstehe Ihre Sorgen durchaus«, sagte Stefanie Sintrop, »ich will nicht so tun, als wenn ich sie für ... für Hirngespinste hielte. Aber ich finde, daß es, gerade weil die Dinge so liegen, für Sie nur ein einziges Ziel geben kann: Wieder gesund zu werden! Sie müssen gesund werden wollen ... an eine andere Möglichkeit dürfen Sie gar nicht denken. Das ist jetzt das einzig Wichtig.«

»Sie haben gut reden, Mädchen!«
»Doktor Schreiner«, sagte Stefanie Sintrop mit Bedacht, »ist ein Ehrgeizling. Unter Ihrer Leitung ist er durchaus brauchbar. Er scheut sich auch nicht vor der Verantwortung, aber er hat eine gefährliche Neigung, sich in Spekulationen einzulassen. Ich fürchte, das würde er um so eher tun, da die Interessen der Berber-Werke ja nie ganz seine eigenen sein können.«
»In weniger als fünf Jahren würde er die Firma ruinieren«, sagte Arnold Berber düster, »das ist durchaus meine Meinung. Er kennt weder seine eigenen Grenzen, noch ist er imstande, die Möglichkeiten unserer Firma richtig einzuschätzen.« Er seufzte. »Ach, Stefanie, wenn mir bloß noch Zeit bliebe ... genügend Zeit, um die Dinge zu ordnen.«
»Ich habe mir alle Ihre Anweisungen notiert und werde sie noch heute nacht ins reine bringen«, sagte Stefanie Sintrop. »Was in meinen Kräften steht, werde ich tun, daß sie befolgt werden. Wir sollten sie morgen auf alle Fälle noch einmal zusammen durchgehen.«
»Ja, Stefanie, ich weiß«, sagte er. »Sie wären imstande, die Berber-Werke in meinem Geist zu führen. Ja, Sie wären es!«
Ihr war es, als wenn er ihre geheimsten Gedanken gelesen hätte, und trotz aller Beherrschung konnte sie es nicht verhindern, daß ihr das Blut zu Kopf schoß. Sie schlug die Augen nieder.
»Schade, daß Sie eine Frau sind«, sagte er.
Sie schluckte, sagte mit einem kleinen, verkrampften Lächeln: »Ja, wahrhaftig. Ein Jammer!«
»Seien Sie mir nicht böse, Stefanie, aber ich kann meine Sekretärin nicht zur Geschäftsführerin machen ... das geht einfach nicht.«
Sie zwang sich, ihn anzublicken. »Warum eigentlich nicht?«
»Aus tausend Gründen. Es würde zu weit führen, sie Ihnen alle aufzuzählen ... im übrigen kennen Sie sie genausogut wie ich. Aber ich kann etwas anderes tun. Ich kann Sie mit Doktor Heinrich zusammen zur Testamentsvollstreckerin ernennen. Ich kann Ihnen Vollmachten geben, die Ihnen ermöglichen, Doktor Schreiner und den anderen Herren auf die Finger zu gucken. Würde Ihnen das genügen?«
»Ich habe dergleichen niemals angestrebt«, sagte Stefanie Sintrop tief verletzt.
Er begriff nicht, was in ihr vorging. »Aber Sie wären doch damit

einverstanden, nicht wahr? Ich weiß, Sie würden es tun! Ich habe mich immer auf Sie verlassen können.«

Sie stand auf. »Ich werde es mir überlegen, Herr Berber.«

»Überlegen? Was gibt es dann da zu überlegen?« Plötzlich kam ihm ein Gedanke. Er schlug sich auf die Stirn. »Ach ja, natürlich ... ich vergaß! Sie sind ja verlobt! Sie wollen heiraten! Wahrscheinlich müssen Sie erst Ihren Verlobten fragen, ob er damit einverstanden ist, wenn Sie ... daß ich nicht daran gedacht habe! Wahrscheinlich ist Ihnen in Ihrer augenblicklichen Situation nichts gleichgültiger als das Schicksal der Berber-Werke!«

»Das stimmt!« sagte sie bebend. »Es ist mir gleichgültig. Was könnten mir die Berber-Werke bedeuten, wenn Sie nicht mehr sind? Für mich gibt es nur einen einzigen Wunsch ... einen einzigen Gedanken ... Sie sollen wieder gesund werden. Das ist wichtig! Nicht die Werke, nicht die Sorge um Ihre Familie. Sie dürfen nicht sterben! Ich könnte es nicht ertragen! Ich ...« Sie schluchzte trocken auf. »Warum quälen Sie mich so?!«

Mit einem erstaunten, fast ungläubigen Gesicht erhob er sich, trat auf sie zu, hatte sie, noch ehe er selber wußte, was er tat, in die Arme genommen. »Stefanie!« sagte er zärtlich. »Stefanie!«

»Bitte, verzeih mir! Ich schwöre, daß ich es nicht gewußt habe! Bitte, weine nicht! Bitte, nicht!« Er zog sie noch enger in seine Arme. »All die Jahre ... und ich habe nie etwas geahnt. Ach, Stefanie, wenn ich noch einmal von vorne anfangen könnte, ich würde vieles anders machen. Alles! Aber ich verspreche es dir, ich werde gesund werden, Stefanie! Ich verspreche es dir! Du warst von Anfang an die einzige, die ...«

Da wurde an die Tür geklopft, und sie fuhren auseinander.

Die superblonde, immer heitere Schwester Lizzy trat ein. Stefanie Sintrop wandte sich rasch ab, damit sie ihr Gesicht nicht sehen konnte. Sie beschäftigte sich angelegentlich mit Lippenstift und Puderdose.

»Ein Telegramm für Sie, Mister Arnold«, sagte Schwester Lizzy vergnügt. »Aber Sie brauchen gar nicht zu erschrecken, es enthält eine gute Nachricht.

Bitte seien Sie nicht ärgerlich, daß wir es geöffnet haben. Das ist strenge Vorschrift, Sie verstehen!«

Sie blieb im Zimmer, während Arnold Berber das Telegramm aus dem Umschlag nahm, las.

»Da freuen Sie sich, nicht wahr? Ich denke, jetzt werden Sie gut schlafen können. Oder soll ich Ihnen doch noch ein Mittel bringen?«

»Nein, danke, Schwester, nicht nötig!«

»Ja, ich kann mir denken, Sie sind müde genug. Es wird höchste Zeit für Sie, zu Bett zu gehen!«

Sie wandte sich an Stefanie Sintrop. »Ich werde Sie hinunterbegleiten, Miß Steffy, das große Tor ist schon abgeschlossen. Ich glaube, Sie haben gar nicht gemerkt, wie spät es geworden ist.«

»Ja, natürlich, ich komme sofort!« sagte Stefanie Sintrop nervös. Sie hatte sich umgedreht und sah Arnold Berber mit großen, fragenden Augen an.

»Meine Frau kommt morgen abend, Fräulein Sintrop!« sagte er mit trockener Stimme.

Sie zuckte mit keiner Wimper. »Gut. Dann werde ich ein Zimmer für sie im ›Black Lyon‹ bestellen.« Sie nahm ihre Aktentasche auf, trat in die Flurgarderobe hinaus, um sich ihren Mantel anzuziehen. »Oder gibt es vielleicht eine Möglichkeit, Schwester Lizzy, daß Mrs. Berber bei ihrem Mann hier im Hospital wohnen kann?«

7

Um zwölf Uhr fünfzehn sollte das Flugzeug starten.

Frau Ines Berber stand, sehr elegant in einem tadellos sitzenden maisgelben Kostüm, in der Eingangshalle ihres Hauses und gab dem Stubenmädchen Erika und der Köchin letzte Anweisungen. Die Haustür stand offen. Herr Heidler, der Cheffahrer, hatte ihre Koffer und ihre Hutschachteln schon im Wagen verstaut; jetzt stand er abwartend neben dem Auto, jeden Augenblick bereit, die Wagentür für seine Chefin zu öffnen.

»Also, Sie wissen, was Sie zu tun haben«, sagte Frau Ines abschließend und zog sich ihre Handschuhe an. »Meine Adresse in Amerika habe ich auf die oberste Seite des Telefonblocks geschrieben, wenn etwas Wichtiges sein sollte. Ich denke, daß wir in spätestens vierzehn Tagen wieder zu Hause sein werden. Bitte achten Sie darauf, daß die Kinder keine Dummheiten machen. Ich verlaß mich auf Sie beide! Eigentlich sollten Susanne und Jochen groß genug sein, aber ich fürchte, sie werden versuchen, ihre Freiheit auszunützen. Lassen Sie ihnen nichts durchgehen! Und bitte,

Erika, achten Sie auch darauf, daß Jochen täglich ein frisches Hemd anzieht!« Sie sah nervös auf ihre Armbanduhr. »Was wollte ich nur noch sagen?!«

»Wir wissen genau Bescheid, gnädige Frau, Sie brauchen sich gar keine Sorgen zu machen«, sagte Erika rasch, »und mit den Kindern werden wir schon fertig werden, nur keine Bange...«

»Ja, wirklich, Sie können ganz beruhigt fahren«, fügte die Köchin hinzu. »Grüßen Sie bitte Herrn Berber von uns. Wir wünschen ihm...« Sie blieb mitten im Satz stecken, riß die Augen auf. Unwillkürlich wandten Frau Ines und Erika sich um und folgten ihrem Blick.

Den Vorgartenweg entlang kam Susanne. Sie ging drei Schritte, blieb dann stehen, gekrümmt vor Schmerzen, preßte ihre Hände auf den Leib, wankte weiter. Sie trug keine Schulmappe. Ihr sonst so blühendes Gesicht war seltsam fleckig.

»Susanne!« rief Frau Ines.

Sie lief ihrer Tochter entgegen, stützte sie, führte sie zum Haus, redete dabei ununterbrochen auf sie ein. »Susanne... Liebling... was ist geschehen? Was ist los mit dir? Wo tut's denn weh? Komm, stütz dich auf mich! Ja, ganz fest! In ein paar Minuten liegst du im Bett, dann wirst du dich besser fühlen...«

Susanne antwortete nicht, sie stöhnte nur. Jetzt, da die Mutter sie stützte, schloß sie die Augen, als wenn sie sich vor ihren eigenen Schmerzen verstecken könnte.

»Erika«, sagte Frau Berber, während sie Susanne die Stufen hinaufführte, »bitte rufen Sie Doktor Lebrecht an, er soll sofort kommen... nein, noch besser... Herr Heidler!« Sie sah über ihre Schulter zurück, stellte fest, daß der Chauffeur hinter ihr war. »Fahren Sie zu Doktor Lebrecht, Herr Heidler, Sie wissen ja, wo er wohnt, bringen Sie ihn her! So schnell wie möglich!«

»Jawohl, gnädige Frau!«

»Sie können aber trotzdem anrufen, Erika«, sagte Frau Ines, »damit er schon Bescheid weiß und sich fertig macht.«

Sie wandte sich wieder Susanne zu. »Mein armer Liebling! Wann hat es denn angefangen? Hast du etwas Schlechtes gegessen?« Dann sagte sie mit einem tiefen Seufzer: »Ausgerechnet jetzt!«

Susanne stöhnte, ihr Körper wurde von Stößen geschüttelt. Sie die breite, geschwungene Treppe hinaufzubringen, wurde für Mutter und Tochter zu einer Qual.

Susannes eigenes Zimmer lag unter dem Dach, aber Frau Berber wollte ihr nicht ohne Not noch eine weitere Treppe zumuten. Sie führte das Mädchen in ihr Schlafzimmer, und Susanne ließ apathisch alles mit sich geschehen. Sie machte keinen Versuch, der Mutter beim Auskleiden zu helfen.

Dann, als Frau Ines ihr eines ihrer eigenen Nachthemden überziehen wollte, riß sie sich los, stürzte ins Badezimmer, erbrach sich heftig. »Mein armer Liebling! Mein armer, armer Liebling!« sagte Frau Ines. »Aber gut, daß es herauskommt. Ist es jetzt besser?«

Susanne schüttelte stumm den Kopf.

Als Dr. Lebrecht kam, hatte Frau Ines gerade Fieber gemessen. Das Ergebnis beruhigte sie ein wenig. Siebenunddreißig sechs unter der Achsel, das war nicht so hoch, wie sie befürchtet hatte.

»Gut, daß Sie gleich gekommen sind, Herr Doktor«, sagte sie aufatmend, »Susanne hat mir einen furchtbaren Schrecken eingejagt. Aber vielleicht ist es gar nicht so schlimm! Da, sehen Sie her!« Sie zeigte ihm das Fieberthermometer. »Möglicherweise ist es nur eine Magenverstimmung.«

»Na, wollen mal sehen!« Dr. Lebrecht trat ans Bett, legte seine fleischige Hand auf Susannes Stirn. »Wie haben wir's denn, Mädchen? Was sind das für Geschichten?«

Susanne öffnete flüchtig die Augen, sah ihn an, murmelte schmerzlich: »Ich weiß ja selber nicht . . .«

Er schlug die Steppdecke zurück. Susanne lag auf der Seite, verkrümmt, mit angezogenen Beinen. Dr. Lebrecht legte sie auf den Rücken, drückte ihre Knie wieder gerade. »Wo tut's denn weh?« fragte er und begann behutsam ihren Leib abzutasten.

»Was ist? Was glauben Sie?« fragte Frau Ines nervös.

»Hm, na ja . . . deutliche Bauchdeckenspannung!« sagte er.

Er drückte mit der Hand auf die linke Seite. »Tut das weh, Susanne?«

Sie schüttelte stumm den Kopf. Er zog die Hand zurück. Susanne schrie auf.

»Wo hat's jetzt weh getan?« fragte er eindringlich.

Sie tastete mit der Hand auf ihre rechte Seite. »Hier . . . hier vorn.«

»Danke, Susanne, das genügt. Du warst sehr tapfer. Länger wollen wir dich jetzt nicht quälen!« Er deckte sie zu, sah Frau Ines an und ging zum Badezimmer.

Sie folgte ihm.

»Es ist nichts Schlimmes, nicht wahr?« sagte sie fast flehend, kaum daß sie die Verbindungstür ins Schloß gedrückt hatte. »Eine Magenverstimmung? Oder eine Erkältung? Kinder essen ja immer alles mögliche durcheinander... und dann das viele Eis...«

Er hob den Kopf und sah sie mit seinen grauen, ein wenig hervorquellenden Augen an. »Sie wollen heute fliegen, nicht wahr?«

Unwillkürlich sah sie auf ihre Armbanduhr. »Ja, ich war gerade dabei, das Haus zu verlassen. Ich fürchte, jetzt ist es schon zu spät. Oder ob ich es doch noch versuchen soll? Eine halbe Stunde brauchen wir unbedingt bis zum Flugplatz...« Sie unterbrach sich. »Was fehlt Susanne? Bitte, sagen Sie es mir jetzt, Herr Doktor!«

»Ich fürchte«, sagte er behutsam, während er die Hähne über dem großen Marmorwaschbecken aufdrehte und begann, sich die Hände einzuseifen, »Susanne muß ins Krankenhaus, und zwar schnellstens.« Als er den Schrecken in den Augen von Frau Ines sah, fügte er rasch hinzu: »Das braucht Sie aber nicht zu hindern, nach Amerika zu fliegen. Ich werde alles Notwendige veranlassen.«

»Blinddarmentzündung?«

»Ja. Und zwar ziemlich stark fortgeschritten. Ich möchte annehmen, daß sie in der letzten Zeit öfters Bauchschmerzen gehabt hat.«

»Ja, natürlich, das stimmt, aber wir dachten immer...«

»Es trifft Sie nicht der geringste Vorwurf, gnädige Frau. Übrigens brauchen Sie auch gar nicht zu erschrecken. So eine Blinddarmoperation ist heutzutage wirklich eine Kleinigkeit. Ganz gefahrlos.«

»Ja, ich weiß...« Frau Berbers Stimme klang nicht überzeugt. »Aber trotzdem... Glauben Sie, daß ich in diesem Augenblick fort kann? Susanne einfach allein lassen?« Sie reichte ihm ein frisches Handtuch.

»Ich werde sie ins Heerdter Krankenhaus einweisen«, sagte Dr. Lebrecht, »dort ist sie in den besten Händen. Es ist keineswegs nötig, daß Sie mitkommen. Darf ich?« fragte er mit einem Blick zu der anderen Tür, die in Arnold Berbers Zimmer führte.

»Ja, bitte, aber natürlich«, sagte Frau Ines.

Dr. Lebrecht wußte in der Berberschen Villa Bescheid. Mit wenigen Schritten war er bei dem Telefonapparat, der auf Arnold

Berbers Nachttisch stand, wählte die Verbindung mit dem Heerdter Krankenhaus, gab seine Diagnose und die baldige Einlieferung der Patientin bekannt.

»Das geht in Ordnung«, sagte er, als er den Hörer wieder aufgelegt hatte, »ein Krankenwagen wird natürlich schwer zu erreichen sein . . .«

»Könnte Herr Heidler sie nicht in unserem Auto hinfahren?« fragte Frau Ines. »Es ist ja nicht sehr weit, und der Hintersitz ist, glaube ich, breit genug, daß sie liegen könnte.«

»Natürlich, das ginge«, sagte Dr. Lebrecht nachdenklich, »aber ich fürchte, dann werden Sie das Flugzeug nicht mehr erreichen.«

»Natürlich. Sie haben recht.« Ines straffte ihre schlanke, zierliche Gestalt. »Ich weiß, Sie werden alles tun . . . und bitte, schikken Sie mir gleich ein Telegramm, wenn . . .« Sie reichte ihm die Hand. »Vielen Dank für alles, Herr Doktor!«

Sie schritt zur Tür, die zum Treppenhaus führte, hatte sie schon geöffnet, als ihr einfiel, daß sie ihre Handtasche mit dem Flugschein in ihrem Schlafzimmer gelassen hatte. Sie eilte über die Galerie, öffnete behutsam die Tür, trat auf Zehenspitzen ein.

Susanne lag in ihrem Bett, wimmerte mit geschlossenen Augen. »Mutti . . . Mutti . . . Mutti . . .«

Frau Ines hatte ihre Tasche schon in der Hand. Sie wußte, Susanne hatte gar nicht bemerkt, daß sie ins Zimmer gekommen war – dennoch brachte sie es nicht fertig, einfach zu gehen.

Fast eine halbe Minute stand sie da, hin und her gerissen zwischen den widerstreitendsten Gefühlen.

Dann trat sie mit raschen Schritten zum Bett, legte ihre kühle Hand auf Susannes Stirn und sagte: »Bitte, sei tapfer, mein Liebling! Du weißt, ich muß fort! Ich habe Vater ja schon telegrafiert, daß ich komme . . . ich muß wirklich . . .«

»Mir ist so schlecht«, stöhnte Susanne, »ich glaube, ich muß wieder . . .« Sie preßte die Hand vor den Mund.

Frau Ines stürzte ins Badezimmer, und da keine Schüssel zur Hand war, nahm sie ein großes Frottiertuch, lief zurück, breitete es auf dem Bett aus.

Susanne würgte und stöhnte, dann brach sie wirklich – aber es kam nur noch grüne Galle.

Frau Ines wischte Susanne den Mund ab, warf das beschmutzte Tuch in die Badewanne, kam wieder zurück. Es war ihr, als wenn ihr das Herz beim Anblick ihres kranken, gepeinigten Kindes brechen müßte.

»Muß ich ins Krankenhaus, Mutti?« stöhnte Susanne.

»Ja, mein Liebling«, sagte Frau Ines nach kurzem Zögern.

»Doktor Lebrecht hat gesagt . . . aber du brauchst gar keine Angst zu haben . . . es ist der Blinddarm. Du wirst operiert, davon merkst du gar nichts. Und vierundzwanzig Stunden später bist du wieder völlig in Ordnung. Glaub mir doch!«

Susannes Finger tasteten sich zu der Hand der Mutter, ergriffen sie, klammerten sich fest. »Bleib bei mir! Bitte, Mutti . . . bleib bei mir!«

»Aber ich kann doch nicht . . .«, sagte Frau Ines hilflos, »bitte, Susanne, versteh doch . . .«

Es wurde sacht an die Tür geklopft.

Erika trat ins Zimmer, einen kleinen Koffer in der Hand, Susannes Kamelhaarmantel über dem Arm. »Der Doktor hat gesagt, gleich kommt der Krankenwagen. Ich habe schon ein paar Sachen für Susanne zusammengepackt. Herr Heidler sagt, wenn die gnädige Frau jetzt nicht sofort kommt, dann kann er es nicht mehr schaffen.« Sie sah von Frau Ines auf Susanne. »Komm, Susanne, laß die Mutter los. Du mußt dich jetzt anziehen. Nur den Mantel . . . das geht ganz schnell. Du brauchst keine Angst zu haben. Wenn du willst, werde ich dich auch ins Krankenhaus begleiten!«

Frau Ines versuchte ihre Hand zurückzuziehen, aber Susannes Finger, feucht von Schmerz und Anstrengung, klammerten sich nur noch fester an sie.

»Bitte . . .«, stöhnte sie. Unvermittelt begannen helle, runde Tränen ihre Wangen hinunterzulaufen.

»Ich fahre nicht, Erika«, sagte Frau Ines plötzlich entschlossen, »seien Sie so nett, nehmen Sie meinen Flugschein aus der Handtasche und rufen Sie das Flughafenbüro der Lufthansa an, sagen Sie, daß ich heute nicht mitfliegen kann, bitte, ja? Bestellen Sie einen Platz für morgen.«

»Jawohl, gnädige Frau!«

Frau Ines beugte sich über ihre Tochter, hob sie mit beiden Armen hoch. »So, und jetzt komm, mein Liebling . . . du brauchst wirklich keine Angst zu haben, Mutter bleibt bei dir. Mein armes, kleines Mädchen . . . ich lasse dich nicht allein!«

Stefanie Sintrop wartete. Sie hielt einen amerikanischen Kriminalroman aufgeschlagen auf den Knien, ihre Augen liefen die Zeilen entlang, aber was sie las, ergab keinen Sinn; es waren Worte, gleichgültige Worte, die sie aufnahm und die nicht bis in ihr Gehirn zu dringen vermochten.

Vor zwei Stunden war Arnold Berber in den Operationssaal gebracht worden, wenig später war Schwester Lizzy noch einmal ins Zimmer gekommen, hatte die weißen Laken des Bettes glattgezogen, das Kissen aufgeklopft, die Decke zurückgeschlagen.

»Wird es noch lange dauern?« hatte Stefanie Sintrop gefragt.

»Oh, nicht sehr lange«, war die tröstliche Antwort gewesen.

Aber seit dieser Auskunft war mehr als eine Stunde vergangen, ohne daß irgend etwas geschehen war. Der kleine Raum mit den schalldichten Türen war von einer Stille erfüllt, die langsam anzuschwellen schien und sich wie eine bleierne Last auf Stefanie Sintrops Brust legte. Am Ende jeder ihrer Gedanken stand Angst.

Gleich werden sie ihn zurückbringen, versuchte sie sich vorzustellen, gleich wird er wieder in diesem Bett liegen, er wird die Augen aufschlagen – und alles wird vorüber sein.

Aber ein anderer Gedanke war stärker als diese zarte Hoffnung, er drängte sich vor, schlug alles andere beiseite: Wenn sie ihn nicht zurückbringen? Wenn irgend etwas Unvorhergesehenes geschieht? Wenn er stirbt? Was dann?

Sie wußte keine Antwort. Seit über zehn Jahren war Arnold Berber das Zentrum ihres Lebens gewesen, der Mittelpunkt, um den sich ihr ganzes Denken, Können, Wollen und Fühlen gedreht hatte. Wie sollte sie ohne ihn weitermachen?! Hatte das Leben ohne ihn, ohne ihre tägliche Arbeit mit ihm noch einen Sinn?

Sie wußte, daß ihr die Arbeit bleiben würde, daß er ihr in seinem Testament eine große Verantwortung gegeben hatte, aber es bedeutete ihr nichts. Sie wußte, daß man sie für ehrgeizig hielt, und sie selber hatte sich bisher dafür gehalten – aber in dieser Stunde tödlicher Angst wurde ihr klar, daß ihr Ehrgeiz nur ein Schild gewesen war, hinter dem sie ihr Herz verborgen hatte.

Sie liebte Arnold Berber.

Sie war bereit, ihm jedes Opfer zu bringen, wenn sie ihm damit Gesundheit schenken, ihn vom Tode hätte retten können.

Nur ganz schattenhaft tauchte die Erinnerung an Urban Zöllner in ihr auf, zusammen mit dem Bewußtsein, daß sie ihn nie würde heiraten können – was auch immer geschah. Ihr kam der Gedanke, es ihm jetzt, in dieser Stunde, zu schreiben, aber dann erschien er ihr unwichtig. Nur ein Mensch hatte Bedeutung für sie – Arnold Berber. Ihr Leben schien ihr unlöslich mit seinem Schicksal verbunden.

Als die Tür zum Krankenzimmer geöffnet wurde, sprang sie auf, preßte die Handflächen gegeneinander, um ihrer Erregung Herr zu werden.

Schwester Lizzy trat ein, die immer heitere Schwester Lizzy, aber in dieser Sekunde, bevor sich die Augen der Frauen trafen, war ihr Gesicht tiefernst, wie ausgelöscht.

»Schwester, bitte sagen Sie mir, ist er ... er ist doch nicht!«

Schwester Lizzy strahlte schon wieder. »Nein«, sagte sie und zeigte ihre kleinen weißen Zähne. »Es ist alles in Ordnung. Bitte beruhigen Sie sich! Habe ich Sie erschreckt?«

»Wahnsinnig!« sagte Stefanie Sintrop und preßte ihre Hand aufs Herz.

»Das tut mir leid ... das tut mir wirklich leid!« Schwester Lizzy errötete, als wenn man sie bei etwas Unrechtem ertappt hätte. »Ich habe ganz vergessen, daß Sie hier warteten!«

Stefanie Sintrop begriff, daß Schwester Lizzys Heiterkeit nichts war als eine Maske, unter der sie für die Menschen ihr wahres und vom Leben enttäuschtes Gesicht verbarg. Ihr Mitgefühl hielt nicht länger als einen Atemzug an, dann richtete ihr ganzes Herz sich wieder auf Arnold Berber.

»Warum dauert es so lange?« fragte sie angstvoll. Sie sah auf ihre Armbanduhr. »Fast drei Stunden! Ich verstehe nicht ...«

»Doktor Smith hat den OP-Saal schon verlassen«, erklärte Schwester Lizzy, »nur der Anästhesist ist noch drin. Es kann jetzt nicht mehr lange dauern ...«

Sie kam nicht mehr dazu, den Satz zu Ende zu sprechen, denn in diesem Augenblick wurde die Tür abermals geöffnet, und zwei Krankenschwestern schoben eine Liege auf Gummirädern herein. Stefanie Sintrop sah im Vorbeifahren Arnold Berbers blutleeres gelbliches Gesicht. Schwester Lizzy schlug die Decke weit zurück, ihre beiden Kolleginnen betteten ihn geschickt um, bevor sie den Wagen wieder aus dem Zimmer hinausschoben.

Stefanie Sintrop trat näher, ihre Hände klammerten sich krampfhaft um das Fußende des Bettes. Arnold Berbers Lippen waren grau, seine Augen lagen tief in den Höhlen, sein dunkles Haar mit den weißen Strähnen wirkte seltsam glanzlos. Aber selbst in der tiefen Bewußtlosigkeit wirkte sein Gesicht sehr männlich und erfüllt von entschlossenem Ernst.

Schwester Lizzy faßte sein Handgelenk, fühlte seinen Puls, sah dann mit einem beruhigenden Lächeln zu Stefanie Sintrop auf: »Es ist alles in Ordnung!«

Dr. Smith trat ein, im blaugrauen Kittel, eine gleichfarbige Chirurgenmütze auf dem Kopf. Mit raschen Schritten näherte er sich dem Bett, hob ein Augenlid des Patienten, ließ es wieder sinken, sagte zu Schwester Lizzy: »Puls?«

Als er ihre Antwort bekommen hatte, wandte er sich an Stefanie Sintrop. »Ich denke, wir haben es geschafft«, sagte er freundschaftlich, »es war nicht ganz einfach, wie ich vorausgesagt habe ... aber es hätte auch schlimmer kommen können.« Mit einem kleinen Lächeln sah er auf Arnold Berber nieder. »Poor old boy«, sagte er, »na ja, jetzt hat er's überstanden.«

»Meinen Sie, daß er wieder wirklich gesund werden wird?« fragte Stefanie Sintrop atemlos.

»Man kann es so nennen. Natürlich, er wird in manchen Dingen maßhalten müssen. Aber ich denke, das sollte ihm gelingen. Wenn man auf die Fünfzig zugeht, wird es ja für jeden Menschen Zeit, mit Verstand zu leben. Auch seine Umwelt kann viel zu seiner Gesundheit beitragen. Man sollte ihm Aufregungen möglichst ersparen ... und wenn sie schon sein müssen, ihm schonend beibringen, Sie verstehen?«

»Ja, durchaus, Herr Doktor«, sagte Stefanie Sintrop, »und Sie sind ganz sicher, daß nichts ... nichts Unvorhergesehenes mehr eintreffen kann?«

»Um dessen sicher zu sein, müßte ich ein Hellseher sein«, sagte er mit hochgezogenen Augenbrauen. »Aber nach menschlichem und ärztlichem Ermessen ist wohl kaum mit Komplikationen zu rechnen.«

»Das ist wunderbar!« Stefanie Sintrops herbes Gesicht war voller Wärme. Sie hätte sich gerne bedankt, aber sie spürte, daß es ihr als Arnold Berbers Sekretärin nicht zustand. »Ich kann gar nicht sagen, wie froh ich darüber bin!«

Dr. Smith sah sie an. »Irre ich mich übrigens, oder hat es nicht geheißen, daß seine Frau nach Rochester kommen wollte?«

»Frau Berber hat abtelegrafiert«, sagte Stefanie Sintrop, »anscheinend ist ihr im letzten Augenblick etwas dazwischengekommen. Die Nachricht kam gestern abend.«

»Schade.« Dr. Smith legte die Stirn in Falten. »Ich hätte gerne mit ihr gesprochen. Na ja.« Er wandte sich an Schwester Lizzy, gab ihr letzte Anweisung zur Pflege des Patienten, bevor er das Zimmer verließ.

Die beiden Frauen blieben allein mit dem Kranken zurück.

Schwester Lizzy nahm sich ein Magazin, setzte eine Brille auf und ließ sich in einer Ecke des Zimmers nieder. Stefanie Sintrop war ihr dankbar, daß sie ihr den Platz an der Seite Arnold Berbers überließ. Sie setzte sich ans Kopfende des Bettes, ließ keinen Blick von dem wächsernen Gesicht des Kranken, dessen flacher Atem fast unhörbar ging. Sie wartete geduldig und voller Zärtlichkeit, fühlte sich ihm so nahe wie nie zuvor.

Eine ganze Weile verging so. In der gespannten Stille des Raumes war nichts zu hören als von Zeit zu Zeit ein scharfes Geräusch, das entstand, wenn Schwester Lizzy die Seiten ihres Magazins umblätterte.

Endlich begann sich der Kranke zu regen, es zuckte in seinem Gesicht. Farbe stieg in seine Wangen, der Atem begann sich zu vertiefen.

Stefanie Sintrop beugte sich vor, und als er die Augen aufschlug, sah er in ihr vertrautes Gesicht.

Beide blieben ganz still, hielten fast den Atem an, während ihre Blicke sich berührten. Einen Herzschlag lang hatten ihre Seelen sich gefunden.

Ein zärtliches Lächeln löste die Spannung in Stefanie Sintrops Gesicht. Er nahm es auf, gab es ihr zurück.

»Stefanie«, murmelte er.

»Es ist alles vorbei . . . die Operation ist geglückt. Sie werden gesund werden!«

»Ich liebe dich, Stefanie. Weißt du, daß ich dich liebe?«

Tränen schossen ihr in die Augen, sie versuchte, sie mit dem Handrücken wegzuwischen, stammelte: »Verzeih . . . bitte, verzeih . . . ich bin so glücklich!«

Ohne daß sie es bemerkt hatten, war Schwester Lizzy aufgestanden, trat ans Bett. »Sie müssen jetzt gehen, Miß Steffy«, sagte sie sanft, »unser Patient braucht Ruhe!«

Stefanie erhob sich gehorsam, tastete nach ihrer Tasche, putzte sich die Nase, wischte sich die Tränen ab.

»Bis morgen«, sagte sie, »Arnold!«

»Bis morgen, Stefanie!« Er streckte mit einer schwachen Bewegung den Arm nach ihr aus; sie beugte sich jäh herab und drückte ihre Lippen auf seine Hand. Dann überwand sie sich und verließ rasch das Zimmer.

Dr. Smith hatte Arnold Berber streng verboten, sich in den Tagen nach der Operation mit geschäftlichen Dingen zu befassen oder Post zu diktieren.

Dennoch kam Stefanie Sintrop täglich zu ihm. Stundenlang saß sie an seinem Bett, und sie plauderten miteinander wie Menschen, die sich gerade erst kennengelernt haben und die doch ungeheuer interessiert aneinander sind. Immer wieder staunten sie beide, wie wenig sie, obwohl sie sich so viele Jahre täglich begegnet waren, voneinander wußten. Das stille Krankenzimmer wurde für sie zu einer einsamen Insel fernab vom Getriebe der Welt.

Als Stefanie Sintrop eines Morgens den Raum betrat, lag der Brief von Frau Ines auf seinem Nachttisch. Sie sah ihn sofort, erkannte die Handschrift. Aber sie wendete die Augen ab, vermied es, eine Frage zu stellen oder auch nur eine Andeutung zu machen.

Sie konnte jedoch nicht verhindern, daß ihre Stimme befangen klang. Es fiel ihr schwer zu lächeln.

Er selber war es, der nach einiger Zeit das Thema anschnitt. »Meine Frau hat geschrieben«, sagte er unvermittelt.

»Ja?« Sie bemühte sich gelassen zu erscheinen.

»Interessiert es dich nicht, was sie schreibt?«

Sie zögerte eine Sekunde, dann sagte sie ehrlich: »Doch. Natürlich.«

»Warum hast du mich dann nicht gefragt? Du mußt den Brief doch gesehen haben!«

»Ich wußte nicht, ob du mit mir darüber sprechen wolltest.« Sie blähte die Nasenflügel. »Wird sie kommen?«

»Nein.«

»Nicht?« Sie konnte ihre Erleichterung nicht verbergen.

Er lächelte. »Sprich nur aus, was du denkst. Mir wäre es ebensowenig recht gewesen wie dir.«

Stefanie Sintrop sah ihn an. »Warum?« fragte sie. »Was hält sie in Düsseldorf?«

»Angeblich hat Susanne eine Blinddarmentzündung. Sie mußte ins Krankenhaus, gerade als Ines zum Flugplatz fahren wollte.«

»Das ist nicht fair, Arnold«, sagte sie stirnrunzelnd. »Warum sagst du angeblich? Du weißt genau, daß deine Frau sich so etwas nicht ausdenkt!«

»Warum verteidigst du sie?«

»Weil ich nicht will, daß du mich liebst, weil du deine Frau in einem falschen Licht siehst.«

»Selbst wenn es wahr ist«, sagte Arnold Berber, »eine Blinddarmoperation! Was bedeutet das schon?! In meinen Augen ist das kein Grund, mich so im Stich zu lassen.«

»Vielleicht doch«, sagte Stefanie Sintrop. »Bitte versuch gerecht zu sein!«

»Du wärst zu mir gekommen«, sagte er überzeugt, »selbst wenn die ganze Welt zusammengestürzt wäre, du wärst gekommen!«

»Das ist kein Vergleich. Ich bin keine Mutter! Ich bin durchaus nicht sicher, wie ich gehandelt haben würde, wenn ich ein Kind hätte . . .«

»Aber ich bin es für dich, Stefanie!« Er nahm ihre Hand, umschloß sie mit festem Griff. »Wenn ich sage, daß ich dir dankbar bin, klingt das ganz falsch. Es ist viel zuwenig! Du hast mir das Leben gerettet, Stefanie . . . du vor allem. Wenn du nicht bei mir gewesen wärst, ich hätte den Mut verloren . . . ich wäre . . .«

Sie lächelte. »Du wärst auch ohne mich wieder gesund geworden. Doktor Smith hätte es bestimmt geschafft!« Sie genoß es, großmütig zu sein. Es war nicht schwer, Ines zu verteidigen und ihre eigenen Bedeutungen herabzusetzen, weil sie sehr wohl wußte, daß sie damit nur seine Anerkennung herausforderte. »Was schreibt deine Frau sonst noch?« fragte sie.

»Sie wünscht, daß ich so bald wie möglich nach Hause kommen soll . . . das heißt nicht nach Hause, sondern sie schlägt vor, daß wir zusammen in ein Sanatorium fahren.«

Sie sah ihn nicht an, als sie fragte: »Und . . . wirst du's tun?«

»Stefanie! Glaubst du das wirklich? Kannst du das wirklich glauben? Nach allem . . .«

Sie biß die Zähne aufeinander, dann atmete sie tief, sagte:

»Ich habe Angst, Arnold. Ich habe furchtbare Angst! Ich bin so glücklich, daß ich es dir gar nicht sagen kann, aber ich weiß, daß man auf dieser Welt so glücklich einfach nicht sein darf. Nicht bleiben kann! Es wird etwas geschehen . . . irgend etwas Furchtbares! Wir werden unser Glück nicht behalten können.«

»So kenne ich dich ja gar nicht!« sagte er erstaunt.

Sie schüttelte sich, versuchte zu lächeln. »Bitte, verzeih, ich habe nicht das Recht, dir das Herz schwerzumachen ... ich wollte dir auch gar nichts davon sagen. Vielleicht liegt's einfach darin, daß es mir so ungewohnt ist, glücklich zu sein.«

Eine Weile schwiegen sie, hielten sich bei den Händen, sahen sich an.

Dann sagte er: »Stefanie, ich habe gestern abend mit Dr. Smith gesprochen. Ich muß noch acht Tage im St.-Christopher-Hospital bleiben, dann ... Stefanie, willst du mich begleiten?«

»Wohin du willst.«

»Ich hoffe, es wird dir Freude machen«, sagte er. »Ich habe an Palm Beach gedacht. Doktor Smith meint, daß ich eine richtige Erholung brauche, bevor ich wieder nach Hause fahre.«

»Palm Beach? Das stelle ich mir wunderbar vor!« Ihr Gesicht verdüsterte sich plötzlich. »Wirst du es deiner Frau schreiben?«

»Natürlich.«

»Und wenn sie ... wenn sie dir nachfährt?«

»Dazu werde ich sie ausdrücklich einladen. Aber sie wird nicht kommen. Niemals. Dazu überwindet sie sich nicht.«

Als Stefanie Sintrop widersprechen wollte, hob er die Hand, brachte sie zum Schweigen. »Ich weiß, du würdest es tun ... aber Ines nicht. Sie kann nicht über ihren eigenen Schatten springen.«

»Aber du glaubst trotzdem, daß sie dich liebt?«

»Es hat keinen Sinn, darüber zu reden«, sagte er. »Was geht uns Ines an! Du bist der einzige Mensch, der für mich zählt.«

8

Frau Ines war gerade dabei, gemeinsam mit der Köchin den Speisezettel für die nächsten Tage festzulegen, als Erika den Besuch von Wilhelm Hausmann meldete.

Frau Ines war so überrascht, daß ihr das Blut zu Kopf schoß. Sie sah in Erikas Blick Neugier und Anteilnahme, und sie ärgerte sich über sich selber.

»Bitte, führen Sie Herrn Hausmann zu mir, ja, hierher in den Garten.« Sie wandte sich an die Köchin. »Sie können jetzt gehen. Ich rufe Sie, sobald ich wieder Zeit habe.«

Gleich darauf tat ihr diese Entscheidung leid. Sie überlegte, ob es nicht besser gewesen wäre, sich verleugnen zu lassen. Der Gedanke, Wilhelm Hausmann empfangen zu müssen, ohne auch nur Gelegenheit zu haben, in den Spiegel zu schauen, war ihr unangenehm. Sie wußte selber nicht, warum.

Aber all diese Überlegungen kamen zu spät. Sie hatte noch nicht das Haushaltsbuch zugeschlagen, als Wilhelm Hausmann schon durch die große Glastür in den Garten trat. Er trug einen hellen, gutgeschnittenen Anzug aus leinenartigem Material, der ihm etwas Sportliches, fast Jugendliches gab. Sein Schritt war elastisch, er sprühte vor Vitalität.

»Bitte«, sagte er, noch bevor er sie erreicht hatte, »bitte, liebste Ines, seien Sie mir nicht böse, daß ich Sie so überfalle, aber ich hatte heute morgen in Düsseldorf zu tun, und da dachte ich ... ganz ehrlich: Ich habe es nicht über mich gebracht, mir die Gelegenheit entgehen zu lassen, bei Ihnen hereinzuschauen. Wenn ich Ihnen lästig bin, ein einziges Wort genügt ...«

»Nein, nein«, sagte sie matt, »bleiben Sie nur!« Sie steckte sich mit einer nervösen Bewegung eine Welle ihres honiggelben Haares unter den Sonnenhut.

Er lächelte sie an. »Ohne Glück soll man nicht auf der Welt sein«, sagte er. »Tatsächlich habe ich den Wagen fortgeschickt. Ich hätte also schön dagestanden, wenn ich Ihnen ungelegen gekommen wäre.«

»Ungelegen nicht«, sagte sie, »nur ein bißchen überraschend.« Unwillkürlich sah sie prüfend an ihrem einfachen blauen Leinenkleid hinab. Ihre schlanken, bräunlichen Beine waren nackt, denn sie hatte vorgehabt, im Garten zu arbeiten; an den Füßen trug sie helle Ledersandalen.

Er erriet, was sie dachte. »Sie sind schöner denn je, Ines«, sagte er aufrichtig, »und ich bin sehr froh, daß ich gekommen bin. Wissen Sie, wie Sie aussehen? Wie ein ganz kleines Mädchen, das sich im Wald verirrt hat.«

Sie wunderte sich selber, daß sie lächeln konnte. »Meine Mädchenzeit liegt ziemlich weit hinter mir«, sagte sie, »und von Wald kann wohl auch keine Rede sein.«

Als er etwas einwerfen wollte, ließ sie ihn nicht zu Wort kommen. »Natürlich, ich weiß«, sagte sie. »Sie haben es nur symbolisch gemeint.« Sie forderte ihn mit einer Handbewegung auf, Platz zu nehmen.

»Ich werde mich in diesen fabelhaften Schaukelstuhl setzen,

wenn Sie erlauben«, sagte er, »so ein Ding habe ich mir schon lange gewünscht. Eigentlich ist es doch komisch, wenn man das Geld hätte, fehlt einem die Zeit, seine Träume wahrzumachen.«

»Wenn Sie wollen, lasse ich Ihnen einen zusenden«, sagte Frau Ines, »sie werden in den Berber-Werken hergestellt.«

»Ach, wirklich? Das ist interessant. Und wie verkaufen sich die Dinger?« Er lachte laut auf, ehe Frau Ines noch antworten konnte. »Da haben wir's!« sagte er. »Jetzt fange ich noch tatsächlich an, mich mit Ihnen übers Geschäft zu unterhalten. Das wird aus einem Menschen, wenn er allzu lange allein und nur für seine Arbeit gelebt hat. Bitte verzeihen Sie mir, Ines, wenn Sie es über sich bringen können.« Er beugte sich vor, brachte den Schaukelstuhl zum Stillstand, sah sie an. »Sie wissen, weshalb ich gekommen bin, nicht wahr?«

»Nein«, sagte sie verwirrt, »ich meine . . . ich weiß es nicht genau.«

»Haben Sie sich überlegt, was ich Ihnen neulich gesagt und vorgeschlagen habe?«

Er spielte dabei auf das Gespräch an, das er vor einigen Tagen mit ihr im Golfklub geführt hatte. Ihr Treffen war rein zufällig, und da ihm ihr gedrücktes Wesen auffiel, hatte er es mit geschickten Fragen verstanden, sie auszuhorchen. Dann hatte er ihr Scheidung empfohlen. Und nun wollte er ihre Antwort haben.

»Ich denke immer daran«, sagte sie.

»Und? Haben Sie sich entschieden?«

»Es ist so schwer! Es geht ja nicht nur um mich, nicht nur um Arnold. Die Kinder . . .« Ihre Hände strichen nervös über die Lehnen des Gartensessels.

»Sie schrecken davor zurück, den Kindern ihren Vater zu nehmen? Oder glauben Sie, daß Arnold ein Leben ohne die Kinder nicht ertragen könnte?«

»Nein, das natürlich nicht. Aber Kinder brauchen doch ihren Vater, nicht wahr? Sie sind noch so jung. Ich könnte ihnen gar nicht erklären . . .«

»Liebt Arnold seine Kinder?«

»Ja, natürlich«, sagte sie rasch, »natürlich liebt er sie. Er ist doch der Vater.«

»Das meine ich nicht. Denken Sie einmal nach, Ines, ich frage Sie bloß, damit Sie Klarheit gewinnen. Kümmert er sich wirklich um die Kinder? Widmet er ihnen und ihren Problemen Zeit? Spielt er mit ihnen? Beschäftigt er sich nebenbei mit ihren Schulaufgaben?«

»Aber, Wilhelm! Sie wissen doch sicher selber, wie das ist, zu alledem hat er doch gar keine Zeit!«

Ihr fiel ein, wie schwer es ihr jedesmal geworden war, ihm die Wünsche der Kinder auch nur klarzumachen, sein Interesse an Erziehungsfragen zu wecken. Aber sie wollte es nicht zugeben. »Natürlich«, sagte sie schwach, »wenn er mal Zeit hatte . . .«

Wilhelm Hausmann durchschaute sie sofort. »Glauben Sie wirklich, Ines, daß ein Vater, dessen Verbindung zu seinen Kindern aus konventionellen Redensarten besteht, für ihre Entwicklung so wichtig ist?«

»Ich würde mir niemals zutrauen, alleine mit ihnen fertig zu werden«, sagte sie, »wenn Arnold auch wenig Zeit hatte, er war doch da, ich meine, die Kinder und ich wußten immer, daß ein Vater existierte, der doch im Notfall eingreifen konnte.«

Sie sprach von ihrem Mann in der Vergangenheitsform, fast als ob er gestorben wäre, und sie bemerkte es nicht einmal.

»Sie haben Angst«, sagte Wilhelm Hausmann, »Sie haben Angst, allein mit dem Leben fertig zu werden! Fürchten Sie, daß er . . . nun eben . . . finanziell nicht ausrechend . . .«

»Ach das! Nein, daran habe ich gar nicht gedacht. Wir leben in einer Zugewinnehe. Ich weiß nicht genau, was das ist. Aber mein Vater hat seinerseits darauf bestanden. Er sagte, daß ich auf diese Weise geschützt wäre . . . in jedem Fall. Oder stimmt das etwa doch nicht?«

Wilhelm Hausmanns Gesicht blieb ganz gleichmütig. »Doch, doch«, sagte er, »das ist in Ordnung. Um so besser für Sie. Sie können Ihre Entscheidung also treffen, ohne auf etwas anderes Rücksicht nehmen zu müssen als auf die rein menschlichen Belange.«

Sie holte sich ein Päckchen Zigaretten aus der Tasche ihres blauen Leinenkleides, zog sich eine heraus. »Sie denken, ich sollte es tun?« fragte sie unsicher.

Er gab ihr Feuer. »Es gibt Dinge, bei denen man keinem Menschen raten kann, Ines.« Er sah nachdenklich in die brennende Flamme seines Feuerzeuges, bevor er sie auslöschte. »Eines müssen Sie mir glauben, ich würde alles tun, wenn ich Ihnen damit Kummer ersparen könnte.«

»Dann, bitte, sagen Sie mir ganz ehrlich Ihre Meinung.«

»Ich denke nicht objektiv, Ines!«

»Weil Sie Arnolds Freund sind?«

»Nein. Nicht deswegen.« Er zögerte. »Weil ich Sie . . . beschützen möchte, Ines. Glauben Sie, es macht mich ganz elend, Sie unglücklich zu sehen. Eine Frau wie Sie, eine wirkliche Frau, wie man sie heutzutage gar nicht mehr findet. Nein, ich fühle in der Sache nicht als Arnolds Freund. Ich könnte ihn verprügeln, wenn ich nur daran denke, was er Ihnen für Leid zugefügt hat.«

»Aber vielleicht . . . vielleicht tun wir ihm unrecht«, sagte sie.

»Er ist also doch nicht mit seiner Sekretärin nach Palm Beach gefahren?«

Sie senkte den Kopf.

»Bitte, Ines, also was ist! Ich kann Ihnen wirklich nicht helfen, wenn Sie mir nicht wenigstens die Wahrheit sagen!«

»Doch«, sagte sie leise, »doch. Sie sind in Palm Beach. Beide.«

»Sie glauben, daß es vielleicht wirklich nur berufliche Erwägungen sind, weshalb er sie mitgenommen hat? Daß er darauf wartet, daß Sie doch zu ihm kommen?«

»Ich habe nicht einmal seine Adresse«, gab sie zu, »er hat mir die Nummer seines Postfaches geschrieben: Box drei sieben drei acht. Das ist alles. Wenn man es genau besieht, ist der Brief nicht einmal von ihm, sondern von seiner Sekretärin. Er hat ihn ihr diktiert. Seit er Düsseldorf verlassen hat, habe ich nicht eine einzige private Zeile von ihm bekommen . . . nicht eine einzige Zeile.«

»Er verdient Ihre Liebe nicht, Ines.«

Ihr Lächeln war schmerzlich. »Woher wissen Sie denn, ob ich ihn liebe, Wilhelm. Vielleicht haben Sie recht, vielleicht stimmt das wirklich, was Sie eben gesagt haben. Ich klammere mich an ihn, weil ich Angst habe, allein zu sein. Ich fürchte, nicht allein mit den Problemen des Lebens fertig zu werden. Ich bin nicht wie diese berufstätigen Frauen, Wilhelm, die es lieben, selbständig zu sein und auf eigenen Füßen zu stehen, die forsch und selbstbewußt ihre Entscheidungen treffen. Vielleicht bin ich altmodisch, oder ich bin besonders dumm, oder ich bin einfach nicht dazu erzogen. Schon der Gedanke an Scheidung macht mich ganz krank. Bitte lachen Sie mich nicht aus . . . verachten Sie mich auch nicht, Wilhelm.«

»Sie werden niemals allein sein, Ines«, sagte er ruhig, »niemals, solange ich auf der Welt bin. Das ist auch der Grund, warum ich Ihnen nicht objektiv raten kann. Ich kann nur ehrlich sein, und dann muß ich Ihnen sagen: Bitte, Ines, bitte machen Sie Schluß mit Arnold! Lassen Sie ihn mit seiner Sekretärin glücklich werden ... oder unglücklich, was eher anzunehmen ist. Kommen Sie zu mir! Ich werde Sie beschützen! Ich werde versuchen, gutzumachen, was Arnold an Ihnen gesündigt hat, und ich schwöre Ihnen, daß ich Ihren Kindern wie ein Vater sein werde. Ines ... ich liebe Sie!«

Am Nachmittag desselben Tages hatte Wilhelm Hausmann eine lange Unterredung mit seinem Prokuristen Jupp Stöger.

»Wir müssen in der Berber-Sache etwas unternehmen«, sagte der Chef der Hausmann-Werke, »und zwar sofort. Erst mal ... haben Sie sich inzwischen erkundigt?«

»Jawohl.« Jupp Stöger rieb sich das spitze Kinn. »Wenn Berber tatsächlich, wie Sie sagten, die Gallenblase entfernt worden ist, dann kann er möglicherweise noch zwanzig Jahre und länger leben. Eine geglückte Gallenblasenoperation, sagt mein Gewährsmann, kann fast vollständige Genesung bedeuten. Natürlich gilt als Voraussetzung, daß der Patient sich arbeitsmäßig schont, daß er großen Aufregungen aus dem Wege geht, auch eine gewisse leichte Diät einhält ... na, Sie verstehen schon.«

»Kann er die Leitung der Berber-Werke wieder übernehmen, ja oder nein?«

Jupp Stöger zögerte einen Augenblick, dann sagte er: »Ja. Er kann.«

Wilhelm Hausmann erhob sich hinter seinem blankpolierten Schreibtisch, begann nachdenklich in dem riesigen Raum auf und ab zu gehen. »Das kommt mir nicht überraschend, Stöger«, sagte er, »ich wollte es nur bestätigt wissen. Passen Sie mal auf. Kennen Sie ein gutes Detektivinstitut?«

»Wirtschaftsauskünfte?«

»Gerade das nicht. Ich brauche ein Institut mit internationalen Beziehungen. Sie verstehen. Ich möchte gerne zwei Personen in Amerika überwachen lassen.«

»Arnold Berber?«

»Ja. Und seine Chefsekretärin. Sie heißt Stefanie Sintrop. Bitte notieren Sie sich das gleich.«

Stöger kritzelte etwas in sein Notizbuch. »Ist das nicht die, die damals vor Gericht ...«

»Genau. Es hat aber nichts mit der Sache zu tun ... oder nur am Rande. Sie halten sich augenblicklich in Palm Beach auf oder in der nächsten Umgebung dieser Stadt. Post bekommen sie über ein Postfach, Box drei sieben drei acht. Ihre Adresse kenne ich nicht. Eine Beschreibung von Arnold Berber können Sie so gut durchgeben wie ich. Was die Personalien der Sekretärin betrifft, so tauchen sie sicher in irgendeiner der Berichterstattungen über den Pachner-Prozeß auf ... oder einer der Journalisten hat sie, wenn er sie auch damals nicht veröffentlicht hat.«

»Ich verstehe ...«, sagte Jupp Stöger. »Übrigens erinnere ich mich, daß letztes Jahr ein sehr gutes Bild von Berber im Mitteilungsblatt des Golfklubs erschienen ist.«

»Richtig. Machen Sie die Herren darauf aufmerksam oder suchen Sie es selber heraus. Wie Sie das machen, ist mir ganz gleich, Stöger ... auch, wen Sie damit beauftragen. Auf alle Fälle brauche ich exakte Ausküfte ... wann, wie, wo ... Sie verstehen. Mein Name muß bei der ganzen Sache völlig aus dem Spiel bleiben. Sie müssen die Verbindung zu der Agentur als Privatmann aufnehmen.«

»Ganz klar«, sagte Jupp Stöger und erhob seinen zierlichen Körper aus dem Sessel. Er klappte sein Notizbuch zu und steckte es ein. »Das geht in Ordnung. Man soll nichts unversucht lassen.«

»Das ist kein Versuch, Stöger«, erklärte Wilhelm Hausmann gelassen, »der Tip ist hundertprozentig. Oder was würden Sie tun, wenn Sie mit einer ebenso ansehnlichen wie verliebten jungen Dame einen Urlaub in Palm Beach verbrächten? Na also!«

9

Es war einer jener Tage, wie Stefanie Sintrop sie liebte.

Die Sonne flammte von einem glasigen, fast unnatürlich blauen Himmel auf das Meer und den Strand von Palm Beach herab. Dennoch war es nicht zu heiß. Ein kräftiger Wind, der den Salzgeruch des Meeres mit sich brachte, ließ die Brandung weiß aufgischten, wirbelte hie und da den feinen weißen Sand hoch, strich kühlend und fast zärtlich über die fast nackten braunen Körper der Badenden. Stefanie Sintrop trug einen knallgelben Bikini, den sie und Arnold Berber hier in dem feudalen Badeort der Staaten ausgesucht hatten und der kaum mehr als die Andeutung eines Kleidungsstückes war; ihre schlanken, langen Glieder hatten die Farbe von poliertem Nußbaumholz angenommen. Sie lag auf dem Rücken, die Arme unter dem Kopf verschränkt und starrte auf das Meer hinaus, zu den weit entfernten kleinen Schiffen mit den leuchtend bunten Segeln und den Wellenreitern, die breitbeinig auf ihren Brettern standen und im Schlepptau der Motorboote über die wilden Wellen tanzten.

Ein junges Mädchen, fast ein Kind noch, sprang von einem der Badeflöße mit einem eleganten Kopfsprung ins Meer.

Eine unbändige Lust, sich ebenfalls ins Wasser zu stürzen, sich von den schäumenden Wogen auf und nieder tragen zu lassen, überkam Stefanie. Die Gegenwart Arnold Berbers, der an ihrer Seite lag, bäuchlings, den Kopf in den Armen vergraben, hielt sie mit einer Art magnetischer Kraft zurück.

Seit er vor vierzehn Tagen aus dem St.-Christopher-Hospital in Rochester entlassen worden war, sehr mager, noch hinfällig – »dem Tod eben noch von der Schippe gesprungen«, wie er selber es nannte –, aber von einem ungeheuren Lebenswillen und einer nie gekannten Lebensfreude erfüllt, war sie kaum eine Minute von seiner Seite gewichen. In ihrer Liebe zu Arnold Berber schienen alle komplizierten Probleme ihres unerfüllten Lebens eine sehr einfache Lösung gefunden zu haben.

Stefanie Sintrop richtete sich auf den Ellbogen auf, betrachtete Arnold Berber, und ihr Blick streichelte seinen breiten Rücken, seine Arme, die sich langsam zu runden begannen. Er war noch dunkler als sie, fast kaffeebraun verbrannt, und seine Haut schimmerte samt im Sonnenschein.

Stefanie Sintrop konnte der Versuchung nicht widerstehen, ihre Hand auszustrecken und ganz leicht über diese braunschimmernde, lebendige Fläche zu streichen, die jetzt unter ihrer Berührung ein Zittern überlief. Sie schlang ihren Arm um seine Schultern, schmiegte sich zärtlich an ihn, streichelte seine Wange, seine Ohrmuscheln mit ihren Lippen.

Er brummte etwas Unverständliches, und sie ließ ihn los. Er drehte sich auf den Rücken, sah sie mit einem nachdenklichen Blick an, der aus weiter Ferne zu kommen schien.

»Ich habe dich geweckt!« sagte sie schuldbewußt. »Kannst du mir verzeihen?«

»Ich habe gar nicht geschlafen«, erklärte er, ohne zu lächeln.

»Na, Gott sei Dank!« Stefanie Sintrop sprang auf die Beine. »Ich möchte so gerne noch einmal ins Wasser. Bitte, bitte komm mit!« Sie streckte ihm die Hand hin, um ihn auf die Füße zu ziehen.

Er ergriff sie nicht. »Später, Stefanie!« sagte er nur und fügte, als er ihr enttäuschtes Gesicht sah, rasch hinzu: »Oder lauf du alleine, ich werde auf dich warten!«

Sie ließ sich neben ihm in den heißen Sand sinken. »Ohne dich ist es halb so schön.«

»Du darfst dich nicht so sehr an mich klammern, Stefanie!«

Sie erschrak. »Bin ich dir lästig?«

»Nein, keineswegs. Bitte versteh mich nicht falsch. Du weißt, wie sehr ich dich liebe . . .«

»Nur . . .?« fragte sie.

»Nur . . . sieh mal, Stefanie, wir sind doch nicht verheiratet. Es ist töricht, wenn wir uns benehmen wie ein junges Paar auf der Hochzeitsreise.«

»Habe ich das getan?«

»Wenn ich ehrlich sein soll . . . ja. Du tust es immer. Jetzt eben zum Beispiel. Alle Leute konnten sehen, wie du mich geküßt hast!«

Unwillkürlich sah sie sich um. Sie lagen ziemlich weit entfernt von den anderen am Hang einer kleinen Düne. »Ich glaube nicht, daß jemand uns beobachtet hat«, sagte sie. »Es ist ja überhaupt niemand in der Nähe, der . . .«

»Es handelt sich ja nicht um diesen einzigen Fall, Stefanie, ich hatte ihn nur zum Beispiel genommen. Vielleicht war das Beispiel falsch. Aber du wirst doch zugeben, daß du sogar im Speisesaal meine Hand festhältst, daß du mich schon ein paarmal in aller Öffentlichkeit geküßt hast.«

»Aber doch nur zum Spaß!«

»Es gibt Späße, Stefanie, die man sich nur mit einem Menschen erlauben kann, mit dem man, na eben . . . sehr intim steht.«

»Tun wir das denn nicht?« fragte sie verständnislos.

»Doch. Natürlich tun wir das. Was heißt hier intim stehen?! Ich liebe dich, ich habe es dir oft genug gesagt. Aber es ist doch kein Grund, daß alle Welt es wissen muß. Unsere Liebe ist doch etwas, das nur uns beide ganz allein angeht und niemanden sonst. Man braucht doch seine Gefühle nicht allen anderen auf die Nase zu binden.«

»Ich habe an all die anderen Menschen überhaupt nicht gedacht.«

»Genau da liegt dein Fehler, das will ich ja gerade sagen. Wir sind nicht allein auf der Welt, wir müssen Rücksicht nehmen.«

Sie war tief gekränkt und außerstande, es zu verbergen. »Ich habe bisher noch nie gemerkt, daß irgend jemand Anstoß an meinem Benehmen genommen hätte«, sagte sie mühsam.

»Daß ich es tue, scheint dir scheinbar nichts zu bedeuten.«

»Du?«

»Ja . . . Ich finde es geschmacklos, Gefühle, ob sie nun echt sind oder nicht, vor der Öffentlichkeit auszubreiten. Ein Kuß coram publico ist genauso widerlich wie eine Ohrfeige. Ines hätte so etwas nie getan, nicht einmal auf der Hochzeitsreise.«

»Weil sie dich nie wirklich geliebt hat!«

»Nein, weil sie eine Dame ist. Aber das wirst du nie begreifen.«

Es war ihr, als wenn etwas in ihr zerbräche. Am liebsten hätte sie aufgeschrien, wäre Hals über Kopf davongerannt, aber sie tat nichts dergleichen. Sie blieb ganz ruhig sitzen, sagte, ohne ihn anzusehen: »Es tut mir leid, wenn ich dich enttäuscht habe.«

»Aber, Stefanie, das hast du ja gar nicht. Bildest du dir denn wahrhaftig ein, ich hätte in dir eine Dame gesucht? Eine Dame habe ich schließlich zu Hause. Du hast gar keinen Grund, so ein Gesicht zu machen. Du bist eine großartige Frau, eine einmalige Mitarbeiterin und eine wunderbare Geliebte. Mehr, glaube ich, darf ein Mann wohl wirklich nicht verlangen.«

»Du brauchst mich nicht zu trösten!«

»Das würde mir auch nicht im Traum einfallen. Ich versuche nur die Dinge richtigzustellen. Ist es denn wirklich so schlimm, wenn ich dich auf einen kleinen Fehler aufmerksam mache? Ich habe längst vorgehabt, es dir zu sagen, aber ich fürchtete mit Recht, daß du eine Tragödie daraus machen würdest. In diesem Punkt seid ihr Frauen doch alle gleich; die klügsten und die törichsten.« Er schwang sich auf die Beine. »Willst du nun mit mir ins Wasser gehen?«

Als sie seiner Aufforderung nicht sofort folgte, fügte er ärgerlich hinzu: »Aber natürlich, wenn es dir besser gefällt, dazusitzen und zu grollen.«

Sie stand auf. »Ich grolle gar nicht, Arnold!« Sie zwang sich zu lächeln. »Es ist nur . . . ich habe noch niemals Heimlichkeiten gehabt. Du verlangst also wirklich von mir, daß ich vor den Leuten so tun soll, als wenn ... als wenn überhaupt nichts zwischen uns bestünde?«

»Na und? Was ist schon dabei! Glaubst du, daß jemand sich für deine Gefühle oder unsere Beziehungen ernsthaft interessiert?«

»Hier in Amerika bestimmt nicht, und gerade deshalb finde ich ...«

»Wir werden nicht immer hier bleiben können, Stefanie«, sagte er ernst.

»Eines Tages werden wir nach Düsseldorf zurückfliegen und dann ...? Wie hast du gedacht, soll es weitergehen? Vielleicht würde es dir nichts ausmachen, wenn der ganze Betrieb erfährt, daß ich ein Verhältnis mit meiner Sekretärin habe, aber mir wäre das nicht gleichgültig. Ich will keinen Skandal. Es ist deshalb besser, du gewöhnst dich von vornherein daran, das Gesicht zu wahren.« Er legte seine Hand unter ihr Kinn, wollte sie zwingen, ihn anzusehen. »Oder hattest du etwa gedacht, ich würde mich scheiden lassen?«

Sie senkte die Lider, um ihre abgrundtiefe Enttäuschung vor ihm zu verbergen.

»Natürlich nicht«, sagte sie gepreßt, »davon war ja nie die Rede zwischen uns.«

»Ein Glück, daß du das wenigstens noch weißt! Wir sind zwei erwachsene Menschen, Stefanie, zwei vernünftige Menschen, und es sollte doch mit dem Teufel zugehen, wenn es uns nicht gelingen würde, unsere Liebe frei von Sentimentalitätsduseleien, von verkitschten Gefühlen, von albernen Streitereien zu halten.«

Er machte eine Pause, und als sie immer noch nichts sagte, mit verschlossenem Gesicht und gesenkten Wimpern vor ihm stand, fügte er hinzu: »Ich liebe dich, Stefanie, und ich möchte dich nicht verlieren. Ich wüßte gar nicht, wie ich ohne dich auskommen sollte ... gerade deshalb müssen wir sehr vorsichtig sein, sehr, sehr vorsichtig. Wir dürfen nicht den Kopf verlieren. Erscheint dir dieses Opfer zu groß? Dann mußt du es mir sagen! Jetzt sofort! Ich habe nie etwas von dir verlangt, was du mir nicht freiwillig gegeben hast. Du brauchst nur ein Wort zu sagen, und du bist frei.«

Endlich erhob sie die Lider, und er sah, daß ihre Augen voller Tränen waren. »Du hast ja recht, Arnold«, sagte sie, »bitte verzeih mir! Ich habe mich wie ein verliebter Backfisch benommen, aber es kommt eben nur . . . weil ich so glücklich bin!«

»Das sollst du auch bleiben, Stefanie. Ich werde alles tun, damit du es bleibst. Ich könnte mich ohrfeigen, daß ich dieses Gespräch überhaupt angefangen habe. Du brauchst nicht traurig zu sein, wirklich nicht. Noch fahren wir ja nicht nach Hause . . . noch haben wir Wochen vor uns, Wochen, die nur uns beiden gehören, dir und mir, Stefanie, und keinen geht's etwas an!«

Er nahm ihr den Sonnenhut vom Kopf, warf ihn mit weitem Schwung mit seinem eigenen in die Dünen zurück, dann packte er sie bei der Hand, und sie liefen durch den heißen Sand, stürzten sich in die schäumende Brandung.

Dr. Schreiner, Arnold Berbers erster Assistent, saß in einem hellen kleinen Büro hinter dem Schreibtisch. Er nagte an seiner Oberlippe, strich sich nervös durch sein schütteres blondes Haar. Er blickte nicht auf, als Helen Wilde hereinkam, sagte nur: »Bitte nehmen Sie ein Stenogramm auf, Fräulein Wilde, ich wäre Ihnen dankbar, wenn Sie es noch heute übertragen könnten. Es geht an den Chef nach Amerika, die Adresse kennen Sie ja. Es wäre gut, wenn der Brief heute noch rausginge.«

»Selbstverständlich, Herr Doktor«, sagte Helen Wilde beflissen.

»Die Angelegenheit ist wichtig«, fuhr Dr. Schreiner fort, »und . . . darauf möchte ich Sie ganz besonders aufmerksam machen . . . streng vertraulich zu behandeln! Also schreiben Sie!«

Doktor Schreiner klopfte mit dem Ende seines Kopierstiftes auf die Schreibtischplatte, während er Helen Wilde diktierte.

»Sehr geehrter Herr Berber, soeben bekam ich den Anruf unseres Generalvertreters Schulze-Memmingen. Er teilte mir mit, daß ihm zu Ohren gekommen sei, die Firma Pichlmeyer & Co., Augsburg, werde in Kürze zum Verkauf gestellt werden. Sie werden sich vielleicht erinnern, sehr geehrter Herr Berber, daß Max Pichlmeyer vor einem halben Jahr bei einem Autounfall ums Leben kam. Seine Ehe war kinderlos, und seine Witwe will jetzt – wie Schulze-Memmingen behauptet – die Firma abstoßen, weil sie an der Leitung des Betriebes kein Interesse hat. Tatsächlich hat Schulze-Memmingen keine Beweise für seine Behauptung, aber andererseits klingt die Sache doch wahrscheinlich genug, daß man ihr nachgehen sollte. Ich überlasse es nun Ihrer Entscheidung, sehr geehrter Herr Berber, ob es Ihnen geraten scheint, die Angelegenheit zu verfolgen oder . . .« Dr. Schreiner machte eine kleine Pause, um sich eine Zigarette anzuzünden.

»Herr Doktor«, sagte Helen Wilde, »aber das steht doch außer Frage.«

»Was bitte? Wovon reden Sie?!«

»Wenn die Firma Pichlmeyer zum Verkauf steht, Herr Doktor, dann müssen wir doch versuchen, sie zu bekommen! Das wäre für uns ungeheuer wichtig . . . ich meine, nicht für uns, sondern für die Berber-Werke. Schließlich war Pichlmeyer & Co. doch immer ein Konkurrenzunternehmen, wenn wir es nun schlucken könnten, dann . . .«

»Wozu erzählen Sie mir das? Das ist mir völlig klar!«

»Wenn es Ihnen klar ist, Herr Doktor, dann brauchten Sie doch nicht Herrn Berber um Rat zu fragen. Bitte, es geht mich ja nichts an, aber schließlich sind Sie der Stellvertreter des Chefs mit all seinen Vollmachten. Sie können ganz bestimmt geradesogut entscheiden wie Herr Berber selber.«

»Natürlich!« sagte Dr. Schreiner zögernd. »Da haben Sie irgendwie recht, Helen. Glauben Sie mir, ich habe mir die Sache lange hin und her überlegt, aber man muß da sehr vorsichtig sein. Ich möchte keinen Fehler machen. Wenn ich jetzt mit der Witwe Pichlmeyer Kontakt aufnehme und nachher stellt sich heraus, daß das nicht in Arnold Berbers Sinn war, dann ist das doch mehr als peinlich, das werden Sie zugeben müssen.«

»Sehr viel peinlicher ist es, wenn die Hausmann-Werke uns die Pichlmeyer-Werke vor der Nase wegschnappen. Ich möchte nicht hören, was der Chef dann sagt.«

Dr. Schreiner stand auf. »Sie haben recht, Helen, verdammt noch mal«, sagte er, »ich bin da wirklich in einer Klemme.«

»Aber wieso denn? Das ist doch eine einmalige Gelegenheit für uns . . . ich meine natürlich für Sie . . . zu beweisen, daß Sie wirklich imstande sind, das Werk selbständig zu führen!«

»Ich weiß nicht. Der Chef hat mir noch vor seiner Abreise gesagt, daß er mich für zu ehrgeizig hält, daß er fürchtet, ich könnte voreilig handeln. Gerade deshalb denke ich, müßte man . . .«

»Ach was. Das ist eine Sache, in der man gar nicht schnell genug handeln kann. Schicken Sie jemanden nach Augsburg hinunter. Vielleicht den Prokuristen Kramer oder sonst jemanden. Wenn wir Glück haben . . .«

»Nein, das kann ich nicht, Helen«, sagte Dr. Schreiner. »Wenn ich auf eigene Faust handle, wird Berber in jedem Fall wütend auf mich, ob es nun richtig war, was ich getan habe, oder falsch. Aber wenn ich ihm jetzt diesen Hinweis gebe, wird er annehmen, daß ich auf Draht war.«

»Aber wieso denn ... Sie! Dann schöpft doch Schulze-Memmingen den Rahm ab, das ist ja sonnenklar. Mich geht es ja nichts an, aber wenn ich an Ihrer Stelle wäre, dann würde ich auf keinen Fall einen Brief schreiben. Damit machen Sie gar keinen Eindruck. Wenn Sie sich schon nicht entschließen können, selbständig zu handeln, dann schicken Sie ein Telegramm. Das wäre das wenigste!«

Als Stefanie Sintrop neben dem üblichen dicken Geschäftsbrief das Telegramm im Postfach fand, gab es ihr einen Schlag aufs Herz.

Sie öffnete den gelben Umschlag mit zitternden Fingern, gewärtig, daß das Telegramm die Nachricht von der Ankunft Ines Berbers enthielt. Dann, als sie begriff, daß es sich um einen Geschäftsvorgang handelte, atmete sie auf. Düsseldorf, die Berber-Werke, Dr. Schreiner – all das schien hier im sonnigen Florida so weit entfernt, als wenn es in einer anderen Welt läge. Ganz von ihrer Liebe und ihren persönlichen Problemen erfüllt, war Stefanie Sintrop außerstande, die Bedeutung der Nachricht aus Deutschland zu ermessen.

Sie steckte Brief und Telegramm in ihre große modische Strohhandtasche, eilte die mit Palmen bepflanzte Promenade zum Hotel zurück, vorbei an den weißen Prachtbauten, an den schimmernden Auslagen der Luxusläden. Sie spürte die bewundernden und begehrlichen Blicke der Männer auf sich gerichtet, und sie nahm sie hin wie einen selbstverständlichen Tribut. Der hauchleichte Stoff ihres Seidenkleides umspannte ihren schlanken, festen Körper. Sie trug das dunkle Haar jetzt offen, es fiel in einer großen, schönen Welle bis auf die Schultern hinab – eine etwas gewagte Frisur, die sie jedoch Jahre jünger erscheinen ließ.

Sie durchquerte die riesige Halle des Hilton-Hotels, ließ sich von einem der Lifte in den zehnten Stock hinauffahren, eilte den Gang entlang und trat in ihr kleines, aber sehr komfortabel eingerichtetes Zimmer, das durch ein Bad mit Arnold Berbers Raum verbunden war.

Die gläserne Tür zu dem schattigen, überdachten Balkon stand offen. Arnold Berber saß im schneeweißen Leinenanzug auf einer der bequemen Liegen, ein Glas eisgekühlter Limonade neben sich, und blätterte in einem amerikanischen Herrenmagazin. Sein dunkler Kopf hob sich scharf ab gegen das im Sonnenlicht flimmernde Meer.

Er lächelte sie an, als sie eintrat. Seine Zähne schimmerten sehr weiß in seinem braunen Gesicht.

»Wenn ich dich ansehe«, sagte sie, »ist es mir immer wieder wie ein Wunder! Unvorstellbar, daß du je krank gewesen bist.«

Er ging nicht darauf ein. »War was da?« fragte er.

»Ein dicker Brief und ein Telegramm.«

Als sie sah, wie sich sein Gesicht spannte, fügte sie rasch hinzu: »Nichts Besonderes ... wirklich nicht, Arnold.« Sie öffnete ihre Strohtasche, holte den Brief und das Telegramm heraus, reichte ihm beides. »Da, lies! Anscheinend weiß Doktor Schreiner wieder mal nicht weiter.«

Er überflog den Text des Telegramms, sagte: »Die Firma Pichlmeyer steht zum Verkauf ... und das nennst du nichts Besonderes?«

»Aber es ist doch nicht einmal sicher, Arnold ... wahrscheinlich alles nur Geschwätz und Vermutungen.«

»Daß Max Pichlmeyer vor einem halben Jahr verunglückt ist, steht jedenfalls fest. Auch daß er keine Erben hat. Nein, Stefanie, ich sehe die Dinge ganz anders als du. Ich halte es für überaus wahrscheinlich, daß seine Witwe das Werk abstoßen will. Das wäre eine ganz große Sache für uns.«

»Ruf doch mal an! Vielleicht weiß Schreiner jetzt schon mehr.«

»Gar keine schlechte Idee. Bitte mach mir die Verbindung und dann geh sofort zum Reisebüro und laß Plätze für unseren Rückflug reservieren.«

Er stand auf, dehnte und reckte sich.

Stefanie war blaß geworden unter ihrer sonnenbraunen Haut. »Aber ... du willst doch nicht ... bloß wegen dieser Sache ...«, stammelte sie.

»Doch, Stefanie. Die Angelegenheit ist mir wichtig genug. Wenn Hausmann uns zuvorkommt, werden wir in kürzester Zeit nicht mehr konkurrenzfähig sein.«

»Aber ... du weißt doch ... Doktor Smith hat doch gesagt ... vier Wochen Erholung sind das mindeste, was du brauchst!«

»Auch Doktor Smith ist nicht unfehlbar, Stefanie. Du hast ja selbst eben gesagt, wie glänzend ich aussehe, und ich fühle mich auch so.«

Er lachte. »Ganz ehrlich, diese Sache mit Pichlmeyer kommt mir fast gelegen, mir kribbelt es nämlich schon seit einigen Tagen in allen Knochen. Auch für ein Faulenzerdasein muß man, scheint mir, geboren sein.«

»Warum bist du nicht ehrlich?! Gib doch zu, daß du genug von mir hast!« sagte sie tonlos.

»Komm, komm, hör auf damit!« Seine Stimme klang kühl und ärgerlich. »Du tust gerade so, als wenn ich dich loswerden wollte. Davon kann keine Rede sein.« Er packte sie bei den Schultern. »Wir fliegen doch zusammen nach Düsseldorf, Stefanie, zwischen uns ändert sich überhaupt nichts. Daß wir ewig weiter unter Palmen wandeln können, das hast du dir doch hoffentlich nicht eingebildet.«

»Bitte, Arnold«, sagte sie mühsam, »bitte ... ich habe dich noch nie um etwas gebeten, nicht wahr? Laß uns doch wenigstens bleiben, bis wir wissen, ob es wirklich stimmt ... ob es sich überhaupt lohnt, jetzt schon heimzukehren.«

»Was ist bloß in dich gefahren?« fragte er kopfschüttelnd. »Ich kenne dich gar nicht wieder. Ich hätte geschworen, daß dir die Arbeit mindestens so sehr fehlen müßte wie mir!«

»Doch, natürlich! Nur ...«

»Na also. Dann mach auch bitte nicht so ein Gesicht, als wenn dir alle Felle weggeschwommen wären.«

»Arnold, begreifst du es denn wirklich nicht? Es geht mir doch nur um uns! Um uns beide, Arnold. Ich habe solche Angst, so entsetzliche Angst. Ich weiß es ganz genau, es wird niemals wieder so zwischen uns werden, wie es hier war. Niemals wieder!«

»Wart's erst mal ab, Stefanie!« sagte er. »Ich weiß gar nicht, wie du auf diese schlimmen Gedanken kommst!« Er konnte seine Ungeduld nicht länger verbergen. »Bist du nun imstande, das Telefongespräch anzumelden, oder muß ich es selber tun?«

Arnold Berber und Stefanie Sintrop landeten nach einem Nonstop-Flug mit einer Boeing Jet der Lufthansa um 9.20 Uhr in Frankfurt. Der Himmel war trübe, es schien kühl trotz der vorsommerlichen Jahreszeit. Beide fröstelten. Stefanie Sintrop fühlte sich wie zerschlagen. Sie hatte eine sehr schlechte Nacht verbracht. Seit ihrer überstürzten Abreise von Palm Beach hatte Arnold Berber kaum noch ein privates Wort mit ihr gesprochen.

Sie nahmen eine Taxe und fuhren in die Stadt hinein. Arnold Berber hatte Schulze-Memmingen und den Vertreter von Frankfurt zur Berichterstattung in den ›Frankfurter Hof‹ bestellt. Es erwies sich, daß sich die Gerüchte um die Firma Pichlmeyer inzwischen offiziell bestätigt hatten. Arnold Berber bemühte sich mit Hilfe der beiden Herren, eine möglichst genaue Berechnung der Kapazität des Werkes aufzustellen. Stefanie Sintrop stenografierte diese Gespräche bis in alle Einzelheiten mit.

Erst am späten Nachmittag flogen Arnold Berber und seine Chefsekretärin weiter nach Düsseldorf, wo sie kurz vor sieben Uhr landeten. Die Rollbahn schimmerte im Licht der Scheinwerfer, es regnete dünn, aber beharrlich. Sie trotteten mit hochgeschlagenen Mantelkragen auf das Fluggebäude zu. Dann war plötzlich Wärme, Licht, Stimmengewirr um sie.

»Vater!« schrie Susanne und rannte ihm auf ihren langen, dünnen Beinen entgegen; sie hing an seinem Hals, ehe er noch recht begreifen konnte, was vorging.

Auch Jochen kam herangestürmt, kaum eine Sekunde später, und versuchte die Schwester zur Seite zu schieben. »Pappi! Ich hab' dich zuerst gesehen! Geh weg, Sanne! Du weißt genau, daß ich . . .«

Arnold Berber fing seine beiden Kinder mit den Armen auf, sagte: »Na, na, immer mit der Ruhe! Nun laßt euch erst mal ansehen! Groß seid ihr geworden . . . man muß wirklich staunen.«

»Ich habe den Blinddarm heraus!« erzählte Susanne aufgeregt. »Stell dir das vor! Natürlich nicht wirklich den Blinddarm, das sagt man nur so, in Wirklichkeit ist es der Wurmfortsatz, hat mir der Doktor in den Krankenanstalten erklärt.« Sie zeigte mit Daumen und Zeigefinger eine beträchtliche Spanne: »Eine so große Narbe habe ich, Paps. Ich zeig sie dir, wenn wir zu Hause sind!«

»Fein. Ich freu mich schon darauf.« Arnold Berber reichte seiner Frau die Hand.

Frau Ines nahm sie entgegen, ohne zu lächeln. Ihre blauen Augen standen sehr groß in ihrem hellen, zarten Gesicht.

»Wie geht es dir, Arnold?« fragte sie konventionell.

»Danke, Ines, blendend. Sieht man mir das nicht an?«

»Du scheinst dich gut erholt zu haben!« Sie wandte sich ab, zupfte Jochen den Kragen zurecht.

Eine kleine peinliche Pause entstand.

»Na, da sind Sie auch, Doktor Schreiner«, sagte Arnold Berber und schüttelte seinem Assistenten die Hände. »Das ist sehr gut. Ich möchte einige Punkte mit Ihnen klären. Wegen der Firma Pichlmeyer habe ich schon alles in die Wege geleitet. Ich habe mich heute mittag mit Schulze-Memmingen in Frankfurt getroffen. Aber das erfahren Sie später. Jetzt möchte ich erst mal wissen . . .« Er faßte Doktor Schreiner unter den Arm, zog ihn zu einem geschäftlichen Gespräch beiseite.

Stefanie Sintrop hatte inzwischen Herrn Heidler, dem Cheffahrer, die Flugscheine und Gepäckkarten gegeben. Ines sprach mit ihren Kindern. Niemand kümmerte sich um sie.

Stefanie Sintrop gab sich einen Ruck, trat vor. »Ich glaube, gnädige Frau«, sagte sie, »wir haben uns noch nicht begrüßt.«

»Sie nehmen doch nicht etwa an, daß ich Wert darauf lege?« entgegnete Frau Ines ohne jede Erregung.

Stefanie Sintrop war auf einen so offenen Angriff nicht vorbereitet gewesen. »Ich . . . nein, wie soll ich das verstehen?«

»Vielleicht denken Sie mal darüber nach?« Frau Ines wandte sich kurz ab und trat an einen Kiosk, um sich Zigaretten zu kaufen.

Susanne und Jochen starrten Stefanie Sintrop mit feindlicher Neugierde an.

Sie wollte vor ihren unerbittlichen Augen keine Schwäche zeigen. »Na, ihr beiden«, sagte sie freundlich, »ihr seid wohl schon sehr gespannt, was der Vater euch mitgebracht hat, wie?«

Jochen schnappte den Köder: »Was denn?« platzte er heraus.

Seine Schwester packte ihn beim Arm. »Das werden wir sicher bald genug erfahren, Fräulein Sintrop«, sagte sie hochmütig, wandte sich ab und zerrte ihren Bruder mit sich fort. Stefanie Sintrop hörte noch, wie sie ihm zuzischte: »Bist du verrückt geworden? Wie kannst du dich von dieser Person einwickeln lassen?«

Herr Heidler kam zurück, brachte Stefanies Koffer und gab ihr die entwerteten Flugscheine. Dann stellte er sich in der Nähe des Chefs auf, wartete, bis sein Blick ihn traf.

»Na, Heidler, alles in Ordnung?«

»Jawohl, Herr Berber, ich habe die Koffer verstaut.«

»Gut, dann können wir!« Arnold Berber wandte sich an seine Frau. »Wir fahren jetzt alle zusammen nach Hause und . . .«

»Hurra!« schrie Jochen.

»Nicht so voreilig, junger Mann, laß mich erst mal ausreden. Ich selber muß nämlich heute abend auch noch ins Werk.« Mit einer Handbewegung brachte er unausgesprochene Einwände zum Schweigen. »Es sind da ein paar wichtige Entscheidungen zu treffen ... aber jedenfalls bringe ich euch erst heim.«

»Und die Geschenke?« fragte Jochen enttäuscht. »Wann kriegen wir die?«

»Alles im Koffer. Ihr werdet sie beim Auspacken finden.«

»Was ist es denn, Pappi? Sag doch!«

»In spätestens einer halben Stunde wirst du es selber sehen.« Er legte den Arm um die Schultern seines Jungen. »Komm jetzt!« Im Vorbeigehen wandte er sich an Stefanie Sintrop, die immer noch – ihren Koffer in der Hand – dastand. »Sie fahren mit Doktor Schreiner, Fräulein Sintrop. Er wird Sie gleich zum Werk hinausbringen. Es kann spät werden, richten Sie sich darauf ein.«

»Nein!«

Er ging ein paar Schritte weiter, bevor er begriff, was sie gesagt hatte. Dann blieb er stehen, drehte sich nach ihr um. Er starrte sie verwundert an.

Sie wich seinem Blick nicht aus. »Es tut mir sehr leid, Herr Berber«, sagte sie, »aber ich bin erschöpft. Ich kann mich kaum noch auf den Beinen halten. Es ist ausgeschlossen, daß ich heute abend noch arbeite.«

»Und ich? Was soll ich denn sagen?!«

»Sie wissen sehr genau, daß es auch für Sie besser wäre, sich auszuruhen!« sagte Stefanie Sintrop und bemühte sich, das Zittern in ihrer Stimme zu verbergen.

»Ich kann mir leider nicht erlauben zu faulenzen!«

»Wenn ich mir eine Bemerkung erlauben darf«, mischte sich Dr. Schreiner in die Auseinandersetzung, »Fräulein Wilde ist heute abend im Werk geblieben, für den Fall, daß sie noch gebraucht wird. Fräulein Sintrop könnte also ruhig ...«

»Was meine Sekretärin kann oder nicht kann, das bestimme ich!« sagte Arnold Berber hart.

Dann änderte er unvermittelt den Ton. »Aber bitte, von mir aus ... fahren Sie nach Hause. Ich brauche Sie nicht mehr.« Grußlos wandte er sich ab und ließ sie stehen. Dr. Schreiner und seine Familie folgten ihm.

Stefanie Sintrop stand wie betäubt. Es war ihr, als wenn sie in einen schwindelnden Abgrund hinabgestoßen worden wäre. Eine einzige Sekunde lang flammte die Hoffnung in ihr auf, daß dies nur ein Alptraum war, aus dem sie jede Sekunde wieder erwachen mußte.

Dann, ganz plötzlich, begriff sie.

10

Eine halbe Stunde später hielt das Taxi vor dem Mietshaus in Düsseldorf-Oberkassel, in dessen Dachgeschoß Stefanie Sintrop ihre Junggesellinnenwohnung hatte.

Sie stieg aus, bezahlte den Fahrer, nahm ihren Koffer entgegen. Langsam, Schritt für Schritt durchquerte sie den Hausflur. Ihr graute vor der Öde ihrer verlassenen Wohnung. Sie hatte nicht einmal Zeit gehabt, ihrer Putzfrau zu telegrafieren, damit sie die Zimmer in Ordnung bringen und das Nötigste hätte besorgen können.

Als sie die Wohnungstür aufschließen wollte, war es ihr, als wenn sie von drinnen Musik hörte.

Sie glaubte erst, sich getäuscht zu haben, stand einen Augenblick ganz still und lauschte – aber die Klänge blieben.

Das Radio! Hatte sie vielleicht vergessen, vor ihrer Abreise das Radio abzustellen? Hatte es womöglich die ganzen Wochen ihrer Abwesenheit ununterbrochen gespielt? Hastig drehte sie den Schlüssel im Schloß, stieß die Tür auf.

Ihre Wohnung war erleuchtet. Ehe sie noch einen Gedanken fassen konnte, sah sie Dr. Urban Zöllner. Er kam, eine Flasche Bier in der Hand, aus der kleinen Küche, sah sie an, gar nicht überrascht, sagte herzlich: »Da bist du ja, Stefanie! Willkommen daheim!«

»Du bist es?« sagte sie verdutzt. »Du?«

Er lächelte, stellte die Flasche aus der Hand, half ihr aus dem Regenmantel. »Wen hattest du sonst erwartet?«

»Niemanden. Das ist es ja eben. Wie kommst du . . .«

»Ich habe immer noch deinen Schlüssel!«

Er nahm ihre Handtasche, öffnete sie und ließ den Ring mit Haustür- und Wohnungsschlüssel hineinfallen, klappte sie wieder zu, gab sie ihr zurück.

»Aber«, sagte sie, »bist du aus bloßem Verdacht hergekommen? Du konntest doch nicht wissen . . .«

»Doch, Stefanie. Ich wußte, du würdest heute zurückkommen.«
Er lachte. »Nun mach nicht so ein Gesicht, als wenn du mich für einen Geisterseher hieltest. Es war ja nicht schwer, das herauszubringen.«

»Aber wir sind doch ganz überstürzt . . .«

»Und? Nehmen wir einmal an, ich hätte dich von einem Detektiv beschatten lassen.«

»Nein!« sagte sie tonlos. »Das ist doch nicht wahr?«

»Natürlich nicht. Es war nur ein alberner Witz von mir. Tatsächlich habe ich einen Gewährsmann in den Berber-Werken, den Namen möchte ich nicht nennen, damit das Mädchen keinen Ärger kriegt . . .«

»Es ist also ein Mädchen?«

»Sicher. Aber gib dir keine Mühe, ich verrate dir nicht, wer es ist. Ich habe dieses Mädchen gebeten, mir mitzuteilen, sobald sie erfährt, wann du zurückkommst. Was ist schon dabei? Warum machst du so ein Gesicht?«

»Ich bin nur überrascht, Urban«, sagte sie schwach, »das ist alles.«

»Paßt es dir nicht, daß ich hier bin? Ich dachte, es wäre dir angenehm, daß ich deine Wohnung habe in Ordnung bringen lassen und wie so oft deinen Eisschrank aufgefüllt habe.«

»Das war sehr nett von dir . . .«, sagte sie zögernd.

»Aber ich störe dich, wie?«

»Nein, überhaupt nicht, Urban«, sagte sie plötzlich entschlossen. »Vielleicht ist es ganz gut, daß wir uns gleich heute abend sehen. Dann kann ich die Sache sofort ins reine bringen.«

»Na, wunderbar. Es scheint, du hast mir was zu erzählen . . . und ich dir auch! Aber erst wollen wir mal einen Happen essen und einen Schluck trinken. Du siehst aus, als wenn du jeden Moment zusammenbrechen könntest.«

Unwillkürlich warf sie einen Blick in den Garderobenspiegel. Sie erschrak vor sich selber. Noch vor drei Tagen war sie ein junges, anmutiges, begehrenswertes Geschöpf gewesen, jetzt erschien ihr Gesicht trotz der Bräune verfallen, ihre Züge wirkten scharf; dunkle Schatten lagen unter ihren Augen, und die kantige Schräge ihrer Backenknochen trat erschreckend hervor. »Ich bin wirklich ganz erledigt«, sagte sie mit einem schwachen Lächeln.

Sie ließ es sich gefallen, daß er ihr ein Kissen in den Rücken stopfte, eine warme Decke über die Füße breitete, ihr Champignonsalat auf einen Teller tat, frisches Bier einschenkte. Sie sah sein klares, anständiges Gesicht, und zum erstenmal wurde es ihr bewußt, wie sehr sie ihn ausgenutzt hatte – daß ihre Liebe zu Arnold Berber nicht etwas war, was nur sie anging, nicht nur Ines, seine Frau, und seine Kinder, sondern auch Urban Zöllner.

»Ich weiß nicht, ob du mir je verzeihen kannst«, sagte sie aus ihren Gedanken heraus.

Er zog eine kleine Grimasse. »Ich kann mir nicht vorstellen, daß du wirklich auf meine Absolution soviel Wert legst.«

Sie schob den Teller von sich, er bot ihr eine Zigarette an. »Sprich nur, Stefanie«, sagte er, »ich habe das Gefühl, daß du etwas loswerden mußt.«

»Du wirst mich nicht verstehen.«

»Sicher nicht, Stefanie, aber wer versteht denn den anderen. Es ist schon sehr viel, wenn man jemanden hat, der bereit ist, einen in Ruhe und Geduld anzuhören. Also los! Was ist geschehen?«

»Arnold Berber und ich . . .« Sie stockte. Hundertmal hatte sie sich dieses Gespräch ausgemalt, aber alles war viel schwerer, als sie je gedacht hatte.

»Du liebst ihn, nicht wahr?« fragte er ruhig.

»Woher weißt du . . .?«

»Ich müßte ein vollendeter Trottel sein, wenn ich es nicht wüßte, Stefanie. Mich interessiert nur eines . . . liebt er dich wieder?«

Bei dieser Frage brachen alle Wunden in ihr auf. Nur mit Mühe hielt sie ihre Stimme in der Gewalt. »Ich weiß es nicht.«

»Will er dich heiraten?«

»Heiraten!« sagte sie. »Das ist so eine fixe Idee von dir. Glaubst du, daß das der Maßstab aller Dinge ist?«

»Ich glaube nicht. Ich weiß nur, daß ein richtiger Mann immer heiraten möchte. Ich meine, wenn er sicher ist, daß er die Frau gefunden hat, die er liebt.«

»Aber er kann sich doch nicht einfach scheiden lassen, meinetwegen seine Frau im Stich lassen und die Kinder.«

»Und warum nicht? Das ist kein Argument, Stefanie, und du weißt es selber. Du plapperst nach, was er versucht hat, dir einzureden. Wenn es ihm Ernst wäre mit seiner Ehe, dann hätte er seine Frau gar nicht erst betrügen dürfen. Denn das hat er doch getan?«

»Ja«, sagte sie mit einem tiefen Atemzug.

Er schwieg, sah an ihr vorbei.

»Warum sagst du nichts?« fragte sie nervös.

»Ich wüßte nicht, was: Soll ich sagen . . . wie konntest du mir das antun? Oder: Ich habe es gewußt? Was nutzt jetzt alles Gerede, wo es geschehen ist? Du wirst dich erinnern, daß ich dich gewarnt habe. Heute weiß ich, daß ich mir das hätte sparen können . . .«

»Bist du jetzt . . . sehr entsetzt?«

»Entsetzt? Warum soll ich entsetzt sein? Es wäre wunderbar gewesen, wenn es anders gekommen wäre . . . aber ich konnte ja nicht ernsthaft darauf hoffen. Nicht, nachdem ich wußte . . . aber ich glaube, darüber sollten wir ein andermal reden. Was du jetzt wirklich brauchst, das ist Schlaf.«

»Nein, nein«, sagte sie rasch, »ich fühle mich wieder ganz wohl. Was hast du da eben angedeutet? Was weißt du?«

»Daß du einen Meineid geschworen hast.«

»Ich?!« Sie fuhr auf. »Aber . . .«

»Bitte, Stefanie«, sagte er, »bitte mach jetzt kein Theater. Das ist deiner nicht würdig. Ich weiß, daß du einen Meineid geschworen hast und der feine Herr Berber dich dazu angestiftet hat.«

»Also das, Urban, das ist wirklich nicht wahr!« sagte sie. »Arnold hat nicht im Traum daran gedacht! Ganz im Gegenteil, er hat mir ja noch Vorwürfe gemacht, weil ich . . .« Sie verstummte.

»Na, weiter! Sprich's nur aus. Wenn er dich nicht angestiftet hat, warum hast du's denn getan! Um ihm deine Liebe zu beweisen?«

»Ich weiß es selber nicht mehr. Ich wollte seinen Namen schützen, den Namen der Firma . . . du weißt nicht, wie abträglich diese Geschichte für den Ruf der Firma gewesen wäre.«

»Doch. Das kann ich mir sehr gut vorstellen. Aber mir scheint, du begreifst nicht, wie abträglich es für dich selber werden wird, wenn dieser Meineid ans Licht kommt.«

»Das wird er nie!«

»Möglich, aber nicht sehr wahrscheinlich. Auf jeden Fall gibt es jemand, der sich das zunutze machen wird. Du kannst nur eins tun, um ihm den Wind aus den Segeln zu nehmen!«

»Aber wie?«

»Du mußt dich selber anzeigen. Das ist der einzige Ausweg.«

»Aber dann . . . dann fliegt doch alles auf? Dann wird doch Arnold Berber bestimmt auch mit hineingerissen! Dann war ja alles vergeblich!«

»Stefanie! Herrgott noch mal!« Urban Zöllner verlor die Geduld. »Begreifst du denn nicht, daß ein Meineid auf alle Fälle eine schlechte Methode ist, die schlechteste, die es überhaupt geben kann, um etwas zu vertuschen?

Ja, ich weiß, daß Arnold Berber seinerzeit an Pachner gezahlt hat! Aber das war unter den damaligen Verhältnissen durchaus verständlich. Warum, zum Teufel, steht er jetzt nicht dafür gerade?«

»Er würde es ja«, sagte sie verzweifelt, »er hat mir genau dasselbe gesagt wie du, Urban, du darfst nicht denken, daß er ein Feigling ist! Ich allein bin schuld! Ich wollte den Ruf der Firma schützen!«

»Ach, hör auf damit! Der Ruf der Firma! Das ist ja nicht zu ertragen! Du wolltest dich für ihn opfern! Gib es doch zu!« Er stand auf. »Sieh doch endlich ein, daß es ein Wahnsinn war, und mach auch Schluß damit! Du sollst ja deinen Arnold lieben, wenn es nicht anders geht. Aber ich kann mir nicht vorstellen, daß er Wert darauf legt, daß du dich seinetwegen ruinierst.«

Während der schwere Wagen die Uferstraße am Rhein entlangrollte, warf Arnold Berber einen Blick auf seine Uhr. Es war elf vorbei. Zum erstenmal wurde ihm bewußt, daß er einen langen Tag hinter sich gebracht hatte. Aber er fühlte sich nicht abgespannt, sondern nur angenehm müde. Herr Heidler bremste den Wagen vor dem Haus auf dem Kaiser-Wilhelm-Ring, stieg aus und öffnete seinem Chef die Tür.

»Danke schön, Heidler!« sagte Arnold Berber, während er ausstieg. »Morgen früh erst um neun!«

»Jawohl, Herr Berber! Gute Nacht!«

»Gute Nacht, Heidler!«

Es hatte aufgehört zu regnen, aber es war sehr dunkel. Aus dem Wohnzimmer seines Hauses fiel ein warmer Lichtschein. Arnold Berber überquerte den Fahrdamm, öffnete das Tor zum Vorgarten, schritt die Stufen hinauf. Als er den Schlüssel ins Schloß steckte, hörte er, wie der Wagen sich entfernte.

Er knipste das Licht in der Garderobe an, legte seinen Mantel ab, trat in die große, behaglich eingerichtete Diele, rieb sich die kalten Hände. Es war schön, wieder daheim zu sein. Erst jetzt, nachträglich, spürte er, wie wenig ihm die Krankenhaus- und selbst die Hotelatmosphäre zugesagt hatte.

Aus dem Wohnzimmer tönten überlaute Stimmen vermischt mit Musik.

Er glaubte zu begreifen, warum Ines sein Heimkommen noch nicht bemerkt hatte. Wahrscheinlich saß sie vorm Fernsehapparat, der wieder einmal alle anderen Geräusche übertönte.

Er ging mit ein paar raschen Schritten auf die Wohnzimmertür zu, dann blieb er, plötzlich unsicher geworden, stehen. Es bestand kein Zweifel, daß die Kinder längst im Bett waren, und bei dem Gedanken, mit Ines allein sein zu müssen, überfiel ihn ein unbehagliches Gefühl, über das er sich selber keine Rechenschaft ablegen konnte.

Um Zeit zu gewinnen, ging er noch einmal in die Garderobe zurück, warf einen Blick in den Spiegel, kämmte sich das dunkle, von weißen Fäden durchzogene Haar. Der Anblick seines eigenen Gesichtes, aus dem die Spuren seiner schweren Krankheit fast verlöscht waren, gab ihm Auftrieb. Schließlich hatte er keinen Grund, der Begegnung mit Ines auszuweichen. An dem, was in Amerika geschehen war, trug sie selber mindestens soviel Schuld wie er. Wenn sie ihn nicht im Stich gelassen hätte, würde er niemals auch nur auf den Gedanken gekommen sein, in Stefanie Sintrop mehr als nur eine nützliche Mitarbeiterin zu sehen.

Entschlossen durchschritt er die Diele, öffnete die Tür zum Wohnzimmer mit einem Ruck – er brauchte eine Sekunde, bis sich seine Augen an das Halbdunkel des Raumes gewöhnt hatten. Aber bevor er noch Einzelheiten erkannte, wußte er, daß Ines nicht hier war.

»Herr Berber!« rief Erika, das Stubenmädchen, erschrocken. »Wir haben Sie gar nicht kommen gehört!«

»Guten Abend, Herr Berber ... ich werde Ihnen sofort etwas zu essen richten!« sagte die Köchin. Die beiden Frauen waren bei Arnold Berbers Eintritt aufgesprungen, standen, rauh aus dem Erlebnis eines Films gerissen, etwas verwirrt da.

»Bitte bleiben Sie nur sitzen«, sagte Arnold Berber, »es ist nicht nötig, daß Sie ...«

»Aber wir haben doch auf Sie gewartet, Herr Berber«, sagte die Köchin. »Es dauert nur ein paar Minuten.«

Erika trat vor, drückte entschlossen auf die Abschalttaste. Das Bild schrumpfte in sich zusammen, der Ton erstarb.

»Ich habe schon in der Kantine gegessen«, sagte Arnold Berber, »lassen Sie sich durch mich nicht stören. Wo ist meine Frau?«

Erika und die Köchin wechselten einen Blick, als wenn sie nicht wüßten, wer von beiden auf diese Frage antworten sollte, dann sagte Erika. »Die gnädige Frau ist schon nach oben gegangen.«

»Danke.«

Arnold Berber wandte sich ab und verließ den Raum. Während er die Tür hinter sich ins Schloß zog, hörte er die beiden rufen: »Gute Nacht, Herr Berber!« – »Schlafen Sie gut, Herr Berber!«

Noch ehe er die unterste Treppenstufe erreicht hatte, grölte der Lautsprecher wieder los.

Arnold Berbers gute Laune war verflogen. Er fühlte sich empfindlich getroffen. Er hätte es verstanden, wenn ihm Ines zum Empfang eine Szene gemacht hätte, wie sie es oft in den vergangenen Jahren getan hatte – aber daß sie es nicht einmal für nötig gefunden hatte, auf ihn zu warten, da er nach über einem Monat zum erstenmal wieder sein Heim betrat, das war – so empfand er es in diesem Augenblick – eine unverzeihliche Böswilligkeit.

Er war nahe daran, auf jede Begrüßung zu verzichten und sich sofort auf sein Zimmer zu begeben, aber er brachte es nicht über sich. Ohne es sich selber einzugestehen, sehnte er sich nach einer Aussprache mit seiner Frau, nach Versöhnung.

So blieb er, als er die Galerie erreicht hatte, vor ihrer Schlafzimmertür stehen, klopfte leise an.

Als von innen keine Antwort kam, drückte er auf die Klinke. Die Tür war unverschlossen. Er trat ein.

Frau Ines war schon zu Bett gegangen. Sie lag, auf die Ellbogen gestützt, und las in einem kleinen Buch. Sie hob den Kopf, sah ihm ohne zu lächeln entgegen. Das seidene, zartviolette Nachthemd, das sie trug, war am Hals reich mit schönen Spitzen garniert und ließ nur ihre schmalen hellen Arme und ihren schlanken Hals frei. Sie wirkte sehr kostbar und sehr zerbrechlich.

»Ines!« sagte er.

Ihr schweigender Blick drängte ihn, ohne daß er sich dessen bewußt war, in die Verteidigung.

»Entschuldige bitte, daß es so spät geworden ist, Ines«, sagte er, »aber es ist unbeschreiblich, was sich alles ansammelt, wenn man sich nicht selber um jede Kleinigkeit kümmern kann. Obwohl«, fügte er, als sie immer noch nichts sagte, unsicher hinzu, »Doktor Schreiner wirklich recht tüchtig war. Tüchtiger jedenfalls, als ich gedacht hatte.« Seine Nervosität stieg. »Warum sagst du denn nichts?«

»Ich wollte dir erst Gelegenheit geben, dich auszusprechen«, erklärte sie ruhig, »ist das alles, was du mir zu sagen hast?«

»Natürlich tut es mir leid, daß es so spät geworden ist . . . ich nehme an, daß es das ist, was du hören willst. Aber es ließ sich tatsächlich nicht verhindern. Du kannst mir glauben, daß ich auch lieber, je eher desto lieber, bei dir gewesen wäre.«

»Nein, das glaube ich nicht.«

»Ines! Was soll das?«

»Du hast recht«, sagte sie, klappte ihr Buch zu und richtete sich auf. »Diese Bemerkung war ziemlich überflüssig. Es hat keinen Zweck mehr, wenn wir uns gegenseitig Vorwürfe machen oder auch nur die Wahrheit sagen. Ich werde mich scheiden lassen!«

»Aber . . . das ist doch nicht dein Ernst.« Arnold Berber lachte, um seinen Schrecken zu verbergen.

»Doch«, sagte Frau Ines, »ich bin fest entschlossen.« Sie zog wie in Abwehr die seidene Steppdecke bis zum Kinn.

»Nein, Ines, du weißt ja gar nicht, was du sagst! Du hast dich wieder einmal über mich geärgert. Gut, ich gebe zu, du hattest Grund dazu. Ich meine, aus deiner Sicht gesehen war es sicherlich unverantwortlich, daß ich heute abend erst so spät nach Hause gekommen bin, aber deshalb gleich mit Scheidung zu drohen . . .«

»Ich drohe nicht, und ich habe mich auch nicht erst heute abend entschlossen. Bitte laß mich jetzt allein, es hat keinen Sinn, daß wir darüber reden. Ich möchte schlafen.«

»Ines!« Er beugte sich über sie, faßte sie bei den Schultern. Die Decke glitt herab. »Ines, liebst du mich denn nicht mehr? Bedeute ich dir gar nichts?«

»Nein«, sagte sie und versuchte ihn zurückzustoßen, »du bist mir ganz und gar gleichgültig.«

Er ließ sie los. »Das ist doch nicht . . . das kann doch nicht wahr sein!« sagte er tonlos.

»O doch. Es tut mir leid, dir das sagen zu müssen . . .«

»Lüg doch nicht. Leid tut es dir nicht im geringsten, im Gegenteil, es ist dir eine Genugtuung!«

»Na schön, wenn dir das lieber ist!« Ihre Augen flammten auf. »Es ist mir eine Genugtuung, dir sagen zu können, daß ich dich nicht mehr liebe. Endlich bin ich über meine Liebe hinweg, und ich bin froh darüber. Jahrelang habe ich mir alles von dir gefallen lassen. Du hast mich behandelt wie ... wie einen Gebrauchsgegenstand und nicht wie eine Frau! Du hast dir alles erlauben können, weil du sicher warst, daß ich dich liebe. Aber jetzt ... jetzt ist das vorbei. Ich habe genug von dir, endgültig genug!«

»Hast du dich in einen anderen Mann verliebt?«

»Ein anderer Mann!« Frau Ines warf zornig den Kopf in den Nacken. »Das hätte ich mir denken können, das ist alles, was dir einfällt.«

»Nun, diese Ideenverbindung liegt doch ziemlich nahe. Als ich nach Amerika fuhr, war doch alles in Ordnung.«

»So? War es das? War es das wirklich?«

»Na ja, wir hatten gestritten, aber damals hast du mich doch noch geliebt, nicht wahr? Na also. Und jetzt komme ich zurück, und du liebst mich auf einmal nicht mehr. Du willst dich scheiden lassen. Ich bin dir völlig gleichgültig, die Kinder sind dir gleichgültig, das Familienleben, alles. Dafür gibt es doch nur eine einzige Erklärung: Du bist auf irgendeinen jungen Schnösel hereingefallen, der dir den Hof gemacht hat.«

»Danke«, sagte sie zornig. »Ich danke dir für diese schmeichelhafte Auslegung. Aber du irrst dich. Seit du in Amerika warst, ist mit dir etwas vorgegangen, nicht mit mir! Mach nicht so ein Gesicht, als wenn ich in Rätseln spreche. Du weißt genau, was ich meine.«

»Mit mir? In Amerika? Ich habe keine Ahnung, wovon du redest.«

»Ich rede von Stefanie Sintrop.«

»Ach so!« Es klang fast erleichtert. »Du bist eifersüchtig.«

»Nein, ich bin nicht eifersüchtig, ich habe genug von dir. Übergenug! Ich begreife gar nicht, warum ich mich mit dir überhaupt unterhalte ...«

»Soll ich es dir sagen, Ines? Weil du genau weißt, daß alles, was du sagst, nicht stimmt. Ich bin dir nicht gleichgültig, du bist nur wütend auf mich. Das ist ein gewaltiger Unterschied.«

»Was ich für dich empfinde, das spielt hier gar keine Rolle«, sagte sie eiskalt. »Wichtig ist nur, du hast mich betrogen.«

»Nein!«

»Willst du es etwa auch noch leugnen?«

Er nahm ihre beiden Hände. »Ines«, sagte er, »nun höre mich bitte in aller Ruhe an, bitte! Ich schwöre dir ... ich schwöre dir bei allem, was mir heilig ist, ich habe dich nicht betrogen. Zwischen mir und Stefanie hat es nicht das geringste gegeben. Du mußt mir das glauben, Ines, hörst du? Du mußt!«

Frau Ines Berber war für diesen Nachmittag mit Wilhelm Hausmann im Foyer des Düsseldorfer Park-Hotels verabredet.

Sie hatten dieses Treffen miteinander ausgemacht, als Frau Ines die Nachricht von der plötzlichen Heimkunft ihres Mannes erhielt. Zu diesem Zeitpunkt hatten sie – jedenfalls Frau Ines, Wilhelm Hausmann war klug genug gewesen, daran zu zweifeln – noch fest geglaubt, daß sie ihrem Mann gegenüber unerbittlich bleiben würde. Inzwischen hatte sich alles geändert, und sie war überzeugt, Wilhelm Hausmanns Rat nicht mehr zu brauchen. Sie war nahe daran gewesen, abzutelefonieren, die Verabredung nicht einzuhalten – aber dann fand sie, daß Wilhelm Hausmann ein Recht hatte, von ihrer Versöhnung zu erfahren.

Tatsächlich war es ihr jetzt nachträglich entschieden unangenehm, dem Jugendfreund ihres Mannes soviel von ihrer Eifersucht und ihrer unglücklichen Ehe erzählt zu haben. Sie bildete sich ein, ihn mit einer anderen Darstellung der Dinge alles vergessen lassen zu können. Es lag ihr sehr viel daran, Wilhelm Hausmann zu unbedingtem Schweigen zu verpflichten, denn sie wußte, wie leicht er einer Indiskretion fähig war. Sie kannte auch ihren Mann gut genug, um vorauszusehen, daß er ihr Verhalten nie verzeihen würde.

Frau Ines stellte ihren weißen Mercedes-Sportwagen auf dem großflächigen Parkplatz des Hotels ab. Es war ein trüber Tag, aber das Grün des Rasens auf dem Schadowplatz leuchtete sehr frisch, und schon waren die ersten Rosen aufgebrochen.

Frau Ines merkte es nicht einmal, sie war innerlich ganz auf das vor ihr liegende Gespräch konzentriert, von dem so viel für sie abhing.

Sie stieg die breiten Stufen zum Hoteleingang hoch. Der livrierte Portier riß die gläserne Schwingtür vor ihr auf. Sie trat in die eindrucksvolle, etwas düstere Halle mit den schweren Perserteppichen, den kostbaren Marmortischen und den tiefen, bequemen Sesseln.

Im Vorbeigehen warf sie einen Blick in den Spiegel. Sie trug ein blaugraues, auf Taille geschnittenes Sommerkostüm, dazu helle italienische Pumps, einen kleinen hohen Hut, der sie größer machte, Waschlederhandschuhe. Während sie ihr Spiegelbild kritisch betrachtete, mußte sie unwillkürlich lächeln über das Glück, das aus ihren Augen leuchtete.

Ich sehe aus wie ein Kind nach der Weihnachtsbescherung, dachte sie verwundert. Ist es denn möglich, daß ich Arnold nach all den Jahren immer noch so liebe?

Das Blau ihrer Augen wirkte geradezu strahlend.

Sie wandte sich ab, trat mit raschen Schritten in die Halle, sah sich um – Wilhelm Hausmann saß schon an einem der kleinen Tische. Sie wunderte sich ein wenig darüber, denn sie wußte, daß sie sich selber nur kaum verspätet hatte.

Er wuchtete sich hoch, als er sie sah, kam ihr ein paar Schritte entgegen, ein schwerer Mann mit einem mächtigen Schädel, einem sehr energischen Kinn und einer kräftigen, ausdrucksvollen Nase. Sie hatte bisher noch nie bemerkt, wie erschreckend er als Persönlichkeit wirken konnte.

Dieser erste Eindruck verflüchtigte sich rasch, als er ihre Hand sehr zart und behutsam zwischen seine schweren Pranken nahm. Er lächelte sie jungenhaft, fast verschmitzt an.

Sie gab ihm dieses Lächeln zurück. »Ich hoffe, ich habe Sie nicht warten lassen, Wilhelm«, sagte sie, »ich habe mich ganz besonders beeilt!«

»Ich bin etwas früher gekommen, weil ich ohnehin in Düsseldorf im Industrieklub zu tun hatte.«

Daß er nicht eigens ihretwegen gekommen war, nahm ihr etwas von ihrer Befangenheit. Sie setzte sich in den Sessel, den er heranschob, ließ sich Tee bestellen, nahm eine Zigarette. Wilhelm Hausmann selber trank Kognak aus einem angewärmten, sehr bauchigen Glas, zündete sich, nachdem er sie um Erlaubnis gefragt hatte, eine seiner schweren schwarzen Importen an. Er plauderte unbefangen über dieses und jenes, und erst als der Tee vor ihr stand und sie sich schon die erste Tasse des duftenden Getränkes eingeschenkt hatte, kam er zum eigentlichen Thema.

»Wie haben Sie Arnold gefunden?« fragte er. »Ist er noch sehr mitgenommen? Oder hat er die Operation und ihre Folgen schon überstanden?«

»Er sieht blendend aus, so gut wie seit Jahren nicht mehr. Hinzu kommt, daß er sehr braun ist. Aber ganz davon abgesehen, scheint er sich auch wesentlich besser zu fühlen.«

»Das freut mich, das freut mich wahrhaftig!« sagte Wilhelm

Hausmann herzlich. »Der arme Arnold. Er hat mir damals bei diesem Anfall verdammt leid getan.«

»Ja, es war schrecklich. Ich kann jetzt nur hoffen, daß es wirklich besser wird.«

Frau Ines rührte nervös in ihrer Teetasse. »Ich habe gestern abend mit ihm gesprochen«, sagte sie dann und zwang sich, Wilhelm Hausmann anzusehen.

»Das habe ich gleich gemerkt«, sagte er lächelnd, »und ich kann Ihnen sogar noch mehr sagen . . . was auch immer das Ergebnis Ihrer Aussprache war, sie hat Ihnen gutgetan. Habe ich recht?«

»Ja«, sagte sie, »ja . . . ich bin sehr glücklich.«

»Sie haben ihm also verziehen, Ines? Sie sind wirklich eine wunderbare Frau, man kann Arnold nur beneiden.«

»Verziehen, nein!« sagte sie strahlend. »Wir haben uns versöhnt, das ist alles!«

»Nun, ich glaube nicht, daß das ein so großer Unterschied ist«, sagte er, »aber auf alle Fälle ist es schön, daß es so gekommen ist. Arnold hat also gebeichtet, und Sie haben Verständnis für ihn gehabt!«

»Es gab nichts zu beichten«, sagte sie ruhig, »ich . . . es war alles ein Irrtum.«

»So?« Sein Gesicht war ganz ausdruckslos.

»Ganz bestimmt. Zwischen ihm und Stefanie hat es nicht das geringste gegeben.« Sie lachte leise. »Es kommt mir heute schon selber komisch vor, wie ich so etwas glauben konnte. Arnold und seine Sekretärin . . . wirklich eine alberne Idee! Aber so was kann man sich einreden, wenn man eifersüchtig ist. Und eifersüchtig ist man wieder nur, wenn man liebt.«

»Das hat er Ihnen also gesagt?«

»Ja, natürlich. Im Grunde genommen bin ich selber an der ganzen Geschichte schuld. Wenn ich damals nicht so überempfindlich gewesen wäre, wenn ich ihm nicht diese dumme Szene gemacht hätte, wäre er ja nie allein mit seiner Sekretärin nach Amerika geflogen. Und nachher hat er sich so geärgert, daß ich ihm nicht wenigstens nachgekommen bin . . . diese ganze Situation mit Susannes Blinddarmentzündung hat er sich gar nicht richtig vorstellen können. Und all die Zeit, wo er in Palm Beach war, hat er sich geärgert, daß ich nicht bei ihm war. Aber einfach anzurufen und mich kommen zu lassen, dazu konnte er sich auch nicht überwinden. So sind die Männer.«

»Ja, so scheinen sie zu sein.«

»Ich weiß, Wilhelm, Sie sind genauso froh über die Entwicklung der Dinge wie ich, nicht wahr?« Sie legte ihre schmale, gepflegte Hand auf seinen Arm. »Sie waren mir in dieser schrecklichen Zeit wirklich ein guter Freund, ich werde Ihnen das nie vergessen. Aber ...« Sie sah ihn flehend an. »Sie reden mit keinem Menschen darüber, nicht wahr? Sie wissen, wie Arnold ist. Er würde es mir nie verzeihen, wenn er ... wenn er glauben müßte, ich hätte mich über ihn beklagt. Ich schäme mich ja schon selber, daß ich ... daß ich so mißtrauisch war!«

»Sie haben nicht den geringsten Grund, sich zu schämen, Ines«, erklärte Wilhelm Hausmann sehr ruhig.

Sie zog die feinen Augenbrauen zusammen. »Warum sagen Sie das, und dann in einem so merkwürdigen Ton?«

Er lächelte. »Das müssen Sie sich nur einbilden, Ines, ich habe mir nichts Besonderes dabei gedacht. Wirklich nicht. Ich gebe Ihnen jetzt einen guten Rat: Vergessen Sie die ganze Geschichte, fangen Sie mit Arnold wieder von vorne an. Allerdings ...«

Er zögerte.

»Was wollten Sie sagen? Sprechen Sie es doch ruhig aus! Sie wissen, wieviel ich auf Ihren Rat gebe.«

Wilhelm Hausmann schien mit sich zu kämpfen. »Ich würde doch darauf dringen, daß er seine Sekretärin entläßt. Glauben Sie mir, es wäre besser, sehr viel besser für Ihre Ehe. Vielleicht können Sie es sogar durchsetzen, daß sie von Düsseldorf fortgeht. Ich glaube, das müßte zu machen sein.«

»Aber wie könnte ich das? Ich habe doch nichts gegen sie in der Hand! Sie hat mir nie etwas getan! Wie kann ich da hingehen und verlangen ...«

»Wenn Sie es wünschen, werde ich es tun!«

»Sie? Aber Sie kennen Stefanie Sintrop ja gar nicht.«

»Das ist dazu auch nicht nötig. Sagen Sie mir ein Wort, und ich werde dafür sorgen, daß diese Frau aus dem Leben Ihres Mannes verschwindet!«

»Sie wissen etwas!« rief Frau Ines interessiert. »Sie wissen etwas und wollen es mir nicht sagen.«

»Jetzt hören Sie mich einmal ganz gut an«, sagte er, und seine Stimme klang warm und väterlich. »Sie wissen doch, daß ich es gut mit Ihnen meine, nicht wahr, Ines?«

Sie nickte.

»Gut. Dann müssen Sie auch Vertrauen zu mir haben. Lassen Sie mich diese Sache in Ordnung bringen.«

»Aber warum?« rief sie. »Warum muß das denn sein? Wenn Arnold mir doch geschworen hat . . .« Sie verstummte plötzlich.

»Es tut mir sehr leid, Ines«, sagte Wilhelm Hausmann.

»Er hat also . . . gelogen?« Ihre Stimme war nur noch ein Flüstern.

»Ja, Ines. Aber Sie dürfen es nicht so tragisch nehmen. Wahrscheinlich hat er es nur getan, um Ihnen . . .«

»Das ist mir gleichgültig. Sie sind sicher, daß er gelogen hat?«

»Ich würde es sonst nicht einmal anzudeuten wagen.«

»Aber woher können Sie so sicher sein? Woher können Sie wissen? Wer hat es Ihnen erzählt?«

»Sie dürfen mir nicht böse sein, Ines, aber ich habe eine Detektivagentur beauftragt. Ich habe es getan, weil ich hoffte, Ihnen Arnolds Unschuld beweisen zu können . . .«

»Weiter!« sagte sie ungeduldig. »Weiter! Ich will jetzt alles wissen!«

»Gestern kam der Bericht«, erklärte Wilhelm Hausmann. »Das ist alles!«

»Aber was stand darin? Bitte spannen Sie mich doch nicht auf die Folter! Erzählen Sie mir alles! Ich muß es wissen! Ich muß.«

»Nun, Tatsache ist . . . Arnold Berber und Stefanie Sintrop haben in demselben Hotel gewohnt, und zwar in Zimmern, die durch ein gemeinsames Bad und einen gemeinsamen Balkon miteinander verbunden waren.«

»Das besagt noch nichts.«

»Sehr richtig. Ich freue mich, daß Sie unvoreingenommen urteilen können, Ines. Arnold Berber und seine Sekretärin haben das Frühstück stets zusammen auf dem Balkon eingenommen. Natürlich ist auch das noch kein wirklicher Beweis für eine Untreue, soviel steht fest. Allerdings will der Mann, der die Beobachtung durchgeführt hat, vom Zimmerkellner erfahren haben, daß beide das Frühstück im Negligé einzunehmen pflegten, was ja wohl doch auf eine gewisse Vertrautheit schließen läßt, nicht wahr?«

»Weiter«, sagte Ines, ihre Augen glänzten dunkel in dem sehr blassen Gesicht, »weiter!«

»Ja, mehr gibt es nicht zu berichten, liebe Ines. Sie haben sich jedenfalls nicht als Mann und Frau eingetragen. Dazu waren sie wohl doch zu vorsichtig.«

»Es kann alles ein Irrtum sein«, flüsterte sie, »ein schrecklicher Irrtum!«

»Ich wollte, auch ich könnte es glauben, Ines. Aber da sind diese Fotos ...« Er stockte, als wenn er erst jetzt bemerkte, daß er zuviel gesagt hätte. »Bitte hören Sie nicht hin, Ines. Ich hatte mir geschworen, nicht davon zu reden.«

»Fotos? Von was für Fotos sprechen Sie?«

»Ach, dieser Detektiv hat ein paar Bilder von den beiden geknipst. Ohne daß sie's merkten natürlich. An sich ganz belanglose Sachen.«

»Ich will sie sehen!« Die Stimme von Frau Ines war plötzlich hart wie geborstener Stahl. »Geben Sie sie mir her!«

Wilhelm Hausmann zog seine Brieftasche aus dem Rock, holte die Fotos heraus, reichte sie über den Tisch.

Es waren nur drei. Ines betrachtete sie, eines nach dem anderen, mit brennenden Augen. Es waren gelungene Bilder. Der Mann, der sie gemacht hatte, verstand unbedingt etwas vom Fotografieren. Wenn es sich bei dem Paar, das er aufs Korn genommen hatte, um Hochzeitsreisende gehandelt hätte, würden sie diese Bilder mit dem größten Vergnügen in ihr Album geklebt haben.

Das erste Foto zeigte Stefanie Sintrop und Arnold Berber am Strand. Sie lagen quer zueinander in dem weißen Sand. Sie hatte ihren Kopf auf seine Brust gelegt, er hielt sie mit dem linken Arm umschlungen. Das zweite Bild zeigte beide beim nächtlichen Tanz unter freiem Himmel, sie schmiegten sich eng aneinander, Wange an Wange, der Ausdruck von selbstvergessenem Glück in ihren Gesichtern schmerzte Ines mehr als alles andere. Auf dem letzten Bild schienen sie zusammen über eine Promenade zu bummeln. Stefanie Sintrop trug ein leichtes Kleid, das sich eng um ihre Brust und ihre Schenkel schmiegte, das dunkelglänzende Haar fiel ihr offen in einer schweren Welle über die Schultern und ließ sie Jahre jünger erscheinen. Es war nichts Besonderes an dem Bild, wenn man von der Tatsache absehen wollte, daß sie beide zärtlich Hand in Hand gingen.

Frau Ines schob die Bilder zusammen, legte sie mit dem Rücken nach oben vor sich hin. »Also doch«, war alles, was sie sagte.

Wilhelm Hausmann beugte sich vor, sah sie besorgt an. »Sind Sie mir böse, Ines?«

»Ihnen? Was können Sie denn dafür?« Ein Zittern überlief ihren zarten Körper. »Es ist alles so häßlich! So namenlos gemein!«

»Sie dürfen es nicht so tragisch nehmen«, sagte er, »so etwas kommt überall vor.«

»Glauben Sie, daß das ein Trost ist?«

»Wenn Sie Ihren Mann lieben . . .«

»Nein. Meine Liebe darf kein Freibrief für ihn sein.« Sie atmete tief. »Sehen Sie, Wilhelm, daß er mich betrogen hat mit dieser Stefanie, ist schlimm genug, es schmerzt, ich kann gar nicht sagen wie. Aber schlimmer als alles andere ist seine Lüge! Er hat mir geschworen . . . bei allem, was ihm heilig war, geschworen, daß zwischen ihm und Stefanie . . . ich habe geglaubt, ich mußte es glauben. Wie konnte ich denn denken, daß er zu solch einer ungeheuren Lüge fähig ist!«

»Weil er Sie nicht verlieren wollte, Ines.«

»Ach was. Ich habe es ja schon all die Jahre geahnt. Mehr als einmal habe ich verlangt, daß Stefanie Sintrop gehen soll. Er hat mich ausgelacht, mich als eine eifersüchtige, hysterische Person hingestellt, dabei habe ich recht gehabt. Ich bin sicher, ich habe die ganze Zeit schon recht gehabt. Wenn er mich wirklich nicht hätte verlieren wollen, dann hätte er mit dieser Stefanie Sintrop erst gar nichts anfangen dürfen. Und wenn es doch geschehen wäre, hätte er sich von ihr trennen müssen. Nein, es gibt viel, was ich verzeihen kann, aber das nicht. Nein! Ich werde niemals darüber hinwegkommen. Beim besten Willen nicht. Niemals!«

»Urteilen Sie nicht zu voreilig, liebe Ines. Überschlafen Sie die ganze Sache. Morgen . . .«

»Morgen werde ich hierüber genauso denken wie heute. Sie brauchen keine Angst zu haben, Wilhelm, daß ich mich noch einmal überreden lasse. Ich habe meine Lehre bekommen, und ich habe gelernt.« Sie schob sich mit zitternden Fingern eine Zigarette aus ihrem Päckchen, und er gab ihr Feuer.

»Kennen Sie einen guten Rechtsanwalt, Wilhelm?«

»Eine Menge. Aber natürlich kommt niemand von den Herren in Frage, mit denen ich zu arbeiten pflege. Wenn Arnold irgendeinen Verdacht in dieser Hinsicht schöpft, würde das die Dinge nur komplizieren. Vielleicht Doktor Jahn . . . aber das wäre auch nicht das Richtige, er hat sich in letzter Zeit auf Industrievertretungen orientiert. Sie brauchen einen Mann, der jung ist, taktvoll und eine gewisse Erfahrung gerade in Scheidungssachen hat. Warten Sie mal, lassen Sie mich nachdenken.«

Wilhelm Hausmann sah in die Luft, während er in der linken

Hand unbeweglich eine Zigarre balancierte, um die Asche nicht abfallen zu lassen. »Ja, das wäre vielleicht gar nicht schlecht«, sagte er endlich. »Es gibt da einen jungen Doktor Zöllner ... Urban Zöllner. Haben Sie den Namen schon mal gehört, Ines?«

»Nie.«

»Macht nichts. Mein Freund Böll hat mir gerade vor einigen Tagen von einem sehr komplizierten Prozeß erzählt, in dem Zöllner sich hervorgetan haben soll. Natürlich könnte ich, wenn es Ihnen lieber ist, auch noch nähere Erkundigungen einziehen ...«

»Wozu? Ich glaube, Ehebruch dürfte ein hinreichender Scheidungsgrund sein. Der Fall liegt ja völlig klar. Bestimmt kann Doktor Zöllner ihn genausogut führen wie jeder andere.«

11

Dr. Urban Zöllner hatte Frau Ines Berber entgegen seinen sonstigen Gepflogenheiten einen Termin schon für den nächsten Vormittag eingeräumt. Ihr Wunsch, ihn zu sprechen, hatte sehr dringend geklungen, und er fürchtete fast, daß sie ihn nicht in seiner Eigenschaft als Rechtsanwalt aufsuchen wollte, sondern um mit ihm über die Geliebte ihres Mannes zu reden. Trotz allem war ihm Stefanie Sintrop nicht so gleichgültig, als daß es ihn nicht interessiert hätte, was Frau Ines zu sagen hatte.

Aber nachdem sie die ersten Worte gewechselt hatten, hatte er den Eindruck, daß sie von seinen Beziehungen zu der Chefsekretärin nichts wußte. Er hatte sie so vor seinen Schreibtisch plaziert, daß das volle Licht aus dem Fenster hinter seinem Rücken auf ihr helles Gesicht fiel. Sie saß ganz ruhig, und wenn sich ihre Hände nicht fester, als es notwendig gewesen wäre, um ihre kleine Krokodilledertasche verkrampft hätten, würde er ihre Erregung kaum angemerkt haben. Ihre Haltung, die damenhaft und doch frei von jeder Arroganz war, imponierte ihm sofort.

»Sie werden sich denken können, warum ich zu Ihnen gekommen bin, Herr Doktor«, sagte sie, »ich möchte mich scheiden lassen. Man hat Sie mir empfohlen ...«

»Wer?« fragte Dr. Urban Zöllner.

»Darüber möchte ich nicht sprechen ... entschuldigen Sie bitte!«

»Aber natürlich. Es war eine dumme Frage. Nur weiß man eben gern, wer gut von einem denkt.« Er lächelte, um ihr die Situation zu erleichtern.

Sie blieb ganz ernst. »Ich möchte, daß Sie die Scheidung durchführen, Herr Doktor, und daß ich so wenig wie möglich damit zu tun habe. Ich wäre Ihnen auch sehr dankbar, wenn Sie dafür sorgen könnten, daß mein Mann so schnell wie möglich unser Haus verläßt . . . noch vor der Scheidung, meine ich. Ein Zusammenleben zwischen uns ist, nach dem, was geschehen ist, für mich jedenfalls eine Qual.«

»Wenn die Dinge so stehen«, sagte Dr. Urban Zöllner, »dann ist es wohl unnötig zu fragen, ob Sie sich diesen Schritt auch wirklich reiflich überlegt haben.«

»Es gibt keinen anderen Weg mehr.«

»Haben Sie Kinder?«

»Ja, zwei. Sie sind elf und dreizehn Jahre alt.«

»Sie wissen auch, gnädige Frau . . . bitte seien Sie mir nicht böse, wenn ich Sie darauf aufmerksam mache, aber ich halte es für meine Pflicht . . ., daß die Kinder mit größter Sicherheit unter der Scheidung leiden werden? Sie kommen ja gerade jetzt in ein Alter, wo das Leben für sie beginnt, schwierig zu werden.«

»Ich weiß. Aber ich kann es nicht ändern. Natürlich sollen die Kinder bei mir bleiben.«

»Sie legen also auch Wert auf das Sorgerecht?«

»Ja, daß ich über die Erziehung der Kinder bestimme. Das ist doch das, was man Sorgerecht nennt . . . oder?«

»Ja.« Dr. Zöllner machte sich Notizen. »Haben Sie sich schon überlegt, was wir als Scheidungsgrund angeben wollen?«

»Ehebruch.«

Wieder schrieb Dr. Zöllner.

»Ich nehme an, daß Ihr Gatte der Besitzer der Berber-Werke in Düsseldorf-Heerdt ist, nicht wahr?«

»Ja, kennen Sie ihn?«

Dr. Urban Zöllner wartete eine Sekunde mit der Antwort.

»Nein«, sagte er dann, »ich kenne Ihren Gatten nicht persönlich . . . nur dem Ansehen nach. Ich darf wohl annehmen, Ihr Gatte weiß, daß Sie heute bei mir sind, nicht wahr? Glauben Sie, daß er versuchen wird, den Vorwurf der Untreue zu bestreiten?«

»Bestreiten? Nein, das ist ganz ausgeschlossen.«

»Er ist also mit der Scheidung einverstanden. Entschuldigen Sie bitte, gnädige Frau, wenn ich so viele Fragen stelle, aber ich muß versuchen, mir ein Bild von der ganzen Sache zu machen.«

Sie hob erstaunt die Augenbrauen. »Ist es nötig, daß er einverstanden ist?«

»Nein, natürlich nicht. Es ist nur so, daß ich Ihre Belange besser vertreten kann, gnädige Frau, wenn ich von Anfang an klarsehe. Nur deshalb möchte ich wissen, ob Ihr Gatte einverstanden ist oder ob Sie annehmen, daß er Widerstand leisten wird ... oder ob er am Ende sogar eine Gegenklage erheben wird.«

»Gegenklage?! Aber ich kann doch gar nicht dafür, daß alles so gekommen ist.«

»Das habe ich auch gar nicht angenommen, gnädige Frau. Aber es handelt sich einfach darum, daß Ihr Partner möglicherweise versuchen könnte, es so darzustellen, und zwar besonders dann, wenn er zwar prinzipiell nichts gegen eine Scheidung einzuwenden hat, aber Wert darauf legt, daß die Ehe mindestens aus beiderseitigem Verschulden geschieden wird. Das hat für den Richter eine gewisse Bedeutung bei der Frage des Sorgerechts und natürlich auch bei der finanziellen Auseinandersetzung. Wie steht es übrigens ... haben Sie einen Ehevertrag mit Ihrem Gatten geschlossen? Irgendwelche Vereinbarungen über Gütergemeinschaft oder Gütertrennung?«

»Nein. Wir leben in einer Zugewinnehe.«

»Das ist natürlich sehr gut. Wann haben Sie geheiratet?«

»Am 21. April 1944.«

»Und wie war Ihre damalige Vermögenslage und die Ihres Gatten? Ich brauche das jetzt noch nicht ganz genau zu wissen, gnädige Frau, aber wenn Sie ein paar Hinweise geben könnten, wäre ich Ihnen doch sehr dankbar.«

»Der Betrieb meines Mannes, aber damals gehörte er noch Arnolds altem Vater, war von Bomben fast vollkommen zerstört. Wir dachten damals nicht, daß er jemals wieder aufzubauen wäre. Aber mein Mann hatte eine gründliche kaufmännische Ausbildung bekommen, und deshalb glaubten wir, uns irgendwie durchschlagen zu können.«

»Und Sie selber? Ich meine, wie waren Sie von Haus aus finanziell gestellt?«

»Mein Vater war Professor an der Kölner Universität, und meine Mutter stammt aus einer sehr wohlhabenden Familie. Es ist meinen Eltern gelungen, ihren persönlichen Besitz über den

Krieg zu bringen, indem sie Wäsche, Möbel, Geschirr und so weiter in unserem Jagdhaus im Bergischen Land evakuierten.«

»Diese Einrichtung haben Sie also mit in die Ehe gebracht, wenn ich Sie recht verstehe.«

»Ja. Und außerdem noch ein Aktienpaket.«

»Was ist damit geschehen?«

»Ja, also nach dem Krieg entschlossen wir uns ... das heißt, Arnold entschloß sich, die Firma seines Vaters zu übernehmen ... da hat er die Aktien verkauft. Es kam damals übrigens zu schrecklichen Auseinandersetzungen mit meinem Vater, der das für eine große Dummheit hielt.«

»Wissen Sie etwas über den Wert dieser Aktien?«

»Nicht genau, es waren Mannesmann-Aktien, Gutehoffnungshütte, Farbwerke Hoechst und noch eine Menge kleinerer Sachen ... das weiß ich nicht.«

»Könnten Sie versuchen, eine Liste dieser Aktien aufzutreiben?«

Frau Ines dachte eine Sekunde nach, dann sagte sie: »Ja, meine Schwester wird es wissen. Die Aktien sind nämlich damals genau geteilt worden, und wir haben beide gleich viel bekommen. Da meine Schwester nicht verkauft hat ...«

»Gut. Das wäre wichtig. Leben Ihre Eltern noch?«

»Nein. Sie sind beide gestorben.«

»Und Sie haben geerbt?«

»Ja, mit meiner Schwester zusammen ein Haus in Köln auf dem Sachsenring. Es war ausgebrannt und ist inzwischen wieder aufgebaut worden. Meine Schwester wohnt mit ihrem Mann und den Kindern im Parterre. Die obersten Etagen sind vermietet. An den Mieteinkünften bin ich beteiligt ... aber ich habe dieses Geld immer als Taschengeld genommen. Mein Mann hat da gar nichts mit zu tun. Dann ist noch dieses Jagdhaus im Bergischen, das gehört zu einem größeren Bauernhof, der verpachtet ist. Meine Schwester und ich haben uns so geeinigt, daß wir nach vorheriger Absprache dort Urlaub machen können. Allerdings habe ich es nur sehr selten benutzt. Der Besitz wirft nichts ab. Alles, was die Pacht einbringt, muß auf der anderen Seite wieder in die Erhaltung der Liegenschaften gesteckt werden.« Sie atmete tief durch. »Aber ist denn das so wichtig?«

»Doch, schon. Ich muß mir ein Bild machen können. Sehen Sie, gerade weil Sie in einer Zugewinnehe leben, spielt die Schuldfrage ja eine verhältnismäßig geringe Rolle. Die finanzielle Auseinandersetzung erfolgt völlig unabhängig von diesem Moment. Es muß geteilt werden, und zwar so, daß jeder der Ehepartner erst einmal das erhält, was er mit in die Ehe gebracht oder persönlich geerbt hat. Also Sie, gnädige Frau, den Anteil des Mietshauses in Köln und des Besitzes im Bergischen, weiter den Wert Ihrer Aktien. Ihr Gatte den Betrieb, aber nur so viel, wie bei Ihrer Eheschließung tatsächlich vorhanden war, also das Gelände und, nehme ich an, auch noch verschiedene Baulichkeiten. Dazu kommt natürlich noch der Firmenname.

Alles, was nun während Ihrer Ehe hinzugewachsen ist, ob durch das Verdienst Ihres Mannes oder durch Ihr eigenes Verdienst oder auch nur durch eine allgemeine wirtschaftliche Konjunktur, muß zwischen Ihnen beiden aufgeteilt werden. Sie können ohne Sorge sein, gnädige Frau, Sie werden bei einer Scheidung keinesfalls schlecht abschneiden. Mehr möchte ich, bevor ich die genauen Unterlagen habe, nicht sagen. Allerdings ...« Dr. Urban Zöllner zögerte.

»Sie haben Bedenken?« fragte sie sofort.

»Bedenken, das wäre zuviel gesagt. Nur kann ich mir nach alldem, was ich inzwischen von Ihnen erfahren habe, nicht recht gut vorstellen, daß sich Ihr Gatte ohne weiteres mit einer Scheidung einverstanden erklären wird. Sie haben als Scheidungsgrund Ehebruch angegeben ... Es liegt, scheint mir, ziemlich nahe, daß er diesen Vorwurf bestreiten wird. Wir sollten uns also, bevor wir die Sache angehen, erst einmal wirklich schlagende Beweise für seine ehelichen Verfehlungen beschaffen.«

»Die habe ich schon«, sagte Frau Ines ohne Triumph. Sie öffnete ihre Krokodilledertasche, zog einen großen Umschlag daraus hervor, reichte ihn Dr. Zöllner über den Schreibtisch. »Bitte, wenn Sie das lesen möchten! Niemals hätte ich mich auf einen bloßen Verdacht hin entschlossen ...«

Er hörte nicht mehr, was sie weiter sagte. In seinen Schläfen hämmerte es. Er hatte das unverklebte Kuvert geöffnet, und als erstes waren ihm die postkartengroßen Fotografien in die Hände gefallen, die Arnold Berber in verliebter Pose mit Stefanie Sintrop zeigten.

Er hatte gewußt, was geschehen war, noch bevor sie es ihm bei ihrer Rückkehr aus Amerika gesagt hatte. Aber es mit eigenen Augen zu sehen, war etwas ganz anderes. Er mußte sich zwingen, seine Aufmerksamkeit auf den Bericht des Detektivinstituts zu konzentrieren. Dann steckte er hastig, als wenn er fürchtete, sich zu verbrennen, alles wieder in den Umschlag zurück.

»Ich denke, das genügt«, sagte er, ohne sie anzusehen.

»Sie finden es merkwürdig, daß ich meinen Mann habe beobachten lassen?« fragte sie.

»Aber wieso denn?! Das war Ihr gutes Recht.«

»Ich habe es gar nicht getan«, sagte sie, »es wäre mir schmutzig vorgekommen. Ein Bekannter . . .« Sie stockte.

»Ich verstehe«, sagte er schwer. Er mußte sich zwingen, zu einem normalen Ton zurückzufinden. »Ich glaube, die Sache wird sich ohne Schwierigkeiten abwickeln lassen«, sagte er. »Allerdings müssen Sie mir auch ein bißchen dabei helfen, gnädige Frau. Sie dürfen, bis wir das Urteil in der Hand haben, nicht unvorsichtig sein . . .«

»Unvorsichtig? Was meinen Sie damit?«

»Sie müssen sehr genau auf alles achten, was Sie tun und was Sie sagen. Ich gehe soweit, daß ich Sie bitten möchte, sich niemals in der Öffentlichkeit mit einem Mann zusammen sehen zu lassen. Die kleinste Unkorrektheit könnte Ihnen als ehewidriges Verhalten ausgelegt werden. Das hätte natürlich auf die finanzielle Auseinandersetzung keinen Einfluß, aber es geht Ihnen ja auch um die Kinder, denke ich.«

»Ich verstehe.«

»Weiter muß ich Sie darauf aufmerksam machen, daß Sie auch Ihrem Gatten gegenüber sehr vorsichtig sein müssen, so zurückhaltend wie möglich. Falls es zwischen Ihnen noch einmal, ganz gleichgültig, aus was für Gründen . . . zum Austausch ehelicher Zärtlichkeiten kommen sollte, ist unser schöner Scheidungsgrund null und nichtig geworden.«

Sie errötete ganz plötzlich, öffnete den Mund, schwieg aber dann doch.

»Wenn Sie mir etwas zu sagen haben, gnädige Frau, wäre es besser, Sie tun es gleich. Sehen Sie, ein Anwalt ist etwas Ähnliches wie ein Beichtvater. Was auch immer Sie mir sagen, niemand wird es erfahren, dessen dürfen Sie sicher sein.« Er beobachtete sie aufmerksam. »Aber wenn Ihr Gatte etwas gegen Sie in der Hand hat, kann er es vor aller Öffentlichkeit gegen Sie benützen.«

»Ich habe . . .«, sagte sie mühsam, »als er von seiner großen

Reise zurückkam ...« Sie sah ihn flehend an. »Aber damals wußte ich ja noch nicht ... ich meine, ich hatte noch keinen Beweis, und er behauptete ... er schwor mir hoch und heilig, daß mein Verdacht völlig unbegründet wäre.«

Er atmete auf. »Nun, in dem Fall kann von einer Verzeihung ihrerseits oder einer Versöhnung natürlich nicht die Rede sein, aber von nun an müssen Sie hart bleiben, gnädige Frau. Falls Sie sich nicht entschließen können, Ihrem Gatten trotz allem zu verzeihen.«

»Das kann niemand von mir verlangen.« Sie holte tief Luft. »Wie lange wird es dauern, bis er die Scheidungsklage erhält?«

»Nur ein paar Tage. Ich werde sofort alles erledigen. Wenn Ihr Gatte keine unvorhergesehenen Schwierigkeiten macht, werden wir die ganze Sache sang- und klanglos über die Bühne bringen. Es ist sehr günstig, daß wir diesen Bericht da haben ...« Er klopfte mit der Hand auf den gelben Umschlag. »Allerdings habe ich nicht vor, das Beweismaterial im Prozeß selber vorzulegen. Ich denke, es genügt, wenn wir auf Ehebruch klagen und Ihr Gatte diesen Tatbestand nicht bestreitet.«

»Das verstehe ich nicht!«

»Es ist so üblich, gnädige Frau, und ich halte es, ehrlich gestanden, auch für weit besser, als wenn man anfängt, seine schmutzige Wäsche vor dem Gericht zu waschen. Bedenken Sie, daß Sie beide ... Ihr Gatte und auch Sie ... sehr leicht ins Blickfeld der Öffentlichkeit geraten können, daß die Presse ...«

»Aber das ist mir ganz und gar gleichgültig. Ich habe ja nichts zu verbergen.«

»Natürlich nicht, gnädige Frau, nur ... ich kann doch nicht annehmen, daß Sie Wert darauf legen, daß der Name Stefanie Sintrop ausdrücklich in diesem Prozeß genannt wird?«

»Doch. Genau das möchte ich. Sie hat mir meinen Mann genommen, und das soll jeder wissen. Warum denn nicht? Ich kenne meinen Mann. Niemals wäre das geschehen, wenn sie es nicht darauf angelegt hätte. Sie hat unsere Ehe zerstört, und da glauben Sie, ich würde es zulassen, daß sie still im Hintergrund sitzt und sich ins Fäustchen lacht? Ich bin sicher, sie wartet geradezu darauf, daß ich mich scheiden lasse ... damit sie ihn heiraten kann, diese ... diese Ehebrecherin.«

»Das werden wir kaum verhindern können, gnädige Frau«, sagte er mit erzwungener Ruhe. »Selbst wenn ihre Schuld im Ehescheidungsprozeß bewiesen werden kann, so ändert das nichts an der Tatsache, daß sie wahrscheinlich nach einem gewissen Zeitraum doch eine Heiratslizenz bekommen wird.«

»Sie kann nicht mit ihm glücklich werden, nach allem, was sie mir angetan hat. Es ist nicht möglich, daß sie je glücklich wird.« Frau Ines war nahe daran, die Beherrschung zu verlieren. Ihre Stimme bebte vor Haß.

»Ich stimme Ihnen völlig zu, und gerade deshalb möchte ich Ihnen noch einmal raten . . . lassen wir den Namen Stefanie Sintrop aus dem Prozeß heraus. Es ist vielleicht eine kleine Genugtuung für Sie, aber ich bin trotzdem überzeugt, daß es besser wäre, darauf zu verzichten.«

»Nein«, sagte Frau Ines und erhob sich. »Nein. Sie soll nicht straflos ausgehen. Das wäre zu ungerecht.«

Arnold Berbers Post wurde jeden Morgen gegen neun Uhr geöffnet, vorsortiert und mit einem Eingangsstempel versehen von dem Hausboten in das Direktionssekretariat gebracht. Nur die Briefe, auf deren Umschlägen ›Privat‹, ›Persönlich‹, ›Vertraulich‹ oder dergleichen stand, waren noch verschlossen. Stefanie Sintrop hatte die Befugnisse, die Briefe zu öffnen und weiterzuleiten – es handelte sich meistens um Bettel- und Bittbriefe, fantasievolle Angebote von sogenannten Erfindern, manchmal auch Beschwerden.

Sie sah sofort, daß der Brief, der heute vor sie auf den Schreibtisch gelegt wurde, anderer Art war. Sie erkannte das Kanzleipapier, noch bevor sie den Absender las – Dr. Urban Zöllner, Rechtsanwalt, Pempelforter Straße. Ein eisiger Schreck durchfuhr sie.

In der ersten, fast besinnungslosen Sekunde war sie überzeugt, daß Urban sich an ihr rächen, Einzelheiten ihres Verhältnisses dem Rivalen preisgeben wollte – aber fast im gleichen Augenblick wußte sie selber, wie sinnlos dieser Verdacht war.

Stefanie Sintrop atmete tief durch, zwang sich zur Ruhe. Sie nahm das Papiermesser und öffnete den Umschlag. Mit einem einzigen Blick sah sie, was er enthielt – die Scheidungsklage Berber gegen Berber.

Also doch, war alles, was sie denken konnte. Also doch! Scheidungsklage wegen Ehebruch, begangen mit Fräulein Stefanie Sintrop, Chefsekretärin, begangen in Palm Beach, Florida.

Sie las und empfand nichts als Triumph und ungeheure Erleichterung. Nicht einen Atemzug lang fühlte sie sich schuldig, nicht ein Fünkchen Mitleid war in ihrem Inneren für die betrogene Ehefrau. Sie war sich so sicher – wenn Arnold sie betrogen hätte, sie würde ihm verzeihen. Wenn sie seine Frau wäre – sie würde nie und nimmer, was auch immer geschähe, auf Scheidung klagen.

Ines Berber, dessen war sie ganz gewiß, war schön und kalt und egoistisch, keine Frau, die einen Mann wie Arnold Berber verstehen oder halten konnte. Wahrscheinlich liebte er sie dennoch, aber die Scheidung würde ihn von diesem sinnlosen Gefühl heilen. Er würde frei sein, und er würde Ines vergessen und vielleicht – Stefanie Sintrop wurde schwindelig, wenn sie nur an diese Möglichkeit dachte –, vielleicht würde sie eines Tages doch noch seine Frau werden – Frau Arnold Berber.

Es war nicht einmal so unwahrscheinlich. Sie mußte nur jetzt klug sein, diplomatisch, bedachtsam. Sie hatte ihm schon einmal in einer schweren Krise seines Lebens beigestanden, auch jetzt mußte sie, ohne zu fragen und ohne zu klagen, an seiner Seite stehen. Bestimmt würde er eines Tages begreifen, daß sie die einzige Frau war, die ihn liebte, die einzige, die ihn verstand.

Sie nahm den Telefonhörer ab, drückte auf die rote Taste, die sie mit dem Chefzimmer verband, sagte, als Arnold Berber sich meldete: »Darf ich einen Augenblick zu Ihnen hineinkommen, Herr Berber? Es ist mit der Post ein sehr wichtiges Schreiben gekommen...«

»Unangenehm?« fragte er sofort.

»Ich fürchte, ja.«

»Bitte kommen Sie!«

Sie legte den Hörer auf, erhob sich hinter ihrem Schreibtisch und eilte, den Brief mit der Scheidungsklage in der Hand, auf die Tür zum Chefzimmer zu. Sie hätte gerne noch einen Blick in den Spiegel geworfen, aber sie spürte, wie Rolly Schwed hinter ihrem Rücken den Kopf hob und ihr nachsah. So tastete sie, bevor sie die Tür öffnete, nur noch einmal über ihr Haar, stellte fest, daß es tadellos saß, und trat ein.

Er saß hinter seinem Schreibtisch, zog die Augenbrauen zusammen, so daß die senkrechte Falte auf seiner Stirn sich vertiefte, sagte besorgt: »Von Pichlmeyer?«

»Nein. Es ist... eine Privatsache.«

»Na, Gott sei Dank.«

Sie trat näher, hielt das Schreiben zögernd in der Hand.

»Na, geben Sie schon her . . .«, sagte er ungeduldig.

Wie immer, wenn er sie so förmlich anredete, gab es ihr einen Stich. Sie reichte ihm die Scheidungsklage wortlos über den Schreibtisch, versuchte wegzusehen, während er las, konnte aber ihren Blick nicht von seinem Gesicht losreißen, in dem sich nicht ein Muskel regte. Aber als er gelesen hatte, stützte er für einen Augenblick den Ellbogen auf den Tisch, beschattete seine Augen mit der Hand.

»Es tut mir leid, Arnold«, sagte sie leise.

Er gönnte ihr keinen Blick.

»Bitte verbinden Sie mich mit Rechtsanwalt Doktor Heinrich«, war alles, was er sagte.

»Ja. Sofort.« Aber sie stand da und machte keine Anstalten, sich zur Tür zu wenden. »Ich begreife gar nicht, wie es dazu kommen konnte«, sagte sie. »Ich dachte, du hättest dich mit deiner Frau versöhnt.«

»Ich habe dich schon mehrmals gebeten, dich nicht in meine Privatangelegenheiten einzumischen, Stefanie.«

»Aber siehst du denn nicht, daß dies etwas ist, was uns beide angeht?«

»Wenn du damit zugeben willst, daß du allein schuld an der Situation bist, in der ich jetzt hänge . . .«

»Aber, Arnold, du tust gerade so, als ob ich dich verführt hätte! Das ist doch nicht dein Ernst?«

»Eines steht jedenfalls fest . . . wenn du dich nicht in mein Leben gedrängt hättest, wäre meine Ehe heute noch glücklich oder mindestens noch intakt.«

»Wenn das so ist«, sagte sie blaß bis in die Lippen, »so kann ich dich nur um Verzeihung bitten. Bitte verzeih mir, daß ich dich liebe. Soll ich jetzt zu deiner Frau gehen und sie aufklären? Ihr klarmachen, daß dir nicht das geringste an mir liegt . . . sie bitten, die Scheidungsklage zurückzunehmen?«

»Glaub nur nicht, daß ich mich scheuen würde, das von dir zu verlangen. Aber es ist zu spät. Ich habe das Vertrauen meiner Frau verloren. Das ist meine Schuld. Das ist meine eigene Schuld.«

Er hob den Kopf und sah sie an, und sie erschrak vor dem Ausdruck seiner Augen. »Bitte melden Sie jetzt das Gespräch mit Doktor Heinrich an. Wenn er nicht in seiner Kanzlei sein sollte, veranlassen Sie, daß er sich bei mir meldet, sobald er kommt. Er wird mir zwar auch nicht helfen können ... aber dennoch!«

Rechtsanwalt Dr. Heinrich verzichtete, um trotz seiner vielen Termine noch am selben Tage mit Arnold Berber sprechen zu können, auf sein Mittagessen.

Stefanie Sintrop bestellte Schinken, Bier, Würstchen und Kaffee in der Kantine; sie servierte die leichte Mahlzeit den Herren persönlich im Chefzimmer.

»Danke, mein Kind«, sagte Dr. Heinrich abwesend und musterte sie eine Sekunde mit seinen kalten, klugen Juristenaugen.

In diesem Augenblick begriff Stefanie Sintrop zum erstenmal voll und ganz, was es für sie bedeutete, im Scheidungsprozeß als Ehebrecherin namhaft geworden zu sein. Es war ein Schandfleck, der an ihrem Namen haftenbleiben würde, was immer sie auch dagegen unternehmen würde. Solange nur Arnold Berber, seine Frau, ja, selbst Urban Zöllner davon gewußt hatten, war es ihr ganz gleichgültig gewesen; sie war fast stolz gewesen, sich auf diese Weise zu ihrer Liebe zu bekennen. Aber Dr. Heinrichs kühl abschätzender Blick bedeutete für sie eine jähe Ernüchterung.

Sie glaubte zu wissen, was er über sie dachte und daß alle Welt in dieses Urteil einstimmen würde. Schon öffnete sie den Mund, um etwas zu sagen, sich zu verteidigen, die Ereignisse zu erklären – aber sie kam nicht dazu.

»Bitte, Fräulein Sintrop, lassen Sie uns jetzt allein!« sagte Arnold Berber mit Nachdruck.

Sie ging und fühlte sich wie ein ungezogenes Kind, das man aus dem Zimmer schickt.

Arnold Berber wandte sich, kaum daß Stefanie Sintrop die Tür hinter sich zugezogen hatte, an den Rechtsanwalt. »Nun, was sagen Sie zu der ganzen Sache? Was können wir machen?«

»Zuerst einmal eines ... trifft die Beschuldigung zu? Und wenn ja, glauben Sie, daß Ihre Frau tatsächlich imstande ist, sie zu beweisen?«

Arnold Berber zögerte mit der Antwort. Dann sagte er: »Ja.«

»Das war sehr unvernünftig von Ihnen«, sagte Dr. Heinrich eher bekümmert als vorwurfsvoll.

»Glauben Sie, ich weiß das jetzt nicht selber?«

»Wissen Sie, ich sage meinen Klienten immer ... wenn so etwas schon sein muß, dann lieber mit einem von diesen Mädchen, die man sich irgendwo aufgabeln kann ... das ist vielleicht im

Augenblick teurer, aber auf Sicht gesehen bei weitem unkomplizierter.« Er unterbrach sich selber: »Na ja, aber diese Betrachtungen führen zu nichts. Wir müssen den Tatsachen ins Auge sehen.« Er nahm einen Schluck Kaffee. »Eines begreife ich wirklich nicht . . . was auch immer geschehen ist, wie konnten Sie zulassen, daß Ihre Frau auf Scheidung klagt?«

»Zulassen? Ich hatte ja keine Ahnung!«

»Das ist allerdings . . . höchst verwunderlich! Ihre Gattin hat Ihnen doch keine Szene gemacht? Keine Vorwürfe?«

»Natürlich. Das schon. Sie hat mir mit Scheidung gedroht . . . aber dann . . . wir haben uns versöhnt, Sie verstehen schon. Ich war eigentlich sicher, daß ich sie von meiner . . . meiner Schuldlosigkeit in dieser Angelegenheit überzeugt hätte.«

»Das ist ein sehr interessanter Punkt«, sagte Dr. Heinrich. »Vielleicht läßt sich damit etwas anfangen. Vielleicht.«

»Können Sie nicht mal mit meiner Frau sprechen, Doktor Heinrich?« fragte Arnold Berber. »Sie kennen sie doch nun schon viele Jahre, und ich glaube, sie hat Vertrauen zu Ihnen. Können Sie ihr nicht klarmachen, was für ein Wahnsinn es ist, wegen einer einzigen Dummheit alles zu zerstören! Daß es mir ganz aufrichtig leid tut.«

»Großartig . . . wenn Sie es ihr sagen! Ich als Rechtsanwalt kann da gar nichts machen. Nein, mein Lieber, Sie haben sich diese Sache eingebrockt. Sie müssen jetzt selber sehen, wie Sie die Dinge wieder in Ordnung bringen. Ich glaube bestimmt, daß sich da ein Weg finden läßt.«

»Nein«, sagte Arnold Berber spontan, »unmöglich.«

»Was?«

»Sie können unmöglich verlangen, daß ich jetzt vor meiner Frau den armen Sünder spiele. Natürlich tut mir alles leid, was passiert ist, und ich wünschte, ich könnte es ungeschehen machen, aber ich sehe nicht ein, wieso ich mich deshalb vor meiner Frau demütigen müßte.«

»Davon ist ja gar keine Rede. Demütigen! Sie sollen sie versöhnen . . . auf irgendeine Weise. Sind Sie sich etwa nicht klar darüber, was eine Scheidung für Sie bedeuten würde?«

»Ich bin ja kein Idiot. Natürlich weiß ich das. Aber begreifen Sie denn nicht, gerade deshalb kann ich nicht bei Ines um Gnade winseln. Sie müßte denken, daß ich es nur um der Firma willen tue. Bestimmt hat sie mit ihrem Rechtsanwalt auch über die finanzielle Seite einer Scheidung gesprochen. Und wenn sie's früher nicht gewußt hat, dann weiß sie jetzt, daß mindestens die Hälfte des ganzen Unternehmens in ihre Hände fallen würde. Übrigens möchte ich wirklich wissen, wie sie ausgerechnet an diesen Doktor Zöllner gekommen ist.«

»Wieso ausgerechnet? Dr. Zöllner ist zwar noch ziemlich jung, aber er genießt bereits einen ausgezeichneten Ruf. Sie war bei der Wahl durchaus nicht schlecht beraten.«

»Mag sein. Aber was mich stutzig macht, er ist der Verlobte ... sagen wir besser, der frühere Verlobte von Stefanie Sintrop.«

»Ach was, das ist wahrhaftig höchst merkwürdig. Sieht fast nach einer Intrige aus, wie? Sagen Sie mal allen Ernstes: Haben Sie Ihrer Sekretärin die Ehe versprochen? Darüber sind Sie sich hoffentlich klar, daß Eheversprechen eines verheirateten Mannes keineswegs bindend sind.«

»Ich habe nicht daran gedacht, so etwas zu tun. Weshalb sollte ich auch?«

»Na, aber möglicherweise hat Fräulein Sintrop sich erhofft, daß Sie sich scheiden lassen und sie heiraten würden, wie?«

»Nein, das glaube ich nicht, dazu ist sie viel zu gescheit.«

»Lassen Sie mich nachdenken«, sagte Dr. Heinrich, »wie war es noch? Sie sagten mir, daß Sie sich mit Ihrer Frau versöhnt hätten. Wann war das?«

»Gleich nach meiner Rückkehr aus Amerika.«

»Haben Sie Ihrer Sekretärin davon erzählt?«

»Ja. Sicher. Sie mußte doch wissen, daß meine Frau mich verdächtigte ... und mir sogar mit Scheidung gedroht hatte.«

»Ich verstehe. Wahrscheinlich haben Sie Fräulein Sintrop beschworen, ganz besonders vorsichtig und zurückhaltend zu sein, da es Ihnen mit Mühe und Not gelungen wäre, den Verdacht Ihrer Gattin zu zerstreuen und so weiter und so fort ...«

»Ja«, sagte Arnold Berber verständnislos. »Hätte ich das nicht tun sollen? Was war falsch daran?«

»Nichts. Gar nichts. Nur haben diese Mahnungen möglicherweise bei Ihrer Sekretärin, die sich schon sehr nahe am Ziel sah, eine enorme Enttäuschung zur Folge gehabt. Denken Sie doch mal nach, mein Lieber, bei einer Versöhnung zwischen Ihnen und Ihrer Gattin hat Fräulein Sintrop doch nichts zu gewinnen, sondern nur alles zu verlieren. Sie mußte also eingreifen, irgend etwas tun, um einen Keil zwischen Sie beide zu schieben. Was lag näher, als

Ihrer Gattin Material über den Ehebruch in die Hände zu spielen?!«

»Nein, nein, nein«, sagte Arnold Berber energisch. »Sie kennen Stefanie Sintrop nicht. Zu solcher Gemeinheit wäre sie niemals fähig!« Aber zu seiner eigenen Bestürzung spürte er im selben Augenblick, daß er im Grunde seines Herzens wohl wußte, daß sie hierzu und zu einigem anderen mehr fähig war. »Außerdem«, sagte er rasch mehr zu sich selber als Dr. Heinrich zu überzeugen, »was hat das alles mit Doktor Urban Zöllner zu tun?«

»Ich weiß nicht recht«, sagte Dr. Heinrich, »aber ich halte es durchaus für möglich, daß die beiden Frauen eine Aussprache miteinander hatten. O ja. Sie brauchen gar nicht so ungläubig mit dem Kopf zu schütteln. Frauen sind zu dergleichen erstaunlichen Dingen fähig. Und dann hat Stefanie Sintrop Ihrer Gattin zu diesem Rechtsanwalt geraten. Oder auch Frau Ines wußte, daß Stefanie Sintrop mit Doktor Zöllner verlobt war, und hat gerade ihn zum Rechtsanwalt ausgesucht, um ganz sicher zu sein, daß er von der Untreue seiner Braut erfuhr.«

»Wir könnten meine Sekretärin fragen«, schlug Arnold Berber vor.

»Nein, nicht. Lassen Sie das. Das bringt uns keinen Schritt vorwärts. Natürlich können Sie mit ihr darüber sprechen, wenn ich fort bin. Aber ich persönlich würde Ihnen zu allergrößter Vorsicht raten. Wir haben es da mit einer ganz gefährlichen Dame zu tun. Schon allein dieser Schneid damals. Hat Ihnen das nicht zu denken gegeben? Eine Frau, die zu so etwas fähig ist ... Es ist ein Jammer, daß das passieren mußte. Ihr zu kündigen oder sie zu beurlauben hat auch keinen Sinn. Es würde ihr höchstens Zeit geben, alle Minen springen zu lassen, möglicherweise Ihre Gattin noch einmal zu bearbeiten. Nein, wir müssen die Sache anders anpacken. Es gibt nur einen Weg ... versöhnen Sie Frau Ines. Es müßte Ihnen doch gelingen! Nach all den Jahren! Ihre Ehe war doch immer ganz glücklich, wie?«

»Ja. Jedenfalls habe ich das geglaubt.«

»Na also. Ich hatte immer den Eindruck, daß Frau Ines Sie vergöttert. Außerdem hängt sie an den Kindern. Ganz bestimmt wird sie nicht wollen, daß ihre Familie zerstört wird, bloß weil Sie einmal mit einem Ausnahmefall ... na eben ... die Beherrschung verloren haben. Sie sollten, wenn Sie mich fragen, versuchen, ihr das in aller Ruhe klarzumachen.«

»Ich habe die Gelegenheit verpaßt. Vielleicht hätte ich, als ich zurückkam, mit einem Geständnis alles retten können. Aber ich hielt es für besser, nichts zuzugeben. Ich konnte ja nicht ahnen ... Und jetzt wird sie mir bestimmt kein Wort mehr glauben. Ganz davon abgesehen, daß ich sie gar nicht mehr zu Gesicht bekomme. Sie weicht mir, seit ich aus Amerika zurück bin, einfach aus. Natürlich ist mir das nicht so aufgefallen, bevor ich die Scheidungsklage auf dem Schreibtisch hatte.«

»Na ja, wenn Sie meinen, daß Sie es nicht können ... aber es ist jammerschade. Ich rechne und rechne schon die ganze Zeit in meinem Kopf ... vielleicht wäre es besser, ich sollte es gar nicht sagen, bevor ich es nicht sicher weiß ... aber mir kommt es ganz so vor, als wenn Ihre Gattin bei der Scheidung nicht nur einen Anteil der Firma, sondern sogar die Majorität in die Hände bekommen würde. Wenn man das Fabrikgelände mit den veralteten Maschinen gegen die Aktien aufrechnet, die sie seinerzeit mit in die Ehe gebracht hat ... na, Sie werden doch zugeben, mein Lieber, daß der Wert ihrer Mitgift ganz wesentlich höher war. An der Entwicklung der Firma aber ist sie zu fünfzig Prozent beteiligt. Es wäre ein schwerer Fehler, wenn wir uns über den Ernst der Situation zu täuschen versuchten. Sie erinnern sich übrigens, daß ich damals einen Ehevertrag vorschlug. Aber Sie wollten ja nicht darauf eingehen.«

»Der Vater meiner Frau war dagegen. Ich fand, daß es ganz falsch ausgesehen hätte, wenn ich auf solch einem Vertrag bestanden hätte ... ganz abgesehen davon, daß ich es seinerzeit wirklich nicht für möglich hielt, daß es je zu einer Scheidung kommen würde.«

Dr. Heinrich sah auf seine Armbanduhr. »Sie werden also mit Ihrer Frau sprechen! Denken Sie daran, daß Sie der Schuldige sind ... was für Sie davon abhängt.«

Mit einer nervösen Bewegung schob Arnold Berber den Teller von sich. »Ich kann es nicht! Gerade deshalb kann ich es nicht.«

»Na, dann bleibt nichts anderes übrig, als daß ich mich mal mit dem Kollegen Zöllner zusammensetze. Möglicherweise erreiche ich auf diese Weise etwas. Aber sehr wahrscheinlich ist es nicht.«

12

Angela Hausmann sah den weinroten Thunderbird mit den weißen Polstern, als sie durch das große Portal der Textilingenieur-Schule auf die Straße trat. Ihr Vater saß, den mächtigen Schädel mit einer hellen Lederkappe bedeckt, hinter dem Steuer. Er hatte sie ebenfalls entdeckt und winkte ihr zu.

Sie erschrak fast. Es war ungewöhnlich, daß ihr Vater sie abholte, ungewöhnlich, daß er den Sportwagen benutzte, ungewöhnlich, daß er selber chauffierte.

Mit einem Nicken und einem kurzen Gruß verabschiedete sie sich von der Gruppe der Kommilitonen, mit der sie zusammengewesen war, lief über die Fahrbahn auf den Wagen ihres Vaters zu.

»Ist etwas passiert?« fragte sie. »Ich meine, weil du . . .«

»Das ist eine Überraschung, wie?« unterbrach er sie, stieß die Tür von innen auf. »Komm, setz dich!« Er ließ den Motor an. »Oder willst du lieber selber fahren?«

»Nein«, sagte sie überrumpelt, »bloß . . . ich verstehe gar nicht . . .«

»Herrgott noch mal, du hast eine Art, die einfachsten Dinge kompliziert zu machen! Hast du mir nicht selber erzählt, daß dein Wägelchen in Reparatur ist? Na also! Und ich kam zufällig hier in der Nähe vorbei, und da habe ich mir gedacht, ich nehme dich gleich mit nach Hause. Statt daß du dich freust . . .«

»Doch, Vater, ich freue mich ja«, sagte sie begütigend und legte ihre Hand auf seinen Arm.

Es war später Nachmittag, kurz vor Büroschluß. Der Stadtverkehr in den alten Straßen Krefelds war sehr dicht. Wilhelm Hausmann lavierte sich geschickt und ein wenig rücksichtslos vorwärts. Dennoch fand er noch Zeit, ein paar interessierte und sachkundige Fragen über ihre Arbeit in der Schule zu stellen. Angela, die das immense Wissen ihres Vaters schätzte, ging lebhaft darauf ein.

Plötzlich unterbrach Wilhelm Hausmann sich. »Nanu!« sagte er erstaunt. »Das Benzin geht zu Ende! So was von einer Schlamperei! Dabei müßte Max Notemann« – Notemann war Wilhelm Hausmanns persönlicher Fahrer –, »doch wissen, daß der Wagen jede Sekunde fahrbereit sein soll!«

»Er hat sicher übersehen . . .«, sagte Angela vermittelnd.

»So was übersieht man nicht!« Er wechselte den Ton. »Na, wir wollen uns die Laune nicht verderben lassen. Fahren wir zum Tanken. Ich sollte den Wagen überhaupt mal nachsehen lassen. Als ich aus der Garage fuhr, war auf dem Boden unter dem Motor ein großer dunkler Fleck, Wasser oder Öl, ich hab's mir nicht genau angesehen.«

Er gab Zeichen, daß er nach links einbiegen wollte.

»Wo fährst du denn hin, Vater?«

»Zur Autobahntankstelle. Die haben da ein paar tüchtige Jungens, die in fünf Minuten heraushaben werden, was...«

»Aber, Vater! Das liegt doch gar nicht auf unserem Weg!«

»Na wenn schon. Wir haben Zeit genug. Oder hast du was Besonderes vor?«

»Ein paar aus unserem Seminar wollen heute abend zu mir kommen, um...«

»Heute abend!« Wilhelm Hausmann lachte gemütlich. »Du glaubst doch nicht etwa, daß ich bei der Tankstelle übernachten will... oder? Wenn es dir Spaß macht, können wir wetten. Ich behaupte, daß wir reichlich vor sieben Uhr zu Hause sind.«

Angela schwieg. Sie kam sich ein wenig töricht vor; ein irritierendes Gefühl, das sie oft in der Gegenwart ihres Vaters hatte, wenn seine geschickten Argumente sie wider besseres Wissen in Verwirrung stürzten.

Wilhelm Hausmanns Auftreten an der Autobahntankstelle und Reparaturwerkstätte bewirkte, daß sofort der Meister herausstürzte und nach den Wünschen des Herrn ›Generaldirektors‹ fragte.

»Sehen Sie das Wägelchen mal gründlich nach«, sagte Wilhelm Hausmann gönnerhaft, »der Tank muß ein Leck haben, aber vielleicht liegt's auch am Öl. Jedenfalls ist der Motor nicht ganz dicht. Dann füllen Sie den Tank ganz voll, prüfen Sie Öl, Luft, Wasser... und vor allen Dingen probieren Sie herauszubringen, was nicht in Ordnung ist!«

»Wird sofort geschehen, Herr Generaldirektor. In fünf Minuten können Sie weiterfahren!«

»Mir ist lieber, Sie machen's gründlich und können mir nachher garantieren, daß alles in Ordnung ist!« sagte Wilhelm Hausmann. Er wandte sich an seine Tochter. »Na, Angela, willst du nicht aussteigen und dir die Beine vertreten?«

»Wenn's wirklich nur fünf Minuten dauert...«

Er hörte gar nicht hin, was sie sagte. »Na, so etwas!« Er schien so überrascht, daß es ihm fast die Sprache verschlug. »Na, das ist doch ... Ich könnte wirklich schwören ... aber, jetzt sag du mal ... Angela, ist das nicht der Wagen von Frau Berber?« Er wies mit dem Kopf auf einen weißen Mercedes 190 SL mit einer Düsseldorfer Nummer.

»Keine Ahnung. Woher soll ich das wissen?«

Wilhelm Hausmann trat neben den Meister, der die Kühlerhaube hochgestellt hatte und den Motor untersuchte. »Sagen Sie mal, gehört der weiße Mercedes da drüben einer Dame? Kennen Sie sie?«

»Nee, kennen tue ich sie nicht. Aber sie war doch eben noch ... ach ja, ich weiß, die ist in die Gaststätte rübergegangen.«

»Also, dann muß ich doch mal nachschauen, das wäre doch wirklich ...« Halb im Gehen wandte Wilhelm Hausmann sich noch einmal zu seiner Tochter um. »Bitte, bleib du dabei, Angela, ich geh eine Tasse Kaffee trinken. Wenn alles in Ordnung ist, sagst du mir Bescheid, ja?«

Angela sah ihn nur mit großen Augen an; sie hätte selber nicht sagen können, woher das Unbehagen rührte, das sich ihrer bemächtigte. Er schien keine Antwort von ihr zu erwarten, sondern wandte sich rasch ab und ging mit großen Schritten auf die Tür zur Autobahngaststätte zu.

Während er eintrat, riß er sich die Lederkappe vom Kopf, strich sich mit beiden Händen über den Schädel. Er sah Frau Ines sofort, ging rasch auf sie zu. »Gnädige Frau, was für eine Überraschung!« sagte er dröhnend. »Ich sah draußen Ihren Wagen, und da dachte ich mir gleich ... Wie geht es Ihnen? Wir haben uns lange nicht mehr gesehen, nicht wahr? Ich hoffe, daß Ihr Gatte und die Kinder gesund sind. Sie selber brauche ich wohl gar nicht danach zu fragen, Sie sehen blendend aus!«

»Herr Hausmann«, sagte sie, »das ist aber wirklich eine Überraschung!« Sie errötete im Augenblick, als sie es sagte, als wenn sie sich ihrer eigenen Lüge schämte. »Bitte nehmen Sie doch Platz!«

Er sagte noch ein paar ganz und gar gleichgültige Sätze, bestellte bei der vorbeieilenden Kellnerin Kaffee, dann, nachdem er sich mit einem Blick überzeugt hatte, daß niemand im Lokal sie weiter beachtete, fragte er gedämpft: »Wie stehen die Dinge, Ines?«

»Ich glaube, es ist alles in Ordnung. Arnold hat in die Scheidung eingewilligt.« Mit einem bitteren Lächeln fügte sie hinzu: »Es blieb ihm wohl auch keine Wahl.«

»Wie macht sich der junge Rechtsanwalt?«

»Ich verstehe zuwenig davon, aber ich finde, daß er sehr tüchtig ist und sehr umsichtig.«

»Hoffen wir's. Aber der Fall ist ja so klar, daß wirklich selbst der größte Strümper nichts daran verpatzen könnte.«

Sie seufzte. »Ich finde alles schrecklich kompliziert. Zum Beispiel das Haus auf dem Kaiser-Wilhelm-Ring ... Arnold hat es seinerzeit gekauft ... auf unserer beider Namen. Ich möchte es nicht gern hergeben. Aber wenn ich es behalten will, sagte Dr. Zöllner, müßte ich in irgendeinem anderen Punkt ein Zugeständnis machen ...« Sie sah Wilhelm Hausmann ratlos aus ihren schönen, tiefblauen Augen an.

»Ich verstehe schon«, sagte er und wäre fast der Versuchung erlegen, ihre schmale Hand tröstend zu streicheln; im letzten Augenblick hielt er sich noch zurück, »aber wegen des Hauses würde ich mir wirklich keine Gedanken machen, Ines. Ich verstehe schon, daß Sie daran hängen, aber was wollen Sie wirklich damit, ich meine später, wenn wir erst verheiratet sind.«

»Bitte seien Sie mir nicht böse, Wilhelm«, sagte sie. »Sie wissen, daß ich mich jetzt deswegen noch gar nicht entscheiden kann. Ich habe es Ihnen gesagt. Solange ich mit Arnold verheiratet bin, kann ich an etwas anderes noch nicht einmal denken.«

»Glauben Sie nicht, daß ich Sie drängen will. Ich meine nur ... Sie dürfen die Bedeutung des Hauses nicht überschätzen. Sind Sie sicher, daß es Ihnen überhaupt angenehm wäre, weiter dort zu wohnen, wo Sie ... na ja eben ... als Gattin von Arnold Berber gelebt haben? Ich könnte mir vorstellen, daß so ein Haus bis zum Dach voll Erinnerungen steckt.«

»Ja, vielleicht, daran habe ich noch nicht gedacht. Aber Sie können recht haben, Wilhelm!«

»Ich glaube, daß es viel richtiger wäre, wenn Sie mit den Kindern in einer neuen Wohnung ganz neu anfangen. Lassen Sie Arnold das Haus. Soll er doch mal versuchen, ob er darin mit seiner Sekretärin glücklich werden kann, wo alles ihn an Sie erinnern muß. Glauben Sie mir, ich kenne die Menschen, daran wird sich das Fräulein Sintrop die Zähne ausbeißen.«

Ihre schmalen Augenbrauen zogen sich über der Nasenwurzel

schmerzlich zusammen. »Er wird sie nicht heiraten«, sagte sie, »ich kann mir nicht vorstellen, daß er es tut!«

»Falls sie ihm überhaupt eine Wahl läßt!« Als er ihr gequältes Gesicht sah, änderte er den Ton: »Bitte seien Sie nicht so traurig, Ines, Sie haben doch mich! Ich verspreche Ihnen, daß ich alles tun werde, um Sie glücklich zu machen. Arnold hat Sie nie wirklich zu schätzen gewußt. Er war einfach nicht der richtige Mann für Sie. Soll er Stefanie Sintrop doch heiraten. Dann erst wird er richtig begreifen, was er an Ihnen verloren hat. Hat er übrigens noch einmal versucht, mit Ihnen zu sprechen?«

Sie schüttelte den Kopf.

»Nein, das nicht. Aber ich gebe ihm auch gar keine Gelegenheit dazu. Ich weiß nicht, ob Sie das verstehen, Wilhelm, aber ich bin all dieser Szenen und Auseinandersetzungen so müde geworden. Ich habe bloß den einen Wunsch, daß alles so rasch wie möglich vorbeigehen soll.«

»Es dauert ja nicht mehr lange. Haben Sie schon einen Termin?«

»Noch nicht. Ich war heute morgen noch einmal bei Doktor Zöllner. Er meinte auch, daß alles glatt gehen wird.«

»Na also.«

»Doktor Heinrich ... das ist der Rechtsanwalt meines Mannes ... hat mit ihm gesprochen. Denn Zöllner sagt, ich muß das selber entscheiden ...« Sie schwieg, denn die Kellnerin brachte ein Kännchen Kaffee für Wilhelm Hausmann.

Als sie wieder allein waren, fragte er: »Was sollen Sie entscheiden, Ines?«

»Ach, es handelt sich um die finanzielle Auseinandersetzung. Ich verstehe ehrlich gestanden gar nichts davon, aber es sieht so aus, daß mir nach der Ehescheidung fünfundfünfzig Prozent der Firma gehören werden. Das scheint eine ziemlich komplizierte Rechnung, und es gibt da ein paar strittige Punkte, aber Doktor Zöllner sagt ... der Rechtsanwalt meines Mannes glaubt auch, daß mir mindestens die Hälfte der Firma gehören wird, möglicherweise noch mehr.«

»Das ist doch sehr schön«, sagte Wilhelm Hausmann mit ganz gleichgültigem Gesicht. »Ich sehe nicht recht, wo da die Schwierigkeit liegen soll.«

»Mein Mann möchte nun ... deshalb hat Doktor Heinrich mit meinem Rechtsanwalt gesprochen ..., daß ich mich im Zusammenhang mit der Scheidung einverstanden erkläre, ihm die Geschäftsführung der Firma zu belassen und meinen Anteil nicht herauszuziehen.«

»Ach!« sagte Wilhelm Hausmann ausdruckslos. »Und Sie haben sich entschieden?«

»Nein, ich wollte vorher mit Ihnen sprechen, weil ... weil Sie mir doch gesagt haben, daß ich keinen Fehler machen soll. Doktor Zöllner sagte auch, daß es eine sehr schwerwiegende Entscheidung wäre ...« Sie sah Wilhelm Hausmann fast flehend an. »Aber es ist doch ganz richtig, wenn ich das Geld in den Berber-Werken stehen lasse, nicht wahr? Sie gehen doch gut, und ich könnte dann so viel für mich und die Kinder bekommen, daß wir sorglos leben könnten.«

»Das, meine liebe Ines, werden Sie ja in jedem Fall haben. Es handelt sich nur darum ... wollen Sie Arnold die Verwaltung Ihres Vermögens überlassen, damit er sich auf dieser Grundlage eine neue Ehe aufbauen kann?«

»So habe ich das nie gesehen!« sagte sie erstaunt.

»Sie sind zu gut, Ines. Ahnungslosigkeit kann ein großer Fehler sein!«

»Wenn er Stefanie Sintrop wirklich heiraten will«, sagte sie nachdenklich, »dann kann er das doch tun, ganz unabhängig davon, ob er meinen Anteil der Firma verwaltet oder nicht.«

»Ich bin nicht ganz sicher, liebe Ines, ob diese Stefanie Sintrop Arnold wirklich um seiner selbst willen liebt, ich möchte sogar sehr daran zweifeln. Für sie ist er einfach der Chef der Berber-Werke und damit eine gute Partie. Würden die Verhältnisse anders liegen, hätte sie sich sicher gar nicht um ihn gekümmert.«

»Für berechnend habe ich sie immer gehalten.«

»Na, sehen Sie! Andererseits ... diese Stefanie Sintrop verdient sicherlich gut, aber doch nicht so gut, daß sie sich ein Vermögen hätte ersparen können, nicht wahr? Es ist doch nicht einzusehen, warum Sie nun Ihrer Nebenbuhlerin sozusagen eine Mitgift geben sollen. Mir jedenfalls will das nicht recht einleuchten. Aber als reicher Mann kann Arnold sich erlauben, zu heiraten, wen er will. Ganz anders sieht das aus, wenn er sich ein wenig einschränken muß. Sie brauchen deshalb nicht gleich wieder ein besorgtes Gesicht zu machen, Ines, die Hälfte aller Firmenanteile ist ja immerhin auch noch ganz schön. Zu hungern braucht er ganz bestimmt nicht.«

»Aber wenn ich mein Vermögen . . . ich meine, meinen Anteil . . . aus der Firma herausziehe, was mache ich dann mit dem Geld? Ich habe doch von solchen Dingen gar keine Ahnung!«

»Herausziehen würde ich es an Ihrer Stelle auch gar nicht, Ines. Besser könnten Sie Ihr Geld ja kaum anlegen. Sie dürfen nur auf Ihr Mitbestimmungsrecht in Angelegenheiten der Firma nicht verzichten . . . ja, ja, ich weiß, Sie verstehen nichts davon, aber Sie könnten jemanden mit der Wahrnehmung Ihrer Interessen betrauen. Sie müssen versuchen weiterzusehen, Ines. In zehn oder fünfzehn Jahren . . . und wie schnell ist diese Zeit um . . . ist auch Ihr Sohn soweit, daß er in die Firma eintreten könnte. Es wäre für den Jungen von großem Vorteil, wenn er dann von Anfang an eine gewisse Position seinem Vater gegenüber einnehmen könnte.«

»Aber . . .«, sagte Frau Ines schwach, »die Kinder werden doch keinesfalls von einer dieser Regelungen berührt. Ich meine, sie werden doch später von meinem Mann und mir die Firma sowieso zu gleichen Teilen erhalten.«

»Sind Sie dessen so sicher?«

»Natürlich. Darüber habe ich mit Arnold auch schon einmal gesprochen. Er hat gesagt . . .«

»Wann war das?«

»Ich weiß nicht mehr genau.« Sie begriff, was er meinte. »Jedenfalls lange bevor von Scheidung überhaupt die Rede war.«

»Sehen Sie. Wer sagt Ihnen denn, daß er mit Stefanie Sintrop keine Kinder haben wird? Sie sind doch beide noch jung genug. Bestimmt wird sie ihm wenigstens ein Kind schenken. Vielleicht sogar zwei oder drei. Ich weiß, daß er Jochen und Susanne liebt, aber es ist doch ganz natürlich, daß nach der Scheidung eine gewisse Entfremdung zwischen ihm und Ihren Kindern eintreten wird, während die Kinder seiner neuen Frau ihm sehr nahe sein werden. Wenn Sie ihm die Verwaltung Ihres Vermögens überlassen, dann legen Sie ihm aber die Versuchung sehr nahe, für seine neue Familie, für seine neuen Kinder zu wirtschaften. Es gibt da Manipulationen . . . Ich glaube, es ist nicht nötig, Ihnen das näher zu erklären.

Es ist aber nicht nur möglich, sondern auch wahrscheinlich, daß Jochen und Susanne nach dem Tode ihres Vaters nur noch einen Bruchteil seines Vermögens erben werden, denn selbst wenn alles mit rechten Dingen zugeht, sind ja seine neuen Kinder und seine neue Frau auch erbberechtigt. Ihr Vermögensanteil also, Ines, ist für Ihre Kinder ungeheuer wichtig, so wichtig, daß Sie Arnold einfach nicht die Verwaltung überlassen dürfen, ohne sich eine Möglichkeit zu schaffen, ihm auf die Finger zu schauen.«

»Sie haben recht, Wilhelm«, sagte sie. »Sie haben ja so recht. Ich bin froh, daß ich mit Ihnen gesprochen habe.«

Er beugte sich nahe zu ihr. »Ich bin glücklich, daß Sie Vertrauen zu mir gehabt haben, daß ich Ihnen helfen konnte.«

»Aber was soll ich jetzt wirklich tun?« fragte sie.

»Gar nichts. Darauf bestehen, daß mit der Scheidung zugleich die finanzielle Auseinandersetzung erfolgt. Was wirklich mit Ihrem Vermögen geschieht, das behalten Sie sich einfach vor. Niemand kann Sie zwingen, sich jetzt im vorhinein zu entscheiden. Es wäre sehr töricht von Ihnen, Ines, wenn Sie einen Vorteil, der Ihnen gesetzlich zusteht, nicht wahrnehmen würden. Arnold tut das auch, verlassen Sie sich darauf.«

Wenige Tage später stürzte Angela Hausmann eines Abends in das Zimmer ihres Vaters. Er saß beim Scheine einer grünen Glaslampe hinter seinem mächtigen Schreibtisch und war dabei, ein paar neuerworbene antike Münzen in seine Sammlung einzufügen. Obwohl der Eintritt seiner Tochter nicht eben lautlos erfolgt war, sah er nicht einmal auf. »Vater«, sagte sie atemlos, »Ines Berber läßt sich scheiden!«

»Ich weiß«, sagte er ruhig.

»Warum hast du mir das nicht gesagt?«

Er nahm die Lupe aus dem Auge, sah sie jetzt endlich an. »Warum hätte ich das sollen?« fragte er erstaunt.

»Weil es ehrlich gewesen wäre. Statt dessen hast du . . . gib es doch zu, Vater, und mach nicht dieses harmlose Gesicht! Du hast mich als Anstandsdame für euer Rendezvous benutzt!«

»Ich habe keine Ahnung, wovon du sprichst.«

»Natürlich weißt du das! Ich habe doch von Anfang an geahnt, daß da etwas nicht stimmt. Aber wie konnte ich damit rechnen, daß du nicht davor zurückschreckst, eine Ehe zu zerstören, nur weil es dir besser in deinen Kram paßt!«

»Ich verbitte mir diesen Ton, Angela«, sagte er kalt. »Alles, was du daherredest, beweist mir nur, wie dumm und unreif du noch bist. Was für Möglichkeiten hätte ich denn gehabt, diese Ehe zu zerstören?«

»Das weiß ich auch nicht. Niemand weiß das außer dir selber.

Ich kenne dich gut genug, Vater ... du hast schon oft das Unmögliche möglich gemacht!«

»Aber in diesem Fall nicht. Es stimmt, daß Frau Ines sich scheiden läßt, und es stimmt, daß ich versucht habe, ihr in dieser schweren Zeit mit Rat und Tat beizustehen. Willst du mir daraus einen Vorwurf machen? Ist es meine Schuld, daß ihr Mann sie betrügt?«

»Willst du behaupten, daß du Mutter nie betrogen hast?«

»Das steht hier gar nicht zur Debatte. Jedenfalls ist deine Mutter niemals auf die Idee gekommen, sich scheiden zu lassen.«

»Ja, weil sie auch niemanden hatte, der ihr das eingeredet hat! Aber du hast dich an Frau Berber herangemacht, du hast sie eingewickelt, um ihr Vertrauen geworben. Oh, ich weiß, wie gut du das kannst, wenn du nur willst, Vater! Du schreckst nicht davor zurück, eine fremde Ehe zu zerstören, was sage ich denn ... eine fremde Ehe! Du hast doch immer behauptet, Arnold Berber wäre dein Freund!« Sie schöpfte Atem, sah ihn herausfordernd an.

Aber er antwortete nicht, wandte sich wieder seiner Münzensammlung zu.

»Warum sagst du denn nichts?« rief sie außer sich. »Verteidige dich doch wenigstens!«

»Ich bin mir keiner Schuld bewußt«, sagte er ruhig, »und ich begreife auch deine Erregung nicht, Angela. Für euch scheint es tatsächlich nur finanzielle Erwägungen zu geben. Keine Ideale, keine Gefühle!«

Er stand auf und trat auf seine Tochter zu. »Wenn du darauf bestehst, es zu erfahren ... ich liebe Ines. Deshalb hatte ich den Wunsch, sie zu sehen. Ich liebe sie. Das ist alles.«

»Nein! Nein, Vater! Das ist nicht wahr!«

»Es tut mir leid, wenn es dich erschreckt, Angela, aber ich kann es auch gut verstehen. Schließlich haben wir beide nach dem Tode deiner Mutter doch ganz füreinander gelebt. Aber du bist ja selber jetzt schon fast erwachsen, du wirst wahrscheinlich bald heiraten. Denk einmal daran, ob du wirklich von mir verlangen kannst, daß ich dann allein zurückbleibe. Schließlich habe ich auch ein Recht auf Zweisamkeit.«

»Du? Wann hättest du dich je nach einem Menschen gesehnt, Vater?! Du ... ach, ich kenne dich viel zu gut! Du kannst ja gar nicht lieben! Es ist unmöglich!«

»Vielleicht kennst du mich eben doch noch nicht so gut, wie du glaubst. Oder vielleicht hast du sogar recht, und ich mußte erst älter werden, um dieses Gefühl zu spüren. Es ist so, wie ich dir sage. Ich liebe Ines. Sie ist eine wunderbare Frau.«

»Ja. Das ist sie wirklich. Gerade deshalb will ich nicht, daß du sie unglücklich machst!«

»Aber das habe ich doch gar nicht vor. Sobald sie geschieden ist, werde ich sie heiraten, du wirst eine neue Mutter bekommen, Angela, aber ich bin fest überzeugt, daß ihr beide euch großartig verstehen werdet.«

»Ja, und die Firma Berber willst du dir so ganz nebenbei unter den Nagel reißen, wie?«

»Ich weiß gar nicht, wie du auf so etwas kommst!« fragte er erstaunt.

»Nur weil ich dich kenne. Mein Gott, ich hätte wirklich Lust, mit Frau Berber zu sprechen, sie über dich aufzuklären.«

»Tu, was du nicht lassen kannst«, sagte er gleichgültig. »Ich persönlich halte Ines für zu intelligent, um auf das Gerede eines eifersüchtigen Teenagers hereinzufallen.«

Angela biß sich auf die Lippen. »Ja, so würdest du's drehen. Ach, wenn ich bloß wüßte, was ich jetzt tun soll! Wenn ich's bloß wüßte.«

»Hör auf meinen Rat, Angela«, sagte er freundlich, »tu gar nichts. Kümmere dich nicht um meine Angelegenheiten, ich lasse dir ja auch eine Menge Freiheiten, nicht wahr? Ich sehe nicht ein, warum wir beide nicht wie bisher miteinander leben können, ohne uns auf die Nerven zu gehen. Jeder respektiert die Interessen des anderen.

Ich gebe zu, ich bin kein Parzival, aber wer ist das schon? Mein alter Freund Arnold Berber jedenfalls bestimmt nicht. Warum soll ich nicht mit allen Mitteln versuchen, ihn zu vernichten? Er würde es auch tun, wenn er es könnte, täusch dich nicht.«

Als Doktor Urban Zöllner nach einer frühmorgendlichen Tennispartie das Gelände des Klubs ›Grün-Weiß Oberkassel‹ verlassen wollte, vertrat ihm eine junge Dame den Weg. Sie war nicht im Tennisdreß, sondern trug ein französisches Kostüm aus mattrosa Material, die braunen Locken waren vom Winde zerzaust.

»Herr Doktor Zöllner?« sagte sie.

Und als der Rechtsanwalt sie überrascht ansah, fügte sie hinzu: »Entschuldigen Sie bitte, daß ich Ihnen hier aufgelauert habe, aber ich muß Sie unbedingt sprechen. Ich bin Angela Hausmann.«

»Ein Rechtsfall?« fragte er.

»Ja. Es handelt sich um einen Fall, den Sie vertreten. Ich habe da eine Aussage zu machen, aber das kann ich nicht hier zwischen Tür und Angel. Es ist alles ziemlich kompliziert.«

»Ich verstehe«, behauptete Doktor Zöllner, der in Wirklichkeit nicht das geringste begriff. »Wäre es dann nicht angebracht, Sie würden mich in meiner Kanzlei aufsuchen?«

»Ja. Natürlich. Wann kann ich kommen?«

Er lächelte über ihren Eifer. »Wenn ich ganz ehrlich sein soll, liebes Fräulein Hausmann«, sagte er, »dann muß ich zugeben, daß ich da überfragt bin. Ich habe meinen Terminkalender nämlich nicht im Kopf. Ich kann Ihnen nur sagen, daß ich die nächsten vier bis fünf Tage ganz gewiß völlig besetzt bin. Am besten rufen Sie mich so bald wie möglich an.«

Sie unterbrach ihn. »Ich kann nicht warten«, sagte sie mit Nachdruck. »Es ist wirklich sehr wichtig.«

»Ja, was machen wir denn da?« sagte er und warf unwillkürlich einen Blick auf seine Armbanduhr. Die Zeit, die er seiner morgendlichen Tennispartie widmen durfte, war knapp bemessen; er wollte sich auf keinen Fall länger aufhalten lassen.

»Vielleicht können Sie mich doch ganz rasch einschieben«, drängte Angela Hausmann. »Der Termin ist mir ganz egal. Ich meine, ich könnte auch abends kommen oder sehr früh morgens.«

Es lag etwas in ihrer Art, etwas Frisches, Sauberes, Junges, sehr Intelligentes, das ihn stark berührte. Er selber hatte plötzlich den Wunsch, sie so bald wie möglich wiederzusehen, lange und ausführlich mit ihr sprechen zu können.

»Ich arbeite nicht gerne nach Feierabend«, sagte er, »es sei denn, es ließe sich das Angenehme mit dem Nützlichen verbinden. Wir könnten zusammen zu Abend essen, wenn es Ihnen recht ist. Bei dieser Gelegenheit könnten Sie mir dann alles erzählen, was Sie auf dem Herzen haben.«

Im Augenblick, da er es aussprach, fürchtete er, einer jungen Dame gegenüber, die er vor fünf Minuten zum erstenmal gesehen hatte, zu weit gegangen zu sein.

Aber Angela Hausmann antwortete ohne jede Befangenheit: »Gern. Wann und wo?«

»Sagen wir . . . acht Uhr? Bei ›Müller und Fest‹?«

»Einverstanden!« Sie reichte ihm ihre schlanke feste Hand. »Ich danke Ihnen!«

So kam es, daß Angela Hausmann und Dr. Zöllner sich noch am selben Abend in dem eleganten Weinlokal gegenüber saßen. Er hatte sich schon in der Frühe einen jener Tische reservieren lassen, von dem aus man einen weiten Ausblick auf die Königsallee hatte, die jetzt im abendlichen Lichterglanz voller Verlockungen schien.

Angela Hausmann warf immer wieder über seine Schultern hinweg einen Blick auf das dunkle und schimmernde Bild der nächtlichen Straße; sie tat es auch deswegen, weil sie sich in seiner Gegenwart in einer ganz ungewohnten Weise befangen fühlte.

Er stellte ein Menü für sie beide zusammen, wählte einen jener Nahe-Weine aus, die er liebte, bot ihr dann, als der Kellner gegangen war, eine Zigarette an.

Sie schüttelte den Kopf. »Nein, danke, ich rauche nicht!« Gleichsam entschuldigend fügte sie hinzu: »Es ist kein Prinzip von mir, sondern ich bin einfach daraufgekommen, daß es mir wirklich nicht schmeckt, und da habe ich es aufgegeben.«

Er steckte sein Päckchen wieder fort.

»Aber nein, so habe ich's nicht gemeint! Sie können ruhig . . .«, sagte sie rasch.

»Nein, nein«, erklärte er, »ich freue mich ja, daß Sie nicht rauchen mögen. Für mich ist es auch entschieden besser, ich mache einmal eine Pause. Es schmeckt mir eigentlich auch nur die Pfeife.«

»Ja?« fragte sie. »Ich habe es schrecklich gerne, wenn Männer Pfeife rauchen!« Sie errötete flüchtig, sagte: »Entschuldigen Sie bitte, ich weiß, es war eine dumme Bemerkung . . . Sie dürfen das nicht . . . nicht wörtlich nehmen!«

Er lachte. »Das wäre aber sehr schade!« sagte er. »Ich hatte mich schon richtig gefreut.«

»Sie sind sehr nett«, sagte sie, »Sie sind wirklich nett. Deshalb habe ich auch den Mut gefunden, Sie anzusprechen.« Sie sah ihn an, und in ihren braunen Augen tanzten goldene Fünkchen. »Ich tue so etwas nämlich gewöhnlich ganz bestimmt nicht!«

»Das hätte ich Ihnen nicht zugetraut, Fräulein Angela.«

»Aber in dem Fall mußte ich es tun. Sehen Sie, wenn ich Sie

gleich in der Kanzlei angerufen hätte, dann hätten Sie mich doch bestimmt vertröstet, nicht wahr? Vielleicht hätte sogar Ihre Sekretärin mich abgewimmelt . . . Das konnte ich nicht riskieren.«
Sie holte tief Atem. »Kennen Sie meinen Vater?«

»Nicht daß ich wüßte.«

»Gott sei Dank!«

»Warum freut Sie das so?«

»Es hätte ja sein können, daß mein Vater Sie Ihrer Klientin empfohlen hätte . . . dann hätten Sie mir ja bestimmt nicht helfen können.« Sie legte ihre Hand auf seinen Arm. »Bitte, ich weiß, das alles kommt Ihnen jetzt sehr konfus vor, aber ich will es Ihnen gerne von Anfang an erzählen.«

»Ich werde Ihnen genauso gern zuhören, liebes Fräulein Angela, aber wird es nicht besser sein, wenn wir erst einmal in aller Ruhe essen?«

»Nein. Bestimmt nicht. Ich muß es gleich loswerden. Ich . . . ich habe überhaupt keinen Appetit, solange ich es nicht gesagt habe.«

Der sehr distinguierte Kellner kam zum Tisch, hielt Dr. Urban Zöllner das Etikett der Weinflasche hin, schenkte ihm einen Schluck ein. Der Rechtsanwalt kostete, nickte, ließ die Gläser füllen.

»Was auch immer Sie zu mir geführt hat, Fräulein Angela«, sagte er und hob sein Glas. »Ich bin sehr froh, daß ich Sie kennenlernen durfte.«

»Und ich bin froh, daß Sie nicht so ein alter, verknöcherter Jurist sind, mit dem man gar nicht richtig sprechen kann.«

Sie tranken beide.

»Es handelt sich um . . .« Angela Hausmann dämpfte bewußt die Stimme. »Frau Ines Berber!« sagte sie fast flüsternd.

»Ach!«

»Sie ist im Begriff, eine große Dummheit zu machen. Sie darf sich nicht scheiden lassen . . . Sie müssen es ihr ausreden!«

»Was Sie da von mir verlangen«, sagte er sehr langsam, »ist zumindest . . . ungewöhnlich, denn sie ist zu mir gekommen, damit ich ihre Scheidung durchführe. Ich habe den Auftrag angenommen. Erwarten Sie etwa von mir, daß ich jetzt mein Mandat niederlege?«

»Natürlich nicht. Ganz im Gegenteil. Sie würde sich dann nur einen anderen Rechtsanwalt suchen.« Angela beugte sich eifrig über den Tisch. »Sie müssen versuchen, Einfluß auf sie zu gewinnen, ihr klarzumachen, daß sie keinen Grund hat, sich scheiden zu lassen!«

»Keinen Grund? Wie kommen Sie darauf?«

»Nun, Sie glauben, daß ihr Mann sie betrogen hat. Vielleicht hat er das sogar getan. Aber das ist doch kein wirklicher Grund, sich scheiden zu lassen. Die beiden haben Kinder, sie waren jahrelang ganz glücklich miteinander verheiratet, da muß es doch über solche ... Mißverständnisse hinweg einen Weg geben. Wenn man sich liebt, muß man sich doch auch verzeihen können, sonst ist es ja nie eine Liebe gewesen.«

»Sie sprechen goldene Worte, Angela«, sagte er und sah sie mit einem warmen Lächeln an. »Ich bin nur gespannt, ob Sie in Ihrer eigenen Ehe so großzügig und verständnisvoll sein werden.«

»Ganz bestimmt!« sagte sie energisch. »Natürlich würde ich furchtbar wütend werden, wenn ich draufkäme, daß mein Mann mich betrügt ... aber das ist ja auch mein gutes Recht. Aber nie, nie würde ich wegen so etwas sagen, daß die ganze Ehe nichts taugt. Sind Sie wirklich sicher, daß im Fall B. keine Versöhnung möglich ist?«

»Liebe Angela, ich habe darüber mit meiner Klientin gesprochen. Sie dürfen nicht glauben, daß ich zu der Art Rechtsanwälte gehöre, die ihre Klienten mit Vergnügen in Prozesse aller Art hineinhetzen. Ich bemühe mich immer, eine friedliche Lösung der Streitfälle zu finden, auch wenn ich dadurch selber sehr viel weniger verdienen würde. Aber gerade im Fall von Frau B. habe ich den unbedingten Eindruck, daß sie fest entschlossen ist und genau weiß, was sie tut.«

»Ja, weil sie aufgehetzt wird.«

»Wovon reden Sie?«

»Ganz ehrlich, Doktor Zöllner ... ich weiß, Sie dürfen mir keine Auskünfte geben ... aber ich bin sicher, Sie können mir nicht widersprechen, wenn ich Ihnen jetzt sage: Der andere Teil will die Scheidung gar nicht. Habe ich recht? Ich bin überzeugt, daß Herr B. sehr gern zu einer Versöhnung bereit wäre. Sie müssen es versuchen, ich flehe Sie an! Sie müssen versuchen, die beiden miteinander zu versöhnen. Es wäre ein schreckliches Unglück, wenn diese Ehe in die Brüche ginge.«

»Na, noch haben wir ja den Sühnetermin. Übermorgen. Ich kann immerhin versuchen, meine Klientin zu überreden, wenigstens hinzugehen, damit hätte B. ja die Möglichkeit, die Sache wieder einzurenken.«

»Ja, bitte tun Sie das! Es ist zum Verzweifeln, wenn ich Ihnen doch erklären könnte . . .« Sie brach ab.

»Versuchen Sie es wenigstens, Angela«, sagte er. »Wir sitzen hier zwar ziemlich privat zusammen, aber ich bin trotzdem Rechtsanwalt. Was Sie mir in meiner Eigenschaft als Rechtsanwalt mitteilen, wird kein Dritter je erfahren, falls Sie es nicht ausdrücklich wünschen.«

»Es handelt sich um meinen Vater«, sagte sie leise. Dann hob sie den Kopf und sah ihn an, aber er merkte, daß sie sich dazu zwingen mußte.

»Ich habe Sie vorhin gefragt, ob Sie meinen Vater kennen. Er ist der Chef der Hausmann-Werke, Krefeld. Vater und B. sind also Konkurrenten. Vater ist sehr . . . ich kann das so schlecht ausdrücken . . . nicht geldgierig, aber er liebt die Macht. Die Werke in Heerdt sind ein Familienunternehmen, aber mein Vater hat seine Firma wirklich aus dem Boden gestampft. Sein Lebensziel besteht darin, die Produktionskraft des Werkes zu stärken und die Verkaufszahlen immer weiter zu erhöhen, und um das zu erreichen . . . ja, ich meine es genau, wie ich es sage . . . ist ihm jedes Mittel recht.

Die Werke in Heerdt waren ihm schon lange ein Dorn im Auge. Ich weiß das, denn er hat sogar mit mir darüber geredet. Er hat es darauf abgesehen, B. zu vernichten, und deshalb . . . ich weiß, das klingt alles sehr unwahrscheinlich, und ich kann es Ihnen gar nicht genau erklären, aber ich bin sicher, daß er die treibende Kraft in diesem Ehescheidungsprozeß ist. Ich weiß jedenfalls, daß er sich verschiedentlich mit Frau B. getroffen hat . . . bestimmt hat er sie stark beeinflußt. Mein Vater kann das. Er ist Meister darin.«

»Liebe Angela«, sagte Dr. Zöllner nachdenklich, »ich verstehe, was Sie mir sagen wollen. Wenn ich Sie für eine hysterische alte Jungfrau hielt, würde ich überzeugt sein, daß Sie sich diese ganze Geschichte nur zusammengesponnen haben. Aber Ihnen traue ich das ehrlich gestanden nicht zu. Ich glaube Ihnen. Aber damit allein können wir sehr wenig anfangen.«

»Ich weiß ja, daß das alles keine Beweise sind. Aber wenn ich Ihnen jetzt sage . . . gestern abend hat mir mein Vater erklärt, daß er Frau B. heiraten will . . . sobald sie geschieden ist.«

»Vielleicht liebt er sie. Sie ist eine sehr schöne und ganz besonders liebenswerte Frau. Eine wirkliche Dame.«

»Ja, ja, ich weiß. Ach, wenn Sie meinen Vater kennen würden, dann könnten Sie mich leichter verstehen. Ich liebe ihn, ich liebe ihn wirklich, aber ich weiß, wie er ist. Er würde sich niemals von Gefühlen leiten lassen. Ob sie schön ist oder nicht, das spielt für ihn gar keine Rolle, ihm liegt nur daran, B. zu ruinieren. Natürlich weiß ich nicht, wie das vor sich gehen soll ... aber ich bin ganz sicher, daß mein Vater so etwas im Schilde führt.«

»Warum gehen Sie nicht selber zu Frau B. und sprechen mit ihr?«

»Wenn das einen Sinn hätte! Sie wird ja doch nur glauben, daß ich eifersüchtig bin ... und wenn sie es von sich aus nicht glaubt, wird es Vater doch sehr leicht sein, ihr das einzureden. Die große Tochter, die sich nicht von einer neuen Frau beiseite schieben lassen will! Sie werden zugeben, daß das eine sehr einleuchtende und sehr naheliegende Erklärung ist.«

»Sie haben recht. Es ist sehr schwer, einen Menschen, der im Begriff steht, in sein Unglück zu rennen, vom Abgrund zurückzureißen. Leider treffen wir die wichtigsten Entscheidungen unseres Lebens selten mit klarem Verstand, wir heiraten in einem Zustand von Verblendung, und wir lassen uns in einem ganz ähnlichen Zustand, wenn auch meist mit negativen Vorzeichen, wieder scheiden. Jedenfalls ist es gut, daß Sie mir alles erzählt haben, Angela. Jetzt sehe ich den Fall endlich so, wie er ist. Ich kann Ihnen nichts versprechen ... leider nicht, aber ich werde tun, was in meinen Kräften steht, um das Schlimmste zu verhüten. Ich fürchte allerdings, es ist schon zu spät.«

13

Der Sühnetermin fand unter Vorsitz von Richter Ebinger statt, einem hageren, alten Herrn, der in Juristenkreisen als ausgesprochener Gegner der üblichen Scheidungsmanöver bekannt war.

Er war angenehm berührt, daß die Klägerin und der Beklagte sich nicht darauf beschränkt hatten, ihre Rechtsanwälte zu schikken, sondern daß beide persönlich erschienen waren.

Nachdem die Formalitäten erledigt waren, meldete sich

Rechtsanwalt Dr. Heinrich zu Wort. »Ich möchte eine kurze Erklärung abgeben«, sagte er, »zu der mich mein Klient ermächtigt hat. Der Beklagte bedauert es außerordentlich, den Tatbestand der Untreue verschuldet zu haben. Er versteht heute selber nicht mehr, wie das geschehen konnte. Er gibt als Entschuldigungsgründe zu bedenken, daß er gerade eine schwere Operation hinter sich hatte, außerdem sehr weit von seiner Familie entfernt war. Er bereut seine Handlungsweise zutiefst.«

»Na, warum sagt er's denn nicht selber?« fragte Richter Ebinger. »Ich könnte mir denken, Herr Berber, daß Ihre Gattin darauf wartet, daß Sie sie wirklich und aufrichtig um Verzeihung bitten.«

Frau Ines gab Dr. Zöllner einen Wink, und der Rechtsanwalt sagte widerwillig: »Die Klägerin ist zur Scheidung fest entschlossen.«

»Auch wenn mein Klient bereit ist, jede Genugtuung zu leisten?« fragte Dr. Heinrich.

Dr. Zöllner sah Frau Ines fragend an, sagte: »Auch dann.«

»Frau Berber!« Richter Ebinger hob die Stimme. »Sie sind doch eine Mutter . . . Sie haben . . . na, wieviel Kinder haben Sie?«

»Zwei«, sagte Frau Ines leise.

»Sie wissen, daß Ihre Kinder unter der Scheidung leiden werden. Ihr Mann leidet auch, Sie sehen es ihm doch an. Ihre Ehe ist in eine Krise geraten, so was kommt in jeder Familie vor . . . in fast jeder ganz bestimmt. Sie müssen versuchen, mit dieser Krise fertig zu werden. Ich kann mir nicht denken, daß eine Frau wie Sie so unversöhnlich sein sollte.«

Frau Ines schwieg mit niedergeschlagenen Augen.

»Na, geben Sie Ihrem Herzen einen Ruck!« sagte Richter Ebinger. »Reichen Sie Ihrem Gatten die Hand! Er weiß ja, was er angerichtet hat. Ich bin sicher, daß er so etwas nie wieder tun wird.«

»Nein. Ich will nicht!« Die Stimme von Frau Ines klang leise, aber sehr bestimmt.

»Versuchen Sie es selber«, sagte Richter Ebinger zu Arnold Berber. »Na, los! Es geht schließlich um Ihre Ehe!«

Arnold Berber trat vor, sagte unsicher: »Ines, du weißt, wie leid es mir tut. Du mußt mir glauben, es hat sich einfach alles so ergeben. Wenn du mich damals nach Amerika begleitet hättest, ich schwöre dir . . .«

Sie unterbrach ihn, sagte kalt: »Darum handelt es sich ja gar nicht. Den Ehebruch hätte ich dir verziehen. Aber du hast mich belogen.«

»Was sollte ich denn anderes tun?! Bitte, Ines! Ich wußte doch, wie sehr es dich treffen würde. Ich habe doch nur gelogen, um dich nicht zu verlieren!«

»Dann hast du es eben falsch gemacht!«

»Ines, bitte! Du brauchst nur ein Wort zu sagen, und ich werde Stefanie Sintrop sofort entlassen.«

»Sie ist also immer noch bei dir?«

»Ja, natürlich. Ich kann sie doch nicht einfach rauswerfen, nur weil du . . . ich meine, weil ich . . . es war nicht ihre Schuld.«

»Davon bist du also noch immer überzeugt?«

»Was willst du eigentlich jetzt hören? Erwartest du von mir im Ernst, daß ich alle Schuld auf Stefanie Sintrop abschiebe, nur um mich reinzuwaschen?«

»Ich verlange nichts anderes, als daß du der Scheidung keinen Widerstand entgegensetzt.«

»Ines«, sagte er, »Stefanie Sintrop arbeitet zwar noch bei mir im Werk, aber ich schwöre dir, daß ich, seit wir aus Amerika zurück sind, nicht ein einziges Mal privat mit ihr . . .«

Sie unterbrach ihn. »Wenn du ahntest, wie wenig mich das alles interessiert!«

»So sollten Sie aber nicht reden, gnädige Frau«, mischte Richter Ebinger sich ein. »Sie stehen im Begriff, einen sehr, sehr entscheidenden Schritt zu tun, und Sie haben allen Grund, Ihren Gatten wenigstens noch einmal anzuhören und sich seine Argumente sehr genau zu überlegen.«

»Ich habe mir alles gründlich überlegt, bevor ich die Scheidungsklage einreiche«, sagte Frau Ines ruhig. »Ich weiß sehr gut, was ich tue.«

»Nein! Eben das weißt du nicht!« sagte Arnold Berber. »Ich verstehe dich gar nicht mehr! Wieso bist du so auf eine Scheidung aus? Was versprichst du dir davon? Ausgerechnet du, die du niemals nur imstande warst, die einfachsten Entscheidungen allein zu treffen, irgend etwas selbständig zu organisieren. Du kannst dir nicht vorstellen, wie das ist, wenn man als Frau ganz auf sich allein gestellt leben muß.«

»Dazu wird es nie kommen.« Aus ihrer Stimme klang es fast wie ein unterdrückter Triumph.

»Wie meinst du das? Bildest du dir etwa ein, daß du an den Kindern eine Stütze haben wirst? Die kommen ja jetzt erst in das schlimmste Alter ... in die Jahre, wo sie dringend einen Vater brauchen würden.«

»Ich habe nicht an Jochen und Susanne gedacht!« sagte Frau Ines.

»An wen denn? Sprich gefälligst nicht in Rätseln!« Auf ein mahnendes Klopfen des Richters hin mäßigte Arnold Berber seinen Ton. »Wer wird sich um dich kümmern? Bitte sag es mir, Ines! Wer?!«

»Wilhelm Hausmann«, sagte sie ruhig, und erst als sie sah, wie er blaß wurde, fügte sie hinzu: »Ich liebe ihn nicht, wenn du jetzt das noch fragen willst. Aber du glaubst nicht, wie gut es mir getan hat, nach all den Jahren mit dir, in denen ich mich fort und fort habe belügen lassen müssen, einen aufrichtigen Menschen zu finden, einen guten, zuverlässigen Freund.«

Stefanie Sintrop wagte es nicht, ihren Chef zu fragen, wie der Sühnetermin ausgefallen war; sie hatte auch nicht einmal das Bedürfnis danach. Ein Blick auf sein erschöpftes, zerquältes Gesicht sagte ihr alles. Es war ihr schmerzlich, ihn leiden zu sehen, aber dennoch war sie fest überzeugt, daß es zu seinem Guten war.

»Ich fahre noch heute abend nach Augsburg«, sagte er, als sie das Zimmer verlassen wollte. »Sehen Sie also zu, daß Sie alles so rasch wie möglich fertig haben. Und dann stellen Sie mir bitte die Unterlagen betreffs der Firma Pichlmeyer zusammen.«

»Aber ...«, begann Stefanie Sintrop, unterbrach sich aber sofort.

»Was wollten Sie sagen?«

»Ach nur ... ich dachte ... haben Sie nicht gesagt, daß die Forderungen der Witwe Pichlmeyer nicht akzeptabel wären?«

»Stimmt. Aber inzwischen hat sich meine Situation geändert.«

Sie hätte gern etwas gefragt, zögerte, das Zimmer zu verlassen. »Sie müssen sich darauf gefaßt machen, bald einen anderen Chef zu bekommen, Stefanie«, sagte er bitter, »aber Sie brauchen sich deshalb um Ihre Existenz keine Sorgen zu machen. Ich bin sicher, daß gerade ein neuer Mann auf Ihre Kenntnisse sehr viel Wert legen wird.«

Ohne daß sie wirklich begriff, was er sagte, fuhr ihr ein eisiger Schreck ans Herz.

»Nein!« sagte sie tonlos.

»Ich bin ruiniert, Stefanie. Das hätten Sie nicht gedacht, wie?«

»Ist es meine Schuld?« fragte sie tief erschrocken. »Ist es deswegen, weil ich . . . weil wir . . .«

»Nein. Damit haben wir meinem guten alten Freund Wilhelm Hausmann nur einen prächtigen Anlaß gegeben. Das ist alles. Aber wer weiß . . . ich bilde mir nicht ein, mich in den Frauen auszukennen . . . ob Ines nicht selber geradezu darauf gewartet hat.«

»Ich verstehe nicht . . .« Stefanie Sintrop trat näher zum Schreibtisch.

»Sehr einfach. Sie wissen ja, daß meine Frau nach der Scheidung einen großen Anteil an der Firma erhalten wird, wahrscheinlich über fünfzig Prozent. Diesen Anteil wird sie meinem Konkurrenten Hausmann in Verwaltung geben . . . wenn sie ihn nicht sogar heiratet . . . und damit bin ich erledigt.«

»Mein Gott!« sagte Stefanie leise. »Mein Gott!«

»Ich gebe dir keine Schuld, Stefanie«, sagte er, und seine Stimme klang zum erstenmal seit Wochen nicht mehr kalt und feindlich. »Du wirst es niemals über dich bringen, mich zu ruinieren, nicht wahr?«

»Nein«, sagte Stefanie. »Nein. Aber was sollen wir jetzt tun?«

»Ich muß versuchen, mich mit der Witwe Pichlmeyer zu einigen. Wenn ich meinen Anteil in den Berber-Werken aufgebe, kann ich vielleicht ganz groß einsteigen.«

»Die Berber-Werke . . . Sie wollen sie einfach Wilhelm Hausmann überlassen?«

»Was bleibt mir denn anderes übrig? Ich muß ja noch froh sein, daß Hausmann meinen Anteil zu einem guten Kurs abnimmt. Wir sind ja keine Aktiengesellschaft, sondern ein Familienunternehmen.«

»Und es gibt keine andere Möglichkeit?«

»Keine.«

»Wenn du willst, werde ich mit nach Augsburg gehen«, sagte sie leise. »Ich meine . . . wenn hier alles vorbei ist.«

»Das weiß ich. Du würdest mich nie im Stich lassen, Stefanie . . . du nicht!«

Stefanie Sintrop pflegte, seit sie ihre Verlobung mit Dr. Urban Zöllner gelöst hatte, ihre kurzen Abende fast immer allein zu verbringen.

Oft kam sie erst um acht Uhr nach Hause, brachte gerade noch die Kraft auf, sich in der Küche ein kleines Abendbrot zu richten. Sie war froh, wenn sie, die Füße hochgelegt, sich auf der Couch ausstrecken und in einer Zeitschrift blättern konnte. Sie hatte in dieser Zeit nicht einmal mehr Lust, sich in einen Roman zu vertiefen. Alles, was nicht ihr eigenes oder das Schicksal des Mannes betraf, den sie liebte, blieb für sie ohne wirkliches Interesse.

An dem Tag, an dem Arnold Berber von Augsburg zurückgekehrt war, klingelte es abends gegen neun Uhr an der Haustür.

Stefanie Sintrop hob den Kopf, lauschte überrascht. Sie glaubte nichts anderes, als daß ein Besucher in der Dunkelheit versehentlich auf den falschen Klingelknopf gedrückt hätte. Aber da schellte es wieder, kräftig und fordernd, dreimal kurz hintereinander.

Sie sprang auf. Das war das Zeichen, mit dem Dr. Urban Zöllner sich anzumelden pflegte, damals, in der Zeit ihrer ersten Verliebtheit, als er noch keinen Schlüssel besessen hatte.

Sie lief in die kleine Diele, drückte auf den Haustüröffner, dann trat sie vor den Garderobenspiegel, prüfte ihre Erscheinung. Sie war schlank, fast mager geworden in den letzten Wochen der seelischen Anspannung, die Haut straffte sich über ihren breiten Backenknochen, die Augen brannten dunkel. Rasch zog sie sich die Lippen ihres schön geschwungenen Mundes noch einmal nach, bürstete sich über das dunkelglänzende Haar, rieb sich die Wangen, um eine Frische vorzutäuschen, die sie innerlich nicht empfand.

Als sie die Wohnungstür aufriß, erstarb ihr das Begrüßungslächeln auf den Lippen.

Der Mann, der den Lift verließ, war nicht Dr. Urban Zöllner. Es war ein Fremder; sie hatte ihn nie gesehen.

Er kam auf sie zu, ein schwerer, breitschultriger Herr mit einem mächtigen Schädel, grüßte mit irritierender Vertrautheit: »Hallo, Fräulein Sintrop!«

Er streckte ihr seine breite, kräftige Hand entgegen, aber sie schlug nicht ein.

»Was wünschen Sie?« fragte sie und wich unwillkürlich einen Schritt zurück.

»Eine ganze Menge! Sie werden doch nicht erwarten, daß ich Ihnen das hier im Hausflur erkläre, wie?« Mit größter Selbstverständlichkeit betrat er ihre kleine Wohnung, zog sich den leichten Mantel aus, noch bevor Stefanie Sintrop etwas zu sagen wußte.

Er sah sie an, und seine Freundlichkeit wirkte bedrohlich. »Na, worauf warten Sie noch? Machen Sie die Tür zu und kommen Sie herein!« Er war mit wenigen Schritten in Stefanie Sintrops Wohnzimmer, warf sich in einen ihrer kleinen Sessel, streckte die Beine von sich. »Gemütlich haben Sie's hier!« sagte er anerkennend und sah sich um.

»Möchten Sie mir jetzt einmal sagen, wer Sie überhaupt sind?« fragte sie scharf.

»Habe ich das vergessen?« Er sah sie aus seinen kalten, klugen Augen durchdringend an. »Wilhelm Hausmann!« stellte er sich vor, ohne sich aus seinem Sessel zu rühren. »Hausmann-Werke, Krefeld. Ich nehme an, daß Ihnen das ein Begriff ist.«

Stefanie Sintrop atmete tief durch. Jetzt, da sie wußte, mit wem sie es zu tun hatte, schien die Gefahr schon fast gebannt. »Was wollen Sie von mir?«

»Mit Ihnen plaudern. Scheint Ihnen das so ungewöhnlich?«

»Allerdings. Ich bin es durchaus nicht gewohnt, am späten Abend von wildfremden Menschen überfallen zu werden.«

»Nun, ich werde Ihnen ja bald nicht mehr wildfremd sein. Nehmen Sie diesen kleinen Überfall als Antrittsbesuch.«

»Aber ...«

Er unterbrach sie. »Ich werde Ihnen alles erklären! Setzen Sie sich endlich!«

Sie tat, was er sagte, zündete sich eine Zigarette an; mit Genugtuung stellte sie fest, daß ihre Hände ganz ruhig waren.

»Sie wissen, daß Ihr Chef in Kürze aus den Berber-Werken ausscheiden wird?« fragte Wilhelm Hausmann.

»Nein. Ich weiß es nicht, und ich bin auch nicht bereit, es zu glauben.«

»Es hat keinen Sinn, den Kopf in den Sand zu stecken, mein liebes Fräulein Sintrop. Die Berber-Werke gehören zu mehr als der Hälfte Arnold Berbers Gattin, deren Interessen ich vertreten darf. Sie begreifen also ...«

»Nein«, sagte sie ruhig. »Der Anteil meines Chefs wird immer groß genug bleiben, daß seine Anwesenheit in der Firma durchaus berechtigt ist.«

»Wollen Sie mir wirklich zumuten, einen Konkurrenten und Gegenspieler auf einem Posten in der Firma zu lassen, die zum größten Teil mir gehört?«

»Sie wollten wohl sagen . . . Frau Berber.«

»Deren Interessen ich vertrete.«

»Sie haben keine Mittel, Arnold Berber zum Ausscheiden zu bewegen.«

»Ich kann ihn kaltstellen. Wie lange, glauben Sie, würde er es durchhalten, ohne die Nerven zu verlieren?«

Stefanie Sintrop beugte sich vor. »Sind Sie zu mir gekommen, um das zu erfahren?«

»Aber nein. Natürlich nicht. Alles, was ich Ihnen jetzt gesagt habe, dient nur zu Ihrer Information. Sie sollten mir dankbar sein, Fräulein Sintrop. Es ist immer gut, beizeiten zu erfahren, wohin der Wind sich drehen wird.«

»Ich bin Ihnen wirklich aufrichtig verbunden!«

Er überhörte ihren Spott. »Ich gehe sogar noch weiter«, sagte er, »ich erkläre Ihnen bindend, daß ich bereit bin, Sie nach Ausscheiden Arnold Berbers zu übernehmen. Was verdienen Sie jetzt? Sie brauchen es mir gar nicht zu sagen, ich lege Ihnen dreihundert monatlich dazu. Ist das ein Wort?«

»Was habe ich für eine Garantie, daß Sie Ihr Versprechen halten werden?«

»Sehr intelligent«, lobte Wilhelm Hausmann, »sehr gescheit! Sie haben ganz recht, seien Sie nur vorsichtig!« Er griff in die Tasche seines dunkelgrauen Jacketts, zog ein Scheckbuch heraus. »Damit Sie wissen, daß ich es ernst meine, werde ich Ihnen Ihr Gehalt für ein ganzes Jahr im voraus jetzt hier auf den Tisch des Hauses legen.«

»Das, lieber Herr Hausmann«, sagte Stefanie Sintrop, »ist nun wieder sehr leichtsinnig von Ihnen. Wer sagt Ihnen, daß ich für dieses Geld dann auch wirklich ein ganzes Jahr bei Ihnen arbeiten werde? Oder kommt es Ihnen vielleicht gar nicht darauf an? Wollen Sie mich für etwas ganz anderes bezahlen?«

Er unterschrieb den Scheck, riß ihn ab, fächelte ihn in der Luft trocken. »Ich hoffe, daß Sie in mir das sehen, was ich wirklich bin . . . Ihr zukünftiger Chef. Je schneller Sie sich darauf umstellen, um so besser wird es für Sie sein.«

»Aber wenn ich gar keinen Wert darauf lege?«

»Ich weiß, daß Sie in Arnold Berber verknallt sind«, sagte er brutal, »aber das nutzt Ihnen nichts mehr. Die Wahl, die Ihnen jetzt noch bleibt, ist sehr einfach. Sie arbeiten von nun an für mich, oder Sie müssen aus der Firma ausscheiden.«

Sie schwieg, sah dem Rauch ihrer Zigarette nach.

»Treue, mein liebes Fräulein Sintrop«, erklärte Wilhelm Hausmann, »ist etwas sehr Schönes, solange sie einen Sinn hat. Sie sind eine intelligente Frau, das weiß ich, deshalb kann ich auch so offen mit Ihnen sprechen. Arnold Berber ist erledigt. Sie können ihm nicht helfen noch irgend jemand anderer. Sie können nur noch eines tun, versuchen, Ihre eigene Haut zu retten. Ich gebe Ihnen die Chance dazu.«

Stefanie Sintrop drückte ihre Zigarette aus, sah Wilhelm Hausmann gerade in die Augen. »Was wollen Sie von mir?«

»Hier, nehmen Sie erst mal den Scheck!« sagte er und reichte ihr das kleine Blatt über den Tisch hinüber.

»Nicht bevor ich weiß, was Sie von mir verlangen!«

»Ein paar kleine Auskünfte, mit denen Sie ganz bestimmt niemandem schaden!«

»Aber die Ihnen nutzen, nicht wahr?«

»Nicht so sehr, wie Sie sich jetzt vielleicht einbilden. Es gibt für mich auch andere Wege, das zu erfahren, was ich wissen will. Ich habe mich an Sie gewandt, um Ihnen eine Chance zu geben.«

»Das ist wirklich sehr, sehr reizend von Ihnen.«

Wilhelm Hausmann machte eine kleine Pause, dann fragte er geradeheraus: »Wie stehen Arnold Berbers Verhandlungen mit der Firma Pichlmeyer?«

»Ich habe keine Ahnung!«

»Fräulein Sintrop, ich hoffe doch sehr, Sie erlauben sich keine Scherze mit mir!«

»Ich kann mir nicht vorstellen, daß Sie Sinn für Humor besitzen.«

»Sehr richtig. Ich verlange auf eine ernsthafte Frage eine ernsthafte Antwort!«

Sie erhob sich.

»Ich habe entschieden den Eindruck, daß Sie sich in der Adresse geirrt haben.«

»Setzen Sie sich, Fräulein Sintrop«, donnerte er. »Ich rate es Ihnen im guten!«

»Sie haben mir nicht zu befehlen, Herr Hausmann«, erklärte sie kalt. »Bitte gehen Sie jetzt!«

Er erhob sich, trat dicht auf sie zu. »Ganz wie Sie wünschen, Fräulein Sintrop. Ich habe Ihnen den Weg ins Zuchthaus ersparen wollen . . . aber ganz wie Sie wünschen!« Er wandte sich ab, ging zur Tür.

Sie lief ihm nach, packte ihn beim Arm. »Zuchthaus?!« sagte sie. »Wovon reden Sie denn?«

»Ich bin überzeugt, Sie haben mich sehr genau verstanden.«

»Nein, ich weiß wirklich nicht . . .«

Er drehte sich zu ihr um, sah sie durchdringend an. »Dann denken Sie einmal ganz ruhig nach. Oder sollten Sie den Meineid, den Sie geschworen haben, schon vergessen haben? Es gibt andere, die sich noch sehr gut daran erinnern.«

»Ich habe niemals einen Meineid . . . ich weiß wirklich nicht, wovon Sie reden!« sagte sie schwach.

»Hören Sie doch auf damit! Eine Frau wie Sie! Sie haben es doch gar nicht nötig, so ein Theater zu machen. Das ist Ihrer wirklich nicht würdig. Ich fand das großartig von Ihnen, wie Sie sich vor Ihren Chef gestellt haben, den Ruf Ihrer Firma schützen wollten! Wirklich großartig! Das macht Ihnen so leicht keiner nach! Also hören Sie jetzt auf damit, die Unschuld vom Lande zu spielen. Das nimmt Ihnen doch keiner ab.«

Sie überlegte, nahm, um Zeit zu gewinnen, eine neue Zigarette, fragte dann: »Was soll ich tun?«

»Na also. So ist's schon viel besser. Glauben Sie mir, liebes Fräulein Sintrop, ich habe wirklich kein Interesse daran, Sie zu ruinieren. Warum sollte ich denn? Sie haben mir doch nichts getan. Ganz im Gegenteil, ich bin überzeugt, Sie sind eine tüchtige Arbeitskraft, die ich sehr gut gebrauchen könnte. Sagen Sie mir einfach, wie weit die Verhandlungen zwischen Arnold Berber und dieser Frau Pichlmeyer gediehen sind. Ich wäre Ihnen sehr dankbar, wenn Sie mir da ein paar Zahlen angeben könnten . . . und die Sache ist erledigt. Ich werde Sie nicht anzeigen, und den Scheck gebe ich Ihnen noch obendrauf. Ist das ein Angebot?!«

»Aber ich kann Ihnen gar nichts darüber sagen! Herr Berber hält diese Dinge streng geheim. Er hat bisher keinen einzigen Brief darüber diktiert.«

»Nun machen Sie aber keinen Wind! Irgendwelche Unterlagen muß es doch geben.«

»Ja, natürlich. Er hat die Akte in seinem Schreibtisch eingeschlossen.«

»Na also. Da holen Sie sie eben raus.«

»Ich könnte das schon«, sagte sie zögernd, »ich habe sogar die Schlüssel . . . aber es ist und bleibt doch ein Vertrauensbruch.«

»Na, wennschon. Hat er denn etwa Ihr Vertrauen verdient? Ich bin sicher, er hat Ihnen bis heute noch nicht versprochen, Sie wenigstens zu heiraten . . . und das wäre nach meiner Meinung das mindeste nach alldem, was Sie für ihn ausgestanden haben!«

»Ich werde es versuchen«, sagte sie zögernd.

»Mit versuchen ist ja gar nichts getan. Ich brauche die Angaben. Es ist nicht nötig, daß Sie die Unterlagen fotokopieren oder so etwas. Lesen Sie sie nur selber durch, merken Sie sich die wichtigsten Punkte und schreiben Sie sie mir auf. Ich weiß, daß Sie ein gutes Gedächtnis haben, sonst wären Sie Ihren Aufgaben ja gar nicht gewachsen.«

Er nahm sich seinen Mantel vom Haken. »Aber ich warne Sie, kommen Sie mir nicht auf den Gedanken, mich zu betrügen. Dann würde ich nämlich keine Rücksicht mehr kennen, und auch Ihr guter Arnold könnte Sie nicht mehr schützen! Haben Sie mich verstanden?«

»Ja.«

»Fein. Dann machen Sie auch bitte nicht so ein Gesicht. Sie haben gar keinen Grund zu jammern. Es ist alles in Ordnung. Außerdem . . . der gute Arnold wird ja gar nicht merken, daß Sie ein bißchen Werkspionage treiben. Woher sollte er denn? Ich verspreche Ihnen, daß ich meine Quelle niemandem verraten werde.«

Als Wilhelm Hausmann gegangen war, stürzte Stefanie Sintrop zum Telefon. Sie nahm den Hörer ab, wählte Dr. Urban Zöllners Privatnummer, sagte atemlos, als er sich gemeldet hatte: »Urban . . . hier ist Stefanie. Es ist etwas Schreckliches geschehen! Du mußt mir helfen. Bitte sag jetzt nichts . . . ich werde dir alles erklären. In fünf Minuten bin ich bei dir.«

»Aber Stefanie, nun hör mal . . .«, sagte er.

Sie hängte ein, noch bevor er seinen Satz zu Ende sprechen konnte. Sie rief die Taxizentrale an, bestellte sich ein Auto. Dann begann sie sich in fliegender Eile anzuziehen. Das Telefon läutete. Es zuckte ihr in den Händen, den Hörer abzunehmen, aber sie tat es nicht.

Noch als sie die Wohnungstür abgeschlossen hatte und den Lift nach oben kommen ließ, gellte ihr die Klingel des Telefons in den Ohren.

»Es meldet sich niemand«, sagte Dr. Urban Zöllner. Er stand bei seinem Schreibtisch, den Telefonhörer in der Hand. »Was mache ich jetzt?«

»Eh du dich nicht aufraffst, mir zu erzählen, was eigentlich los ist, kann ich dir keinen Rat geben.« Angela Hausmann saß, die schlanken Beine übereinandergeschlagen, in seinem bequemen Sessel und schaute ihn, ein Lächeln auf den Lippen, an. Sie trug einen gerade geschnittenen hellbeigen Rock und einen grünen Seidenpullover, der sich glatt um ihren festen, jungen Körper schmiegte. Aus dem runden Ausschnitt stieg ihr Hals wie eine schlanke, bräunliche Säule. Sie war ihm noch nie so schön erschienen.

»Sehr unangenehm«, sagte er, »sie kommt hierher.« Er nahm seine Pfeife aus dem Aschenbecher, tat einen Zug.

»Stefanie?!«

»Woher weißt du?«

Sie lachte. »Das hast du doch eben gesagt. Hast du's schon vergessen?«

»Du hast recht. Ich bin ein bißchen durcheinander, aber ich habe auch allen Grund dazu.«

»Ist diese Stefanie ein solches Ungeheuer?«

»Sie ist Arnold Berbers Sekretärin.«

»Ist das die, mit der er seine Frau betrogen hat?«

»Ja.«

»Und was will die von dir? Bitte laß dir doch nicht jedes Wort aus der Nase ziehen! Du solltest doch langsam wissen, daß ich entsetzlich neugierig bin!«

»Angela«, sagte er mühsam, »vielleicht hätte ich es dir längst erzählen sollen, aber . . .«

Sie fiel ihm ins Wort. ». . . so lange kennen wir uns ja auch gar nicht!«

»Ich habe Stefanie Sintrop geliebt . . . oder jedenfalls habe ich geglaubt, sie zu lieben. Ich war sogar mit ihr verlobt, genauer gesagt, wir wollten heiraten.«

»Und dann hast du sie sitzengelassen? Und vor Verzweiflung hat sie sich Arnold Berber an den Hals geworfen?«

Er lachte. »Nein, es war ganz anders, Angela. Sie hat sich in Arnold Berber verliebt ... wahrscheinlich liebte sie ihn schon seit Jahren, und ich war nur so eine Art ... Notnagel für sie.«

»So was gibt es doch gar nicht!«

»Was klingt dir daran so unglaubhaft?«

»Daß eine Frau, um die du dich bemühst, noch Augen für einen anderen haben könnte!« Sie streckte ihm die Hand hin, zog ihn zu sich. »Hast du sehr gelitten?«

Er grinste. »Na, es geht. Angenehm war's nicht gerade. Bis ich dahinterkam, daß ich mich in die ganze Geschichte nur verrannt hatte ... ich weiß nicht, ob du das begreifst, du bist ja noch ziemlich jung ...«

»Danke für die Blumen!«

»... wahrscheinlich reizte es mich gerade an Stefanie Sintrop, daß sie niemals wirklich ganz für mich da war, verstehst du? Mit ihrem Herzen war sie eben doch immer bei dem anderen.« Er setzte sich zu ihr auf den Sesselrand.

»Es ist sehr gut, daß ich das weiß«, sagte Angela ernsthaft, »dann muß ich mir wohl auch eine heimliche Liebe suchen ... oder mir doch jedenfalls eine gewisse Zurückhaltung auferlegen!« Sie lachte herzlich.

»Ich weiß, was du jetzt von mir hören willst«, sagte er, »aber mir steht im Augenblick nicht der Sinn nach Liebeserklärungen. Ich überlege hin und her, wie ich Stefanie abwimmeln kann.«

»Aber wieso denn? Wenn sie Hilfe braucht ... überhaupt, vielleicht bringt uns das in der Sache Berber weiter!«

»Möglich«, sagte er nachdenklich.

»Mehr als möglich!« Sie sprang auf, trug rasch ihr leeres Glas in die Kochnische. »Damit sie sich nicht ärgern muß ...«, erklärte sie. »Ich fürchte, es ist immer bitter, seiner Nachfolgerin zu begegnen, weißt du! In zwei Minuten bin ich fort von hier!«

»Aber warum denn?! Angela! Was fällt dir denn ein? Du kannst doch ruhig bleiben! Ich möchte wirklich, daß du mit anhörst, was sie zu sagen hat!«

»Aber sie möchte das ganz bestimmt nicht, mein Lieber!« Sie gab ihm einen leichten Kuß auf die Nase. »In mancher Beziehung bist du ganz fabelhaft, Urban, und ich liebe dich sehr ... aber von der Psychologie der Frau hast du nicht die geringste Ahnung. Bitte widersprich mir jetzt nicht. Ich weiß, was ich weiß. Sonst wäre dir diese Geschichte mit Stefanie nie passiert!«

Er nahm sie in seine Arme. »Sag doch so etwas nicht, sonst muß ich Angst haben, dich auch zu verlieren. Aus Mangel an psychologischen Kenntnissen!«

Sie schmiegte sich an ihn.

»Mich brauchst du nicht zu verstehen«, sagte sie, »wenn du mich nur liebst!«

»Bitte halten Sie!« sagte Stefanie Sintrop zu dem Taxichauffeur, der langsam die Pempelforter Straße entlanggefahren war. »Dort drüben ist es!«

Durch das buntverglaste Fenster des Treppenaufganges fiel Licht auf die Straße. Während Stefanie zahlte, sah sie, daß die Haustür von innen geöffnet wurde. Ein junges Mädchen trat hinaus, sehr schlank und grazil, in einem hellbeigen Kostüm; ihr Gesicht konnte Stefanie Sintrop in dem ungewissen Licht nicht erkennen. Der Mann, der ihr folgte, war Urban Zöllner.

Stefanie Sintrop versetzte es einen Schlag aufs Herz.

Das junge Mädchen wandte sich zu ihrem Begleiter, legte ihm mit einer flüchtigen und doch unendlich vertrauten Geste die Hände auf die Schultern, bot ihm ihren Mund. Dann lief sie rasch zu einem kleinen Sportkabriolett, schloß auf, drehte sich noch einmal um und winkte zurück. Sie setzte sich ans Steuer, schaltete den Motor ein, gab Gas.

Urban Zöllner war ihr unwillkürlich ein paar Schritte nachgelaufen. Jetzt blieb er stehen, winkte ihr nach. Sie hob, schon im Fahren, die linke Hand, seinen Abschiedsgruß erwidernd.

Der Taxichauffeur hatte sich eine Zigarette angezündet.

Urban Zöllner blickte sich wie suchend um, schien jetzt erst das Taxi zu bemerken, trat auf die Fahrbahn.

»Stefanie!«

In diesem Augenblick löste sich ihre Erstarrung; sie reagierte blitzschnell.

»Fahren Sie mich zurück!« befahl sie. »Rasch!« Sie riß den hinteren Wagenschlag auf, setzte sich hinein.

Der Fahrer warf seine Zigarette durch das herabgekurbelte Fenster, fuhr an.

Als sie zum Rückfenster hinaussah, hatte Urban Zöllner den Bürgersteig gegenüber seines Hauses erreicht. Er stand ganz still, ohne sich zu regen, und blickte ihr nach.

Stefanie Sintrop schluchzte trocken auf.

»Regen Sie sich nicht auf, Fräulein«, sagte der Fahrer gemütlich, »dat war jewiß seine Schwester!«

Stefanie Sintrop atmete tief durch. »Ach so, Sie denken, daß ich deshalb zurückfahre?« fragte sie mit zitternder Stimme. »Nein, Sie irren sich! Mir ist nur plötzlich eingefallen ... ich habe etwas vergessen!« Gleichzeitig wurde ihr bewußt, wie lächerlich und demütigend es war, vor diesem wildfremden Mann, der ihr nur ein gutes Wort hatte geben wollen, Theater zu spielen.

In diesen einsamsten Minuten ihres Lebens erkannte sie plötzlich mit erschreckender Klarheit, wie unwürdig ihr Leben in den letzten Monaten verlaufen war. Sie hatte Urban Zöllner, der sie geliebt hatte, betrogen und sich in die Arme eines verheirateten Mannes geworfen, der – dessen war sie plötzlich sicher – bestimmt nicht mehr als Dankbarkeit und eine kameradschaftliche Sympathie für sie empfunden hatte. Sie hatte Arnold Berber unglücklich gemacht, seine Familie zerstört und seinem Konkurrenten die Waffen in die Hand gegeben, mit denen er Arnold Berbers Lebenswerk an sich reißen konnte. Welch alberner Gedanke, in dieser Situation ausgerechnet Urban Zöllner um Rat fragen zu wollen! Als wenn sie selber nicht genau wußte, daß es nur einen einzigen Weg gab, um wiedergutzumachen.

Sie blickte aus dem Fenster, stellte fest, daß sie die Rheinbrücke schon erreicht hatten. Sie beugte sich vor, sagte zu dem Fahrer: »Bitte, ich möchte jetzt nicht nach Hause ... bringen Sie mich zuerst zur nächsten Polizeidienststelle. Ich glaube, sie ist am Barbarossaplatz.«

»Ist gut, Fräulein!« sagte der Fahrer ungerührt.

»Es ist nicht nötig, daß Sie dort auf mich warten. Ich kann das kleine Stück nachher gut zu Fuß nach Hause gehen.«

Da der Fahrer schwieg, hatte sie plötzlich das Gefühl, ihm eine Erklärung schuldig zu sein. Sie kämpfte eine Weile dagegen an, dann sagte sie wie unter einem Zwang: »Ich muß eine Anzeige erstatten. Glauben Sie, daß man das jetzt noch machen kann? Oder ...«

»Sicher dat! Haben Sie was verloren?«

»Nein«, sagte Stefanie Sintrop, »das ist es nicht. Aber ich habe etwas Unrechtes getan. Das muß ich jetzt in Ordnung bringen.«

Es wunderte sie selber, daß es ihr gar nicht schwerfiel, mit diesem wildfremden Mann zu reden. Sie mußte an sich halten, um ihm nicht alles, was sie bedrückte, zu erzählen.

Es hatte in den letzten Wochen ihres Lebens keinen Menschen mehr gegeben, zu dem sie offen hätte sein können.

Der Wagen hielt, und Stefanie Sintrop sah die blaue Lampe über der Tür des Polizeireviers. Sie blieb im Auto sitzen, während sie zahlte.

Dann stieg der Fahrer aus, öffnete ihr die hintere Tür.

»Danke«, sagte sie. »Gute Nacht!« Sie hielt sich sehr gerade.

»Fräulein . . .«

Sie blieb stehen, wandte ihren Kopf. »Ja?«

»Nur keine Bange . . . es wird schon schiefgehen!«

15

Frau Ines saß am Frühstückstisch.

Sie hatte es sich, seit Arnold Berber aus Amerika zurückgekommen war, zur Regel gemacht, immer erst dann hinunterzukommen, wenn sie sicher war, daß er das Haus bereits verlassen hatte. Die Kinder waren längst zur Schule.

Der Anblick der benutzten Teller, der achtlos hingeworfenen Servietten bereitete ihr fast Übelkeit.

Als Erika, das Stubenmädchen, mit einem Kännchen frisch aufgebrühtem Kaffee in das Zimmer trat, sagte sie ärgerlich: »Wie oft habe ich Ihnen schon gesagt, Erika, Sie müssen abräumen, sobald mein Mann und die Kinder gefrühstückt haben!«

»Entschuldigen Sie bitte, gnädige Frau, aber ich dachte . . .«

Erika sprach ihren Satz nicht zu Ende, schenkte Frau Ines ihren Kaffee ein.

»Ich werde sofort Ordnung schaffen!«

Aber auch als Erika das benutzte Geschirr in den Speiseaufzug gestellt, die Servietten sorgfältig zusammengelegt hatte, minderte sich das Unbehagen nicht, das Frau Ines empfand. Sie fühlte sich sehr allein an dem großen Tisch mit den leeren Stühlen.

»Erika«, sagte sie, »ich glaube, ich werde ab morgen lieber oben frühstücken.«

Bevor das Stubenmädchen noch etwas äußern konnte, fügte sie rasch hinzu: »Bitte gehen Sie jetzt!«

Kaum daß Erika das Zimmer verlassen hatte, legte sie die Brötchenhälfte, die sie lustlos zu bestreichen begonnen hatte, aus der

Hand, nahm einen Schluck Kaffee, zündete sich eine Zigarette an. Sie tat es fast mit schlechtem Gewissen, denn sie wußte, wie Arnold Berber es haßte, wenn sie vor dem Frühstück rauchte. Sie war sich darüber klar, daß auch Erika mit der Köchin unten im Souterrain darüber reden würde. Sie selber fand es scheußlich, aber sie wußte nicht, was sie dagegen tun sollte. Sie hatte einfach keinen Appetit.

Sie nahm die Morgenzeitung, die Erika ihr sorgfältig zusammengefaltet auf den Platz gelegt hatte, versuchte zu lesen. Aber sie konnte sich weder für die Erfolge der amerikanischen Weltraumfahrer noch für die Friedensverhandlungen in Paris interessieren. Ihre eigenen ungelösten Probleme lasteten wie ein Alpdruck auf ihr.

Gestern nachmittag hatte Dr. Zöllner ihr mitgeteilt, daß der Scheidungstermin nun endgültig feststand. Sie hatte versucht, sich darüber zu freuen oder wenigstens Erleichterung zu finden. Aber tatsächlich war alles, was sie spürte, ein dunkler Schmerz gewesen, ein lähmendes Gefühl der Schwäche.

Der Scheidungstermin stand fest, und sie hatte immer noch nicht mit ihren Kindern gesprochen.

Sie trank ihre Tasse Kaffee aus, zündete sich eine zweite Zigarette an, grübelte wie so oft nach, verzweifelt bemüht, Worte zu finden, mit denen sie ihre Kinder am wenigsten verletzen würde, denn es mußte sie schwer treffen.

»Gnädige Frau . . .«

Als Erika sie ansprach, zuckte sie zusammen. »Ja, was gibt's?«

»Fräulein Sintrop ist draußen. Sie möchte die gnädige Frau sprechen!«

Es dauerte einige Sekunden, bevor Frau Ines sprechen konnte. »Ich kann niemanden empfangen«, sagte sie dann kalt.

Erst als Erika gegangen war, spürte sie, wie ihr Herz klopfte. Sie hätte schreien mögen. Noch nie im Leben war sie so außer sich gewesen.

Stefanie Sintrop – sie wagte es! Sie schreckte nicht davor zurück, in ihr Haus zu dringen, kam herein und verlangte sie zu sprechen!

Eine wahnsinnige Idee zuckte in Frau Ines auf, der Wunsch, eine Waffe zu nehmen und Stefanie Sintrop zu töten. In diesem Augenblick schien ihr dieser Plan sogar ganz vernünftig, eine naheliegende Lösung all ihrer Probleme. Warum eigentlich hatte sie noch nie daran gedacht? Stefanie Sintrop zu töten – wäre das nicht besser gewesen als die Scheidung einzureichen? Damit hatte sie der anderen nur einen Gefallen getan.

»Gnädige Frau . . .«

Frau Ines fuhr herum. Erika war wieder ins Zimmer gekommen.

»Fräulein Sintrop läßt sich nicht abweisen«, sagte das Stubenmädchen, »sie sagt, daß es sehr wichtig wäre. Sie sagt, es handelt sich um Herrn Hausmann.«

Frau Ines fuhr sich mit der Hand über die Stirn. »Bitte führen Sie sie in mein Zimmer!« sagte sie tonlos.

Sie blieb ein paar Minuten allein, bemüht, sich zu fassen. – Du mußt jetzt ruhig bleiben, ganz, ganz ruhig bleiben, war das einzige, was sie jetzt denken konnte.

Sie begriff nicht im entferntesten, was Stefanie Sintrop wirklich von ihr wollte. Hatte sie sie zusammen mit Wilhelm Hausmann gesehen? Wollte sie sie erpressen? Aber das hätte doch keinen Sinn gehabt. Die Schuldfrage, das hatte Dr. Zöllner ihr erklärt, spielte in ihrem Scheidungsprozeß nur eine untergeordnete Rolle.

Endlich steckte sie das Zigarettenpäckchen und ihr kleines goldenes Feuerzeug in die Tasche ihres seidenen Hausmantels, ging ins Damenzimmer gegenüber.

Stefanie Sintrop stand sehr korrekt gekleidet in einem nußbraunen Schneiderkostüm abwartend inmitten des Raumes. Ihr Gesicht war eine ausdruckslose Maske.

Frau Ines konnte sich nicht überwinden zu grüßen. »Sie wünschen?« fragte sie kurz.

Stefanie Sintrops Hände krampften sich nervös zusammen.

»Gnädige Frau . . .«, begann sie stockend.

»Wenn Sie sich nur im Haus umsehen möchten«, sagte Frau Ines mit einer leidenschaftlichen Bosheit, die sie selbst erschreckte, »steht Ihnen natürlich nichts im Wege. Ich denke, Sie wollen sich darüber klar werden, wie Sie sich mit Arnold hier einrichten werden? Ich versichere Ihnen, daß die Kinder und ich das Haus so schnell wie möglich verlassen.«

»Es handelt sich um Wilhelm Hausmann«, sagte Stefanie Sintrop mit tonloser Stimme.

»Das ließen Sie mir bereits bestellen. Aber wenn Sie glauben, daß zwischen mir und diesem Mann etwas anderes besteht als reine Freundschaft . . .«

»Ich fürchte, selbst das ist zuviel.«

»Wollen Sie sich etwa zu meinem Richter aufspielen?«

»Nein. Ich möchte Sie nur warnen. Wilhelm Hausmann war gestern bei mir!«

»Das ist nicht wahr!«

»Warum sollte ich lügen?«

»Wilhelm Hausmann! Er kennt Sie ja gar nicht!«

»Das stimmt. Wir haben uns nie zuvor persönlich gesehen. Trotzdem war er bei mir. In meiner Wohnung. Er wird sogar wiederkommen. Heute abend. Sie können ihn bei mir treffen, wenn Sie wollen . . .«

»Um mit Wilhelm Hausmann zusammenzukommen, brauche ich nicht Ihre Wohnung.«

»Interessiert es Sie gar nicht, was er von mir wollte?«

»Nein. Behalten Sie Ihre Märchen für sich!«

»Das sind keine Märchen, gnädige Frau, leider nein. Sie haben mir eben gesagt, daß es Freundschaft ist, was Sie mit Wilhelm Hausmann verbindet. Ist es wirklich soweit, daß man der Feind Ihres Mannes sein muß, um Ihre Freundschaft zu gewinnen?«

»Das ist ja lächerlich!« sagte Frau Ines zornig. »Wilhelm Hausmann und mein Mann, sie beide sind doch Jugendfreunde, ich bin sicher . . .«

»Darin irren Sie sich, gnädige Frau. Sie irren sich vollkommen. Vielleicht waren die beiden vor vielen Jahren einmal befreundet. Heute sind sie Konkurrenten. Jedenfalls sieht Wilhelm Hausmann es so. Er hat es darauf angelegt, Arnold Berber zu vernichten.«

»Das ist eine geradezu . . . absurde Verleumdung!«

»War es nicht Wilhelm Hausmann, der Sie gewarnt hat, Ihren Gatten als Geschäftsführer der Berber-Werke zu bestätigen?«

»Ja. Und das mit allem Recht! Wenn Sie und Arnold erst verheiratet sind . . .«

»Dazu wird es niemals kommen«, sagte Stefanie Sintrop mit Nachdruck. »Ich bitte Sie, mir das zu glauben, sonst hat unser ganzes Gespräch keinen Sinn.«

»Sie lügen! Als ob Sie es nicht seit Jahren auf Arnold abgesehen hätten! Als ob ich nicht immer schon gewußt hätte . . .«

»Es ist wahr, daß ich ihn geliebt habe, ja, ich liebe ihn immer noch«, rief Stefanie Sintrop, »aber gerade deshalb kann ich nicht mit ansehen, wie Sie und Wilhelm Hausmann alles daransetzen, ihn zugrunde zu richten.«

»Hören Sie auf damit! Das bilden Sie sich doch nur ein!«

»Das hätte ich mir denken können!« Stefanie Sintrops Verzweiflung wurde so groß, daß sie alle guten Vorsätze vergaß. »Sie haben ja nie begriffen, um was es eigentlich ging! Wenn Sie sich nur ein klein wenig mehr angespannt hätten, wenn Sie ihn damals nicht allein nach Amerika hätten reisen lassen! Wenn . . .«

»Sie wagen es, mir Vorhaltungen zu machen?! Ausgerechnet Sie?!«

»Es war nicht Arnolds Schuld. Seine Schuld war es am wenigsten. Wenn Sie ihn nicht allein hätten fahren lassen, und wenn ich . . . ja, ich gebe zu, ich habe es ihm zu leicht gemacht. Aber warum soll er denn jetzt dafür büßen? Nur er? Nein, das dürfen Sie nicht zulassen. Sie dürfen es nicht.«

Frau Ines trat mit ein paar raschen Schritten zu der gläsernen Tür, die in den Garten führte, starrte in das Grün der Bäume hinaus, bemüht, sich zu beruhigen. Dann drehte sie sich um. »Weshalb regen Sie sich eigentlich so auf?« sagte sie. »Sie sollten doch froh sein, daß ich nicht verstanden habe, ihn an mich zu fesseln. Sonst hätten Sie doch nie eine Chance gehabt. Jetzt haben Sie es geschafft. Statt mir Vorwürfe zu machen, sollten Sie sich lieber bemühen, ihn glücklich zu machen. Beweisen Sie mir und beweisen Sie aller Welt, daß Sie dazu imstande sind.«

»Ich bin es nicht«, sagte Stefanie Sintrop leise.

»Auf einmal?«

»Ich bin es nie gewesen. Ich wollte es nicht wahrhaben, aber tatsächlich habe ich es immer gewußt! Immer! Er liebt nur Sie! Und er leidet entsetzlich, weil er sich von Ihnen verraten glaubt.«

An diesem Abend brachte Wilhelm Hausmann einen Strauß roter Nelken mit. »Für Sie!« sagte er, als er das Seidenpapier abriß. »Weil Sie so ein vernünftiges Mädchen sind!«

Stefanie Sintrop nahm die Nelken in Empfang. Nichts in ihrem Gesicht verriet, was sie dabei dachte. »Wie sinnig«, sagte sie nur.

»Damit Sie sehen, wie leicht es sich mit mir auskommen läßt, wenn man nur ein bißchen Entgegenkommen zeigt!«

»Danke«, sagte Stefanie Sintrop.

»Haben Sie mir die Unterlagen beschafft?«

»Ich denke, daß ich Ihre Erwartungen noch übertroffen habe.«

»Wirklich?« Er sah sie prüfend mit seinen hellen kalten Augen an.

Stefanie Sintrop erwiderte seinen Blick, ohne mit der Wimper zu zucken.

»Wenn Sie schon ins Wohnzimmer gehen wollen, Herr Hausmann . . . ich möchte nur rasch noch die Blumen ins Wasser stellen!«

Sie stieß die angelehnte Tür auf, ließ ihn eintreten.

Er prallte fast zurück.

Es entstand eine kurze, geladene Stille. Dann sagte er: »Ines . . . Sie?«

Stefanie Sintrop ließ ihn mit Frau Ines allein. Sie ging ins Badezimmer, ließ Wasser ins Waschbecken laufen, legte die Nelken hinein.

Wilhelm Hausmann hatte sich schon wieder gefaßt. Er ging mit wenigen raschen Schritten auf Frau Ines zu, die sehr weiß im Gesicht und sehr gerade in einem der kleinen Sessel saß.

»Was tun Sie hier?« fragte er fast drohend.

»Das wagen Sie mich zu fragen?«

»Also bitte! Erlauben Sie mal! Seit Monaten erzählen Sie mir, wie sehr Sie Fräulein Sintrop hassen, und da soll ich nicht erstaunt sein, Sie plötzlich hier in der Wohnung dieser Dame zu finden?«

»Sie sind unverfroren!«

Er änderte seinen Ton, wurde plötzlich väterlich, sehr herzlich: »Nun hören Sie mal zu, Ines . . . wir sind doch zwei erwachsene Menschen . . . kein Grund, uns wie die kleinen Kinder aufzuführen, wie? Natürlich ist es Ihr gutes Recht aufzusuchen, wen Sie wollen. Auch dieses Fräulein Sintrop. Möglich, daß ich mich etwas im Ton vergriffen habe. Aber Sie müssen doch verstehen, wie maßlos überrascht ich war.«

Frau Ines atmete tief. »Ich warte auf Ihre Erklärung.« Es fiel ihr schwer, ihre Stimme zu beherrschen.

»Ja, ich weiß nicht, aber was gibt's da viel zu erklären?« Er zog sein goldenes Etui, bot ihr eine Zigarette an.

Sie zögerte eine Sekunde, kam sich dann kindisch vor, bediente sich doch.

Er gab ihr Feuer, setzte sich. »Ines!« sagte er. »Sie glauben doch nicht etwa, daß Fräulein Sintrop und ich . . . ? Wahrhaftig, ich versichere Ihnen . . .«

Sie unterbrach ihn. »Was führt Sie hierher?« fragte sie kalt.

»Geschäfte. Was sonst.«

»Was für Geschäfte gibt es zwischen Ihnen und der Sekretärin meines Mannes?«

»Also, meine liebe Ines, bei allem Verständnis für Ihre Weltfremdheit, Sie können aber auch tatsächlich Fragen stellen, die schwer zu beantworten sind.«

»Es gab eine Zeit«, sagte sie und wunderte sich selber, wie ruhig sie plötzlich war, »da war Ihnen meine Weltfremdheit sehr willkommen. Sie gab Ihnen die Möglichkeit, sich in mein Vertrauen zu schleichen.«

»Aha, ich verstehe.« Er lehnte sich in den Sessel zurück, streckte die Beine weit von sich. »Ganz langsam beginne ich zu verstehen«, sagte er. »Das sind harte Worte, sehr harte Worte, liebe Ines! Aber nur zu begreiflich. Fräulein Sintrop war bei Ihnen und hat Ihnen die Ohren vollgejammert. Wahrscheinlich hat sie behauptet, daß ich etwas ganz Fürchterliches von ihr verlangt hätte. Und Sie, liebe Ines, haben ihr sofort geglaubt!«

»Nein«, sagte Frau Ines, »das habe ich nicht. Wenn ich ihr geglaubt hätte, wäre ich jetzt nicht hier. Ich bin gekommen, um Ihnen eine Gelegenheit zu geben, sich zu verteidigen.«

Wilhelm Hausmann lachte. »Das ist prächtig«, sagte er. »Sie erinnern mich tatsächlich fast an meine Tochter, nur daß Angela eben noch ein halbes Kind ist und man ihr deshalb vieles nachsehen muß. Verteidigen! Ich ahne ja nicht einmal, was Sie mir zum Vorwurf machen!«

Frau Ines beugte sich vor. »Sie haben Stefanie Sintrop aufgefordert, für Sie herauszubringen, wie die Verhandlungen zwischen meinem Mann und der Firma Pichlmeyer stehen! Um das zu erfahren, sind Sie nicht einmal vor einer Erpressung zurückgeschreckt.«

»Und . . . weiter?« fragte Wilhelm Hausmann.

»Ist das noch nicht genug?«

»Ist das wirklich alles? Und darüber regen Sie sich so auf?«

Stefanie Sintrop kam lautlos ins Zimmer. Sie setzte sich nahe der Tür auf eine Sessellehne.

Frau Ines stand auf.

»Was ist los mit Ihnen? Wo wollen Sie hin?« fragte Wilhelm Hausmann.

»Ich möchte gehen.«

Zum erstenmal schien Wilhelm Hausmann wirklich verwirrt.

»Aber, ich dachte...«, sagte er, »Sie wollten doch mit mir reden...«

»Ich habe genug gehört!« Frau Ines ging an ihm vorbei zur Tür hin.

Stefanie Sintrop rutschte von ihrer Sessellehne, bereit, ihr zu folgen.

Wilhelm Hausmann sprang auf.

»Ines!« sagte er. »Was soll das bedeuten?! Habe ich Sie verletzt?«

»Mehr als das.«

»Es war nicht meine Absicht, ich schwöre es Ihnen«, sagte er, und seine Stimme klang ganz aufrichtig. »Ich weiß, ich bin ein ungehobelter Mensch, mir liegt es nicht, viele Worte zu machen...«

»Es kommt nicht auf die Worte an, sondern auf die Taten«, sagte Frau Ines. »Leben Sie wohl, Wilhelm Hausmann.«

Er vertrat ihr den Weg. »Ines! Bitte! Hören Sie mich doch wenigstens an!«

»Wozu? Ich weiß genug.«

»Nein, das wissen Sie nicht! Sie wissen überhaupt nichts. Sie verstehen nichts von Geschäften, das haben Sie mir doch selber gesagt! Sie können nicht beurteilen, wie nötig es für mich... für uns ist, Ines, daß wir rechtzeitig erfahren, wie weit die Verhandlungen zwischen Arnold Berber und der Firma Pichlmeyer gediehen sind!«

»Ich kann nicht glauben, daß irgend etwas wichtig genug sein kann, um solche Methoden, wie Sie sie angewendet haben, zu rechtfertigen!«

»Doch, Ines. Es gibt Situationen... Wenn ich Ihnen doch bloß erklären könnte...«

»Vielleicht darf ich es versuchen?« unterbrach Stefanie Sintrop ihn sanft. Es war das erste Mal, daß sie sich in die Unterhaltung mischte, und beide sahen sie überrascht an.

»Tatsache ist«, erklärte Stefanie Sintrop, »daß Arnold Berber und Herr Hausmann Konkurrenten waren, die sich trotz der für beide sehr günstigen Konjunkturlage von Jahr zu Jahr auf die Nerven gingen. Die ständig wache Konkurrenz erlaubt es ihnen zum Beispiel nicht, ihre Preise nach eigenem Ermessen zu gestalten, sie mußten sich immer nach dem anderen richten, und genauso war es auch mit der Produktion. Habe ich recht, Herr

Hausmann? Sie dürfen mich gern unterbrechen, falls ich mich irre.«

»Jetzt hören Sie mal zu, Mädchen . . . alles, was Sie da erzählen, kann doch Frau Ines weiß Gott nicht interessieren.«

»Doch, doch!« sagte Frau Ines rasch. »Bitte sprechen Sie weiter!«

»Da Wilhelm Hausmann nicht zu den Menschen gehört, die die Erfüllung ihrer Wünsche dem Schicksal überlassen, schaltete er sich sofort ein, als er eine Chance sah, Arnold Berber aus dem Sattel zu werfen. Es war sicher nicht schwer zu merken, daß Sie, gnädige Frau, unglücklich waren. Er brauchte also nur Öl in das Feuer zu schütten und ein bißchen zu schüren, und schon hatte er erreicht, was er wollte – fast erreicht. Denn eine Scheidung allein hätte ihm natürlich nichts genutzt, er mußte den Anteil, den Sie, gnädige Frau, an der Firma besitzen, in seine Hände bekommen. Deshalb machte er Ihnen einen Heiratsantrag.«

»Nein!« Wilhelm Hausmanns Stimme klang heftig. »Das ist nicht wahr! Das ist eine gottverdammte Lüge!«

»Wollen Sie mich erst zu Ende reden lassen, Herr Hausmann? Nachher können Sie alles, was Ihnen einfällt, zu Ihrer Verteidigung vorbringen!«

»Was fällt Ihnen eigentlich ein? Was denken Sie, wer Sie sind? Wie können Sie es wagen, sich als Richter über mich aufzuspielen. Haben Sie vergessen, daß Sie selbst mit einem Fuß im Zuchthaus stehen?«

»Darauf habe ich nur gewartet«, sagte Stefanie. »Es wird Sie wahrscheinlich enttäuschen, aber ich muß Ihnen sagen, daß ich Anzeige gegen mich selbst erstattet habe. Also, es gibt nichts mehr, womit Sie mich erpressen können!«

Er wollte wieder etwas sagen, aber sie sprach rasch weiter und ließ ihn nicht zu Wort kommen.

»Jetzt ergab sich aber noch eine unvorhergesehene Gefahr. Die Firma Pichlmeyer stand zum Verkauf. Natürlich bemühten sich beide Konkurrenten, Arnold Berber und Herr Hausmann, darum, den kleinen, aber sehr leistungsfähigen Betrieb unter Kontrolle zu bekommen. Allerdings stellte sich die Witwe Pichlmeyer als ein unerwartet hartnäckiger und schwieriger Verhandlungspartner heraus. Weder Herr Berber noch Herr Hausmann kamen zu einem Vertragsabschluß. Als Sie, Herr Hausmann, erfuhren, daß Frau Ines bei der Sühneverhandlung die Katze aus dem Sack gelassen hatte, was wahrscheinlich absolut nicht in Ihrem Sinne war, wurde Ihnen sofort klar, daß Arnold Berber sich nun sozusagen mit doppelter Kraft um ein Abkommen mit der Witwe Pichlmeyer bemühen würde. Wenn Sie Arnold Berber aus seiner eigenen Firma vertrieben hätten, bliebe ihm nur noch die Chance, sich durch die Firma Pichlmeyer eine eigene Existenz aufzubauen. Das aber wollten Sie nicht. So wenig, daß Ihnen jedes Mittel recht war, es zu verhindern.«

»Und?« unterbrach Wilhelm Hausmann sie. »Was scheint Ihnen daran verwunderlich? Meine ganze Transaktion ist ja sinnlos geworden, wenn mir in der Firma Pichlmeyer ein neuer, leistungsstarker Konkurrent entsteht!«

»Mein Gott«, sagte Frau Ines erschüttert, »und ich habe nichts geahnt.«

»Natürlich nicht. Dafür bestand ja auch gar kein Anlaß«, sagte Wilhelm Hausmann. »Ich weiß wirklich nicht, wieso Sie das so aufregt, Ines. Sie haben sich mir anvertraut, und es ist doch selbstverständlich, daß ich meine und übrigens auch Ihre Belange so gut wie möglich zu vertreten versuche.«

Frau Ines sah ihm gerade in die Augen.

»Sie haben versucht, Arnold zu ruinieren! Das ist es, was Sie vorhatten!«

Er lachte, aber es klang nicht echt. »Seien Sie nicht töricht«, sagte er. »Ruinieren! Was für ein theatralisches Wort. Sie tun, als ob ich es darauf abgesehen hätte, daß er an der Ecke stehen und betteln müßte! Denken Sie doch einmal nach! Wenn er die Leitung der Berber-Werke abgeben muß, bleibt ihm doch immer noch genug, um ein absolut sorgenfreies, ja, komfortables Leben zu führen. Im übrigen bin ich der Meinung, daß es für ihn weit gesünder ist, sein Leben zu genießen, als sich abzurackern, wie er das die letzten zwanzig Jahre getan hat.«

Frau Ines wandte sich ab. Sie sagte voller Abscheu: »Das ist zuviel! Diese Heuchelei ist wirklich mehr, als ich ertragen kann.« Sie wollte an ihm vorbei zur Tür.

Er packte sie beim Arm. »Ines!« sagte er. »Ines!«

Sie schüttelte seine Hand nicht ab, sah ihn nur an. Dieser Blick genügte, daß er sie losließ.

»Ines . . . ich schwöre Ihnen . . . Sie müssen mir glauben . . .«

Sie hörte ihm nicht einmal mehr zu, ging, ohne links und rechts zu sehen, zur Wohnungstür, öffnete sie und trat hinaus.

Wilhelm Hausmann wollte ihr nach. Aber Stefanie Sintrop hielt ihn zurück.

Er schüttelte sie ab. »Lassen Sie mich!« sagte er wütend. »Ich muß ...«

»Gar nichts mehr, Herr Hausmann«, sagte sie. »Sie sollten klug genug sein, zu begreifen, daß es aus ist.« Er blieb zögernd stehen, starrte sie an.

»Darf ich Ihnen einen Kognak anbieten?« fragte sie.

»Sie ... mir?«

»Warum nicht? Wir sitzen zwar nicht in einem Boot, wie man so schön sagt, aber wenn Sie nachdenken, werden Sie feststellen, daß wir beide die Verlierer sind.«

»Sie können mich nicht noch einmal hereinlegen! Sie nicht!« sagte er böse. »Es kommt Ihnen ja doch nur darauf an, daß Frau Berber unbehelligt fortfahren kann!«

»Sehr richtig«, sagte Stefanie Sintrop kühl, »und ich denke, es ist jetzt soweit. Gehen Sie!«

Ohne sie noch einmal anzusehen, nahm er Hut und Mantel und ließ sie stehen.

Sie fühlte keine Genugtuung, sondern nur eine unermeßliche Leere.

Wenige Tage später kam Arnold Berber schon am frühen Nachmittag nach Hause. Das war so ungewöhnlich, daß Susanne, die ihm in der Halle begegnete, ganz entgeistert stehenblieb und ihn anstarrte.

»Wo ist Mutter?« fragte Arnold Berber; er hatte sich nicht einmal Zeit genommen, Hut und Mantel auszuziehen.

»Oben!« sagte Susanne verblüfft.

Er ging mit stürmischen Schritten an ihr vorbei die Treppe hinauf.

»Aber, Vater ... was ist denn?« rief Susanne. »Ist etwas passiert?«

Er antwortete ihr nicht, stürmte weiter.

Er eilte die Galerie entlang, riß die Tür zum Schlafzimmer seiner Frau auf. Frau Ines war dabei, Kleider und Blusen behutsam in einen großen Autokoffer zu legen. Sie wirkte in Rock und Pullover sehr jung, fast mädchenhaft. Als er eintrat, sah sie ihn an, wandte aber den Blick sofort wieder beiseite.

»Du ... packst?« fragte er verständnislos.

»Ja«, sagte sie nur.

»Aber . . . wo willst du denn hin?«

»Zu meiner Schwester nach Köln.«

»Nach Köln? Aber warum? Bitte sei so gut und erkläre mir . . .«

Sie wandte sich, die Kostümjacke, die sie gerade in den Koffer legen wollte, in der Hand, zu ihm um. »Arnold! Ist das wirklich so schwer zu begreifen? Ich will versuchen, in Köln eine Wohnung zu finden. Köln ist gerade nahe genug bei Düsseldorf. Du kannst die Kinder dann später sehen, sooft du willst.«

»Aber, Ines . . . du willst also doch! Jetzt versteh ich gar nichts mehr! Ich komme nach Hause, weil Doktor Heinrich mich angerufen hat . . . ja, ist das denn alles ein Irrtum?«

»Nein, wenn du meinst, daß ich tatsächlich die Scheidungsklage zurückgenommen habe. Das stimmt.«

»Aber dann . . . Ines! Es wird alles wieder gut werden.« Er wollte sie in die Arme nehmen.

Sie wich vor ihm zurück. »Glaubst du wirklich, daß das so einfach ist?«

»Einfach oder kompliziert, wenn wir beide den guten Willen haben . . .«

»Das ist zuwenig. Es kann nie mehr so werden, wie es früher war.«

»Wenn du dessen so sicher bist . . . wenn du dich nicht wirklich mit mir versöhnen willst . . . warum hast du dann die Scheidungsklage zurückgezogen?«

»Weil ich noch eben rechtzeitig gemerkt habe, daß ich im Begriff stand, mich in einer Intrige gegen dich mißbrauchen zu lassen.«

»Du hast also nicht gewußt . . . nicht einmal geahnt, worauf Wilhelm Hausmann hinauswollte? Und ich war fest überzeugt, daß du dich . . .« Er stockte mitten im Satz.

». . . daß ich mich an dir rächen wollte?« ergänzte sie. »Wie wenig du mich kennst. Ich hätte bis heute nicht begriffen, was tatsächlich gespielt wurde, wenn deine Sekretärin mich nicht mit Gewalt auf die Wahrheit gestoßen hätte.«

»Stefanie Sintrop?«

»Ja.«

»Stefanie Sintrop!« sagte er bitter und warf seinen Hut, den er bisher in der Hand gehalten hatte, in einem weiten Bogen auf einen Stuhl. »Da wären wir ja wieder am Ausgangspunkt angelangt.«

»Mir kommt es eher so vor, als wenn es der Schlußpunkt wäre, Arnold.«

Er trat dicht auf sie zu. »Bitte, Ines, weich mir jetzt nicht aus! Ich weiß, daß ich dir unrecht getan habe ... daß ich schuldig geworden bin. Ich will gar nicht versuchen, irgend etwas zu bemänteln. Es war falsch und dumm von mir, daß ich dir nach meiner Rückkehr aus Amerika nicht wenigstens die Wahrheit gesagt habe. Ich kann nichts zu meiner Entschuldigung sagen ... ich kann dich nur um Verzeihung bitten.«

»Arnold«, sagte sie unsicher, »das ist es ja nicht. Du verstehst alles ganz falsch.«

»Nicht? Es ist nicht wegen Stefanie Sintrop?«

»Nein, Arnold ... ich meine, das natürlich auch, aber es ist nicht das Schlimmste. Ich bin an mir selber irre geworden. Vielleicht war es meine Schuld, daß alles so gekommen ist. Vielleicht habe ich dich einfach nicht genug geliebt.«

»Ines!«

»Ja, ich weiß, es klingt ... merkwürdig. Aber, glaube mir, ich habe lange darüber nachgedacht. Damals, als du allein nach Amerika gefahren bist, damals wußte ich schon, daß es falsch von mir war, nicht mitzukommen. Ich hätte dich begleiten müssen, trotz Stefanie Sintrop. Ich war doch deine Frau. Ich gehörte an deine Seite. Damals habe ich zum erstenmal versagt. Und dann diese Sache mit Wilhelm Hausmann. Du darfst nicht glauben, daß ich irgend etwas für ihn empfunden hätte! Ganz bestimmt nicht! Aber es hat mir doch geschmeichelt, daß er sich so um mich bemühte ... und ich habe mich benommen wie ein törichter Teenager. Einem Mann wie Wilhelm Hausmann zu vertrauen! Das kann ich mir nicht verzeihen.«

»Und deshalb willst du fort?«

»Ja. Auch deshalb. Ich weiß, daß du das nicht verstehen kannst, aber es hat einmal eine Zeit gegeben, da war ich sehr stolz auf unsere Ehe. Ich war fest überzeugt, daß wir beide glücklich miteinander wären, daß wir einfach zueinander gehörten, allen Anfechtungen gewachsen wären. Aber es ist nicht wahr. Wir haben beide versagt. Ich noch schlimmer als du!«

»Glaubst du wirklich, daß man eine Ehe aufgeben soll, nur weil sie in eine Krise geraten ist?«

»Ich will die Ehe ja nicht aufgeben, ich will mich nur von dir trennen.«

»Das ist dasselbe. Wenn wir uns jetzt trennen, ist es unwiderruflich. Die Scheidung ist dann nur der nächste Schritt. Wir müssen näher zusammenrücken, Ines, viel näher. Das ist der richtige Weg.«

»Ich kann es nicht«, sagte sie mühsam. »Es ist zu spät.«

»Auch nicht um der Kinder willen?«

Frau Ines schüttelte den Kopf.

»Ich erhalte ihnen ja unsere Ehe. Das ist alles, was ich für sie tun kann.«

»Du bist sehr hart!«

»Nein. Ich bin nur sehr müde. Du ahnst nicht, wie elend ich mich fühle.« Sie strich sich mit der Hand über die klare Stirn. Erst jetzt fiel ihm auf, daß die dunklen Schatten unter ihren schönen Augen von schlaflosen Nächten erzählten.

»Ich brauche Ruhe, Arnold, nichts als Ruhe!«

»Nein, Ines«, sagte er mit fester Stimme. »Ich weiß besser, was du brauchst. Liebe! Ich liebe dich, das mußt du mir glauben. Ich habe dich die ganze Zeit geliebt, auch damals in Amerika. Auch, als du dich von mir scheiden lassen wolltest. Wenn du jetzt wegfährst . . .« Er sprach seinen Satz nicht zu Ende.

»Was dann?« fragte sie.

»Dann muß ich dich zur Scheidung zwingen. Oder glaubst du etwa, ich könnte dein Geld annehmen, wenn du mir deutlich zu verstehen gibst, daß du nichts mehr mit mir zu tun haben willst? Glaubst du das?«

»Arnold, bitte . . .«, sagte sie hilflos.

»Ich will keinen Gnadenakt von dir«, sagte er; die steile Falte auf seiner Stirn vertiefte sich. »Entweder wir lassen uns scheiden oder wir versuchen gemeinsam einen neuen Anfang zu finden. Was anderes gibt es nicht.«

»Kannst du mich denn nicht verstehen?«

»Nein. Von mir aus sollen die Berber-Werke zugrunde gehen. Ich brauche dein Geld nicht. Wenn du mich nicht mehr liebst, ist mir alles andere gleichgültig. Leb wohl!« Er drehte sich um, ging zur Tür.

»Arnold!« rief sie.

Als er sich nicht umwandte, lief sie ihm nach. »Arnold! Bitte! Du hast mich ganz falsch verstanden!«

Jetzt endlich sah er sie an. »So?«

»Ja, Arnold, ich liebe dich doch, sonst . . .«

Sie kam nicht dazu, ihren Satz zu Ende zu sprechen. Er nahm sie in seine Arme, bedeckte ihr Gesicht mit zärtlichen Küssen. »Dann ist ja alles gut, Ines«, sagte er. »Dann ist endlich alles wieder gut!«

»Ich habe mit meiner Frau gesprochen«, sagte Arnold Berber am nächsten Morgen, als Stefanie Sintrop zu ihm ins Chefzimmer kam.

Sie schwieg, sah ihn fragend an.

Er stand hinter seinem Schreibtisch auf, kam auf sie zu. »Bitte setz dich, Stefanie!«

Sie gehorchte, saß sehr gerade, die schlanken Beine nebeneinandergestellt.

Er räusperte sich. »Du weißt, daß meine Frau die Scheidungsklage zurückgezogen hat. Wir haben uns versöhnt. Vollständig. Meine Frau hat mir alles erzählt. Ich bin tief in deiner Schuld, Stefanie . . . sehr tief.«

»Nein«, sagte sie, »ich habe nur versucht wiedergutzumachen.«

»Ich fürchte, daß ich niemals . . .«, sagte er, »ich meine, ich werde wohl immer in deiner Schuld bleiben müssen. Damals in Amerika . . . wenn du nicht gewesen wärst . . . vielleicht lebte ich heute nicht mehr Stefanie.« Er sah sie an, und sein Lächeln brach ihr fast das Herz.

»Ich glaube, Sie haben Doktor Jonathan Smith sehr viel mehr zu verdanken als mir, Herr Berber«, sagte sie steif.

»Warum machst du es mir so schwer?«

»Es tut mir leid, wenn Sie es so empfinden. Ich bemühe mich, es Ihnen so leicht wie möglich zu machen. Ich . . . ich bin darauf vorbereitet, daß Sie mir jetzt kündigen werden.«

»Nein, gerade das möchte ich nicht. Ich habe mit meiner Frau über dich gesprochen, Stefanie, und auch Ines weiß heute, daß . . . nun, daß alles ein Verhängnis war. Sie ist damit einverstanden, wenn Sie bleiben . . . als meine Chefsekretärin.«

»Sie haben sie also überzeugt, daß Sie mich nie geliebt haben, nicht wahr?« sagte Stefanie Sintrop, und ihre Stimme klang entgegen all ihren guten Vorsätzen sehr bitter.

»Stefanie!«

»Bitte entschuldigen Sie, Herr Berber, aber das alles ist nicht ganz einfach für mich.«

»Natürlich, ich verstehe. Wir müssen uns jetzt beide zusammennehmen, Stefanie, nur dann kann es uns gelingen ... es muß alles so werden, wie es früher war ... ich meine, vor der Amerikareise. Wir werden von nun an wieder das sein, was wir jahrelang waren ... nichts weiter als Chef und Sekretärin.«

Stefanie Sintrop stand auf. »Nein«, sagte sie, »es tut mir sehr leid, Herr Berber, aber das kann ich nicht. Es ist ganz und gar unmöglich.«

»Stefanie ... ich bitte Sie! Seien Sie jetzt nicht trotzig! Verrennen Sie sich nicht in irgendwelche Ideen! Sie schaden nur sich selber!«

»Ich schade mir immer, nicht wahr? Das wäre also nichts Neues für mich.«

»Stefanie!«

»Ich weiß, daß es nicht geht, Herr Berber. Wir können es uns nicht zumuten, und wir können es vor allen Dingen Ihrer Frau nicht zumuten. Es würde auf die Dauer nicht gutgehen.«

»Also bitte. Dann bleiben Sie wenigstens so lange, bis sich Anzeichen dafür ergeben, daß es nicht gutgeht ... täuschen Sie sich doch nicht über Ihre Situation, Stefanie! Meine Frau hat mir gesagt, daß Sie Anzeige gegen sich selber erstattet haben wegen dieses Meineides. Das wird doch auch seine Folgen haben. Glauben Sie denn überhaupt, daß Sie als Vorbestrafte eine andere Stellung finden werden?«

»Ich habe mich erkundigt. Wenn ich ein bißchen Glück habe, bekomme ich eine Gefängnisstrafe, die mir zur Bewährung erlassen wird. Gute Sekretärinnen sind heute so selten gesät, daß ich sicher irgendwo unterschlüpfen kann.«

»Selbstverständlich werden Sie von mir das allergünstigste Zeugnis bekommen, Stefanie. Wenn Sie wollen, werde ich dann darin auch Ihr ... nun ja ... Ihr Vergehen im rechten Licht darstellen.«

»Vielen Dank, Herr Berber.«

»Aber Sie wissen, daß Sie nicht gehen müssen! Nicht ich bin es, der kündigt, sondern Sie sind es, die fort will.«

»Selbstverständlich, Herr Berber.«

»Und Sie wissen auch, daß Sie so lange bei uns bleiben können, bis Sie eine neue Stellung gefunden haben?«

»Ja, Herr Berber.«

Er zeigte es nicht, und dennoch war sie sicher, daß er innerlich aufatmete.

»Na schön, dann ist ja dieser Punkt erledigt. Gehen wir also zur Tagesordnung über . . .«

Als Stefanie Sintrop eine Stunde später ins Chefsekretariat kam, starrten Rolly Schwed und Helen Wilde sie neugierig an; den beiden Kolleginnen waren die Spannungen, die zwischen Arnold Berber und seiner Sekretärin bestanden, nicht entgangen. Sie waren voller Neugier.

Stefanie Sintrop bemerkte es nicht einmal.

Sie setzte sich hinter ihr Schreibmaschinentischchen, zog ein leeres Blatt auf die Walze, dachte nach.

Dann begann sie zu tippen, und ihre schlanken Finger tanzten über die Tasten. ›Chefsekretärin, neunundzwanzig Jahre, in ungekündigter Stellung, an selbständiges Arbeiten gewöhnt, erstklassige Zeugnisse und Referenzen, sucht sich baldigst zu verändern.«